코틀로반

이 도서의 국립중앙도서관 출판예정도서목록(CIP)은 서지정보유통지원시스템 홈페이지(http://seoji.nl.go.kr)
와 국가자료공동목록시스템(http://www.nl.go.kr/kolisnet)에서 이용하실 수 있습니다.
(CIP제어번호: CIP2010001460)

세계문학전집
039

Андрей Платонов : Котлован

코틀로반

안드레이 플라토노프 장편소설

김철균 옮김

문학동네

차례 ▌

코틀로반   7

자신의 서른번째 생일을 맞던 그날, 보셰프는 그동안 생계를 의지해왔던 작은 기계공장에서 해고되었다. 통지서에는 그가 최근 눈에 띄게 무기력해졌으며 전체 작업 속도를 거스르고 자주 사색에 빠지기 때문에 그를 생산 현장에서 축출한다고 적혀 있었다.

　보셰프는 자신이 묵던 곳에서 짐을 챙겨 밖으로 나왔다. 밖으로 나가 공기를 들이마시면 앞으로 어떻게 살아야 할지 잘 알 수 있을 것 같았다. 하지만 공기는 텅 비었고 나무들은 잎사귀 속에 더위를 감춘 채 꼼짝 않고 서 있었다. 또 인기척 없는 길 위로는 먼지가 소복이 내려앉아 한껏 지루함을 자아냈다. 자연은 그렇게 너무나도 고요했다. 보셰프는 이제 어디로 가야 할지 알지 못했다. 그는 도시의 경계 지점에 이르러 가족이 없는 아이들에게 노동과 공익을 가르치는 어떤 시설의 낮은 담장 위에 팔꿈치를 기대어 섰다. 도시는 거기서 끝이 났다. 거기에는 품팔이를 하러 도시로 가는 농민이나 저임금 노동자들이 주로 들르는 맥줏집이 하나 있을 뿐이었다. 무슨 관공서처럼 마당한 뙈기 없는 이 맥줏집 뒤로는 황토 언덕이 솟아 있었고, 그 언덕 위에는 늙은 나무 한 그루가 따사로운 햇빛을 받으며 자라고 있었다. 보셰프는 맥줏집으로 걸어가다가 사람들의 솔직하고 진실한 목소리가 들려오기에 그 안으로 발을 들여놓았다. 거기 있던 사람들은 자기 불행을 잊는 데만 열중할 뿐이었고 그들에게서 자제력 같은 것은 찾아보기 힘들었으며, 보셰프는 그런 사람들 속에서 한결 마음이 편했다. 그는 저녁때까지 그곳에 머물렀는데 저녁이 되자 날씨가 돌변해 바람이 시끄럽게 웅성대기 시작했다. 그는 열린 창가로 다가갔다. 밤이 오고 있었다. 그는 황토 언덕 위에 서 있는 나무를 보았다. 바람에 흔들리는 나무는 남몰래 수줍어하며 잎사귀로 제 몸을 감싸고 있었다. 어디에선가, 아마도 상인협회 앞마당에서 취주 악단이 용을 쓰며 연주를 하고 있는 듯했다. 굼뜨고 단조로운 음악 소리가 바람에 실려 황량한 골짜기를 건너 자연 속으로 퍼져갔다. 보셰프는 기대감이 섞인 즐거운 마음으로 음악 소리에 귀 기울였다. 왜냐하면 그의 삶에서 즐거움을 느끼는 경우는 아주 드물었고, 그는 음악과 비견될 만한 즐거움을 어디에서도 찾을 수 없었기에 이 저녁 시간을 꼼짝 않고 보냈다. 바람이 잠잠해지자 다시 정적이 밀려왔다. 이번에는 한층 더 조용한 어둠이 정적 위로 내려앉았다. 보셰프는 창가에 앉았다. 그는 밤의 부드러운 어둠을 지켜보며 온갖 슬픈 소리를 듣고 싶었고 돌처럼 단단한 뼈에 둘러싸인 심장의 고통을 느끼고 싶었다.

"어이, 종업원!" 누군가의 목소리가 정적을 깨며 울려퍼졌다. "여기 맥주 두 잔만 가져오게. 가득 채워서!"

보셰프는 사람들이 항상 신혼부부처럼 둘씩 짝을 짓거나 결혼 피로연에 참석하듯 여럿이 함께 맥줏집에 온다는 것을 알고 있었다.

맥줏집 종업원은 끝내 맥주를 내놓지 않았고, 방금 들어온 지붕 수리공 두 명은 굶주린 입을 에이프런으로 닦을 수밖에 없었다.

"어이, 이거 관료가 따로 없군그래! 손가락 하나로 명령을 내릴 수 있는 게 노동자라는 걸 몰라? 왜 이렇게 뻣뻣한 거야?"

하지만 종업원은 자신의 사생활을 위해 더이상 일터에서 힘을 허비하고 싶지 않았기 때문에 시비를 피했다.

"여러분, 영업이 끝났습니다! 이제 댁에 돌아가서 달리 할 일이나 찾아보십시오!"

지붕 수리공들은 접시에 담겨 있는 소금 빵을 하나씩 집어 입에 물고는 밖으로 나갔다. 이제 보셰프 혼자만 맥줏집에 남게 되었다.

"손님! 달랑 맥주 한 잔만 시켜놓고 자리를 뜰 줄 모르는군요. 술값을 냈지 장소 값을 낸 건 아니잖아요?"

보셰프는 보따리를 집어들고 밤을 향해 길을 나섰다. 보셰프의 머리 위로는 의문에 싸인 듯한 하늘이 힘겹게 별빛을 발하며 빛나고 있었지만, 도시에는 이미 불이 모두 꺼졌고 그럴 여유가 있는 사람들이라면 배불리 저녁을 먹고 잠자리에 든 상태였다. 보셰프는 조심스럽게 발을 디뎌 골짜기 밑으로 내려가 땅에 배를 깔고 잠을 청했다. 잠이 들어 자기 자신으로부터 벗어나고 싶었던 것이다. 그러나 잠이 들기 위해서는 일단 마음이 편하고 삶에 대한 확신이 있어야 했고 지나간 아픔을 모두 잊어야 했다. 그렇지만 보셰프의 의식은 팽팽한 긴장 속에 계속 머물러 있었고 그는 자기가 이 세상에 꼭 필요한 존재인지, 아니면 세상은 자기 없이도 잘 돌아갈지 알 수 없었다. 어디에선가 바람이 불어와 사람들의 숨통을 틔워주었고 변두리에서는 개 한 마리가 의문에 싸인 목소리로 나지막이 울어대며 자신이 근무중임을 알렸다.

"개도 답답할 테지. 나처럼 태어났다는 이유 하나만으로 살고 있으니까."

기진맥진하여 보셰프의 몸은 핏기가 완전히 사라졌다. 그는 눈 위를 스쳐가는 한기를 느끼며 눈꺼풀로 따뜻한 눈을 감쌌다.

보셰프가 물기에 젖은 눈을 어렵사리 뜰 무렵 맥줏집 종업원은 이미 가게 안을 환기시키고 있었고, 바람이 잔잔히 일렁이는가 하면 풀들이 태양빛 아래 뒤스럭대고 있었다. 보셰프는 어쨌든 생존하지 않으면 안 되었다. 그래서 그는 불필요한 것으로 판정난 자신의 노동을 변호하기 위해 공장위원회로 향했다.

"관리부에 따르면 당신은 근무중에 우두커니 서서 무언가 딴 생각에 잠긴다고 하더군요." 공장위원회 측의 어떤 사람이 말했다. "보셰프 동무, 도대체 뭘 생각하는 겁니까?"

"장래의 계획에 대해서입니다."

"우리 공장은 공장연합체의 계획에 따라 운영되고 있지요. 당신의 개인적인 인생 계획은 클럽이나 교양 교실에 가서 세우시오."

"저는 공동으로 함께 나누는 삶의 계획에 대해 생각하고 있었습니다. 제 개인적인 인생 계획에 대해서는 고민하지 않습니다. 그건 제게 수수께끼 축에도 끼지 못하니까요."

"그래서 당신이 할 수 있는 게 과연 뭡니까?"

"뭐 행복이랄까, 그런 것에 관해 좋은 생각을 내놓을 수 있을 것 같아요. 내면에서 추구하는 의미가 충족된다면 생산성도 향상되리라 봅니다."

"보셰프 동무, 행복은 의미에서 나오는 게 아니라 물질에서 나오는 겁니다. 우리는 당신같이 의식이 뒤떨어진 자를 옹호해줄 수가 없습니다. 그러다 잘못해서 대중의 *끄트머리* 꼬리에 남고 싶지 않단 말이오."

보셰프는 끼닛거리라도 얻기 위해 변변찮은 일자리라도 부탁할 마음을 먹은 터였다. 그리고 이제 생각은 일과가 끝난 후에 하려고 했다. 그러나 사람에 대한 최소한의 존중 같은 것이 있어야 부탁을 할 수 있지 않겠는가? 보셰프는 그들에게서 그런 기미조차 찾아볼 수 없었다.

"당신들은 꼬리에 남는 것을 두려워하는군요. 꼬리는 물론 맨 *끄트머리*지요. 그런데 아세요? 당신들은 지금 대중의 목에 올라타고 있다는 걸 말입니다."*

"보셰프, 국가는 동무에게 사색할 수 있는 여분의 시간을 주었어요. 과거에는 여덟 시간 일했지만 이제 고작 일곱 시간만 일하지 않습니까. 그러니 당신은 할 말이 없소. 그리고 모두가 생각을 하겠다고 나선다면 정작 일은 누가 한단 말이오?"

'생각을 하지 않는다면 일을 해도 의미가 없는 셈입니다!' 보셰프

---

* 한 사회의 꼬리가 되는 것을 두려워하여 앞으로 나간다는 것이 대중의 목 위에 올라타 그들의 숨통을 조이는 꼴이 되었다는 뜻. 사회를 동물의 몸에 비유하고 있음.

는 그냥 속으로 뇌까렸다.

보셰프는 아무런 도움을 받지 못하고 공장위원회를 나왔다. 그는 여름 한가운데로 나 있는 길을 따라 걸었다. 주위로는 여기저기 가옥과 시설물을 짓고 있었는데, 여태껏 집 없이 살아온 대중이 그 집에 들어가 말없이 살아갈 것이다. 보셰프의 몸은 편하고 불편한 것에 크게 연연하지 않았다. 그는 한데에서도 별 어려움 없이 살 수 있었고, 배가 부를 때나 자기 집에서 편안히 있을 때도 불행하다고 느끼며 힘들어했다. 그는 전날 들른 그 변두리 맥줏집 앞을 다시 지나가게 되었다. 그는 자신이 밤을 보냈던 자리를 다시 눈여겨보았다. 거기에는 뭐랄까 그의 인생과 공통되는 무언가가 남겨져 있었다. 그 순간 그는 눈앞에 지평선이 멀리 펼쳐져 있고 고개 숙인 얼굴을 스쳐가는 바람만 느낄 수 있는 그런 공간 속에 자신이 서 있다는 것을 문득 깨달았다.

그러나 그는 곧 자기 생에 대한 의구심과 진리가 없는 몸의 허약함을 다시금 느꼈다. 그는 더이상 길을 걸을 수 없어서 도랑가에 앉았다. 이 세상이 정확히 어떤 구조로 이루어져 있는지, 이제 자신은 어디로 가야 할지 그는 알 수 없었다. 이런저런 신통찮은 생각을 하다 피로가 밀려와 보셰프는 먼지를 뒤집어쓴 길가의 풀 위에 쓰러지듯 털썩 누웠다. 날은 더웠고 오후의 바람이 불어왔으며 어느 농가에서 닭 우는 소리가 들렸다. 온 세상은 아무런 의문 없이 오로지 존재하는 것 자체에만 몰두해 있었고, 보셰프만이 거기서 떨어져나와 침묵하고 있었다. 잎사귀 하나가 떨어져 보셰프의 머리맡에 놓여 있었다. 먼 나무에서 바람에 실려온 나뭇잎은 이제 땅 위에서 제 운명을 받아들여야 했다. 보셰프는 바싹 마른 그 잎을 주워 보따리 속 깊이 감추어두었는데, 그는 잊힌 온갖 불행한 물건들을 그곳에 넣어두고 소중히 간직했다. '네겐 삶의 의미란 게 없었어.' 보셰프는 부족한 동정심을 끌어내어 생각했다. '거기 좀 있어봐. 네가 무엇을 위해 살다 죽었는지 내가 알아볼 테니. 네가 아무에게도 필요하지 않고 그저 헛되이 세상을 굴러다니고 있는 거라면 내가 너를 지키고 기억해줄게.'

"이 세상의 모든 것은 아무것도 모른 채 그저 참고 살아가지." 보셰프는 길가에서 그렇게 말하고 계속 걸어가기 위해 자리에서 일어났다. 그의 주위에는 온통 생존을 위한 끈질긴 노력이 펼쳐지고 있었다. "어쩌면 어느 한 사람이, 그게 아니라면 몇 명이 우리들에게서 확신을 앗아간 것인지도 모르겠어."

그는 힘이 하나도 남아나지 않을 때까지 길을 걸었다. 그의 영혼이 진리를 잊어버렸다고 생각하는 순간 그는 이내 맥이 다 빠져버렸다.

그러나 멀리 도시가 눈에 들어오기 시작했고, 조합에 속해 있는 빵집에서 연기가 피어오르는 모습이 보였다. 저녁의 태양이 사람들이 오가며 건물 위로 일기 시작한 먼지를 비추었다. 도시는 대장간으로부터 시작되었다. 보셰프가 그 대장간을 지나갈 무렵 그곳에서는 제대로 길이 나 있지 않은 곳을 달리다 고장난 자동차를 수리하고 있었다. 피둥피둥 살이 쪘는데다 다리가 잘린 한 남자가 말을 매는 말뚝 옆에 서서 대장장이에게 말했다.

"미시, 담배 좀 듬뿍 달라고. 안 그러면 밤에 또 자물쇠를 뜯을 테야!"

차 밑에 들어가 있던 대장장이는 아무 대꾸도 하지 않았다. 그러자 다리가 잘려나간 그 남자가 목발로 대장장이의 엉덩이를 툭 쳤다.

"미시, 일 좀 멈추고 담배 좀 달라고. 확 다 부숴버릴 거야!"

보셰프는 상이군인 옆에 멈춰 섰다. 그때 피로에 지친 듯한 음악을 앞세우고 청년단원들이 줄지어 시내 쪽에서 오고 있었기 때문이다.

"어제 1루블이나 줬잖아." 대장장이가 말했다. "일 주일만이라도 날 좀 내버려둬. 정말이지 자꾸 그러면 언젠가 목발을 태워버릴 테다!"

"해봐!" 상이군인이 말했다. "친구들한테 수레에 태워달라고 해서 대장간 지붕을 날려버릴 테니."

그때 대장장이가 아이들에게로 눈길을 돌렸다. 그리고 한껏 격해진 마음을 누그러뜨려 상이군인의 담뱃갑에 담배를 가득 채워주었다.

"아예 다 벗겨 가라, 이 강도놈아!"

보셰프는 이 상이군인이 두 다리가 없다는 것을 알아챘다. 다리 하나는 아예 없었고 잘려나간 다른쪽 다리에는 나무를 덧대어놓았다. 그는 오른발에 대어둔 이 나무 기둥과 목발로 몸을 지탱하고 있었다. 그리고 음식물에 이(齒)를 모두 갈아 먹어 이가 하나도 남아 있지 않았다. 하지만 잘 먹었기 때문인지 얼굴은 컸고 몸도 비대하기 이를 데 없었다.

그는 억지로 뜬 듯한 갈색 눈으로 자신과는 너무나도 거리가 먼 세상을 바라보았다. 그 눈은 못 가진 자의 탐욕과 오랫동안 쌓여온 슬픈 욕정으로 빛났으며 그의 입 안에서는 잇몸이 부딪히며 다리 없는 자의 조용한 탄식이 흘러나왔다.

저만큼 멀어져간 청년단 악대는 청년 행군의 노래를 연주하기 시작했다. 그리고 맨발의 소녀들이 정확히 걸음을 맞춰 대장간 옆을 지나 걸어갔는데 소녀들은 자신들의 미래가 갖는 중요한 의미를 잘 알고 있었다. 커가는 가냘픈 그들의 몸에는 해군복이 입혀져 있었다. 그리고 생각 많고 예민한 머리에는 붉은 베레모가 제멋대로 씌워져 있었고, 다리는 아이들답게 솜털로 뒤덮여 있었다. 소녀들은 저마다 미소를 지으며 열을 지어 움직였는데 자신들이 중요한 사람임을 지각하고 자신들 안에 응축되어 있는 생명이 중요한 의미를 갖는다고 깨달음으로써 미소를 짓는 것이었다. 그 생명으로 말하면 계속 이어지는 대열과 힘 있는 행군에도 꼭 필요한 것이었다. 이 청년단 소녀들은 죽은 말들이 들판에 나뒹굴고 있던 내전 시기에 태어났다. 그들 중에는 유난히 마른 몸으로 태어난 아이들도 있었는데 산모가 몸속에 비축된 것만으로 영양을 공급받았기 때문이다. 그에 따라 청년단 소녀들의 얼굴에는 아이들 특유의 힘들어하는 기색과 체력의 고갈, 예쁜 표정이 한꺼번에 나타났다. 그러나 유년의 우정이 주는 행복감, 자신들의 놀이와 한없는 자유 속에 미래 세계가 실현되고 있다는 믿음이 아이들의 얼굴에 큰 기쁨으로 피어났다. 그들에게 그 기쁨은 아름다운 외모나 집에서 먹는 음식 이상으로 중요한 의미를 지니는 것이었다.

보세프는 자기로서는 낯선, 흥에 겨운 이 아이들의 힘찬 행군을 보며 소심한 태도로 서 있었다. 그는 이 청년단원들이 자기보다 더 많은 것을 알고 더 많은 것을 느끼고 있다고 생각하니 부끄러웠다. 이 아이들이 싱싱한 몸 안에서 성숙해가는 시간이라면, 자신은 앞을 향해 질주하는 젊음에 의해 무명(無明)의 정적 속으로 쫓겨가는 신세가 아닌가? 목표에 도달하고자 쏟아부은 자신의 노력은 헛될 뿐인가? 보세프는 부끄러움과 용기를 함께 느꼈다. 그가 보편적이고 영원한 생의 의미를 발견하려 했던 것은 아이들을 앞질러, 그 강하면서도 부드러운 거무스름한 다리보다 더 빨리 살기를 원했기 때문이다.

대열을 벗어난 한 청년단 소녀가 대장간 옆 보리밭으로 달려가 자신에게 필요한 만큼 보리를 꺾었다. 이 작은 여인이 보리를 꺾느라 허리를 숙이자 그녀의 통통한 몸에 난 점이 드러났다. 그녀는 두 명의 관객, 즉 보셰프와 상이군인에게 아쉬움을 남겨주고 새털처럼 가볍게 그들 옆을 지나쳐 사라졌다. 보셰프는 같은 처지의 동료에게 위안을 얻고자 상이군인 쪽으로 얼굴을 돌렸다. 그의 얼굴은 피가 한꺼번에 몰린 듯 한껏 부풀어 있었고, 신음 소리를 내며 주머니에 깊숙이 찔러넣은 손을 흔들었다. 보셰프는 이 억센 상이군인의 기분을 모르는 게 아니었지만, 제국주의가 낳은 이 상이군인이 사회주의 청년들에게 가까이 다가갈 수 없다는 사실이 퍽 다행스러웠다. 그러나 상이군인은 행진을 하며 사라져가는 청년단원들에게서 쉽게 눈을 떼지 못했다. 보셰프는 아이들이 탈 없이 건강하기를 바랐다.

"어디 딴 데 좀 보지그래." 그가 상이군인에게 말했다. "담배라도 한 대 피우든가."

"저리 비켜, 이 잔소리꾼아!" 다리 없는 자가 말했다.

보셰프는 제자리에 얌전히 서서 움직이지 않았다.

"안 들려?" 불구자가 다시 한번 말했다. "한 대 맞을래?"

"아니," 보셰프가 대답했다. "난 자네가 그 소녀한테 뭐라고 한마디 하거나 엉뚱한 짓이라도 할까봐 두려웠네."

상이군인은 이미 익숙해진 괴로움을 느끼며 고개를 떨어뜨렸다.

"뭐 이 빌어먹을 놈아, 내가 애한테 무슨 말을 한다는 거야? 나는 잊지 않고 기억해두기 위해 아이들을 눈여겨보았던 거야. 곧 죽을 테니까."

상이군인은 눈을 돌려 보셰프를 보았다. 야수 같은 놀라운 이성이 보셰프의 눈에 순간적으로 번뜩였다. 상이군인은 처음에는 보셰프로 인해 너무도 화가 나 말을 잇지 못했다. 그러나 곧 화가 치밀어올라 천천히 말을 꺼냈다.

"자네 같은 늙은이는 간혹 봤어도 불구자는 처음이야."

"난 진짜 전쟁에 나간 적은 없네." 보셰프가 말했다. "그랬다면 온전한 몸으로 돌아오지 못했을 거야."

"보아하니 그랬겠어. 그러니 그렇게 멍청할 수밖에. 전쟁터에 나가보지 못한 사내는 애를 낳아보지 못한 여편네와 다를 바 없어. 백치가 따로 없지. 자네 대가리 속이 훤히 들여다보이는구먼."

"아!" 대장장이가 아쉬운 듯 말했다. "아이들을 보면 언제나 '노동절 만세'라고 외치고 싶어."

청년단원들의 음악 소리가 잠시 멎더니 멀리서 다시 행진곡이 들려왔다. 보셰프는 계속 고통스러워하며 도시 쪽으로 발길을 돌렸다. 생존을 위하여.

보셰프는 저녁때까지 마치 세계의 정체가 모두 밝혀지는 순간을 기다리기라도 하듯 말없이 도시 곳곳을 여기저기 돌아다녔다. 그러나 여전히 세계는 그에게 오리무중이었다. 그는 자기 몸 속 어딘가 어두운 곳에 있는 고요한 자리를 느껴보았다. 그 자리는 텅 비어 있었지만 아무것도 거기서 무언가가 생겨나는 것을 방해하지 않았다. 삶으로부터 벗어나 살고 있는 보셰프는 사람들 곁을 지나며 슬픈 이성의 힘이 점점 더 커가고 있음과 자신이 슬픔의 한가운데서 점점 더 고립되어 가고 있음을 느꼈다.

바로 그때 도시의 중심가와 그곳에 세워지고 있는 건축물들이 그의 눈에 들어왔다. 건축용 목재를 보관하는 곳에 이미 저녁 등불이 들어왔지만, 들판의 조용한 빛과 시들어가는 꿈 냄새가 공동의 공간으로부터 이곳으로 밀려와 홀연히 공기중에 머물러 있었다. 사람들은 벽돌담을 올리는가 하면, 판자를 잇대어 만든 발판의 잠꼬대 소리 속에 무거운 짐을 나르고 있었다. 자연에서 떨어져나와 그들은 전깃불이 환히 비치는 곳에서 저마다 자신들의 희망을 품으며 일을 하고 있었다. 보세프는 무슨 탑 같은 것을 쌓고 있는 광경을 오랫동안 지켜보았다. 그는 노동자들이 힘을 한꺼번에 쓰지 않고 규칙적으로 나누어 쓰고 있음에도 무언가가 생겨났고 그 건축물의 완성도 머지않았다는 걸 알 수 있었다.

"집을 올리는 사람 자신은 스스로 무너져가고 있어. 그럼 누가 그 집에 살지?" 보세프는 걸어가며 깊은 의구심에 빠졌다.

그는 도시 한복판을 벗어나 맨 끝에 이르렀다. 그가 그곳으로 가고 있는 동안 인적 없이 황량한 밤이 성큼 다가와 있었다. 저 멀리 이 어둠과 자연 속에는 물과 바람만이 살고 있었고, 오직 새들만이 이 거대한 물질세계의 슬픔을 소리 높여 노래할 수 있었다. 하늘을 나는 새들만이 자유로울 수 있으니까.

보세프는 황야로 나가 그곳에서 밤을 보낼 만한 따뜻한 구덩이 하나를 발견했다. 그는 흙구덩이 안으로 내려가 보따리를 머리에 베고 누웠다. 그는 잊힌 모든 것들을 기억과 보상을 위해 모아둔 보따리를 베고 슬픔에 젖은 채로 잠이 들었다. 그런데 누군가가 낫을 들고 황야로 나와 먼 옛날부터 이곳에서 무성하게 자라고 있는 풀을 베기 시작했다.

자정쯤 풀 베는 사람이 보세프에게 다가와 자리에서 일어나 부지(敷地)인 그곳을 떠나달라고 요구했다.

"왜 그러시오?" 보세프가 귀찮다는 듯이 말했다. "부지라니 무슨 소리요? 그저 쓸모없이 남아도는 땅이잖소."

"이제 곧 부지가 될 거요. 곧 돌 쌓는 공사가 시작될 거요. 날이 밝거든 다시 와보시오. 이 땅이 영원히 건물들로 뒤덮이게 될 테니까."

"그럼 어디로 가란 말이오?"

"막사에 가면 편히 쉴 수 있을 거요. 거기 가서 자시오. 날이 밝으면 당신의 신원을 물을 거요."

보세프는 풀 베는 사람의 말대로 그곳을 떠나 얼마쯤 걷다가 이전에는 밭이었던 곳에 판자로 지은 창고 하나를 발견했다. 창고 안에는 열일곱 명에서 스무 명가량의 사나이들이 잠을 자고 있었다. 꺼질 듯 말 듯 희미한 남포등이 의식을 잃은 사람들의 얼굴을 비추고 있었다. 잠든 사람들은 모두 죽기라도 한 양 비쩍 여위었다. 그들의 피부와 뼈 사이의 좁은 공간 속에 굵은 핏줄이 있었다. 핏줄의 두께를 보건대 그들이 노동을 할 때 얼마나 많은 양의 피를 흘려보내야 하는지 알 수 있었다. 나사로 만든 그들의 상의는 기력을 회복시켜주는 심장의 느린 움직임을 그대로 전해주었다. 심장은 어딘가 가까이, 잠든 사람들의 어둡고 텅 빈 몸 속에서 뛰고 있었다. 보세프는 근처에서 자고 있는 사람의 얼굴을 자세히 살펴보았다. 만족을 느끼는 사람의 말없는 행복감이 그 얼굴 위에 나타나 있는지 궁금했던 것이다. 그러나 잠든 사람은 죽은 듯이 누워 있었고, 그의 눈은 슬픈 듯 깊이 감춰져 있었다. 그리고 곱은 다리는 낡은 작업복 바지 속에서 맥없이 늘어져 있었다. 막사 안에는 숨소리 외에는 아무 소리도 들리지 않았다. 꿈을 꾸는 사람도 옛 기억과 이야기를 나누는 사람도 없었다. 그들에겐 생의 잉여라곤 티끌만치도 남아 있지 않았다. 잠을 잘 때는 심장만이 살아 그들 각자의 목숨을 지탱해줄 뿐이었다. 보세프는 몹시 지쳐 한기를 느꼈고 온기를 찾아 잠들어 있는 두 노동자 사이에 자리를 잡고 누웠다. 그는 눈을 감고 있는 이 두 사람과는 생판 남이었지만 그들 곁에서 밤을 보내게 된 것에 만족해하며 잠이 들었다. 그는 그렇게 진리를 느끼지 못한 채 아침이 밝아올 때까지 잠에 빠져들었다.

아침에 어떤 본능이 보셰프의 머리를 때렸다. 그는 잠이 깼지만 계속 눈을 감은 채 사람들의 이야기를 들었다.

"이 사람 몸이 아주 약하군."

"의식이 부족한 사람일 거야."

"할 수 없지. 자본주의가 우리 같은 종자들을 바보로 만들어놓았어. 이 친구도 어둠의 찌꺼기지."

"출신 성분이라도 좀 맞았으면 좋으련만. 그럼 아무 문제 없을 텐데."

"몸을 보니까 가난한 계급 출신이 틀림없어."

의구심에 휩싸인 채 보셰프는 밝아오는 날을 향해 눈을 떴다.

어젯밤에 자고 있던 사람들이 모두 되살아나 보셰프의 머리맡에서 무기력하게 누워 있는 그의 모습을 살피고 있었다.

"당신들은 이미 다 알고 있죠?" 보셰프가 희미한 기대를 품고 수줍게 물었다.

"당연하지요. 우리는 각 조직에 생존 근거를 제공하고 있소." 왜소한 사내 하나가 바싹 마른 입으로 말했다. 사내는 몸이 쇠약해서 그런지 입 주위에 난 구레나룻이 힘이 없어 보였다.

바로 그때 입구가 열리더니 지난밤에 풀을 베던 사람이 공용 주전자를 손에 들고 들어오는 모습이 보셰프의 눈에 들어왔다. 막사 안뜰 난로에는 물이 끓고 있었다. 이미 오래전에 기상 시간이 지났고, 이제 주간 노동을 위해 뭔가를 먹어두어야 할 시간이었다.

나무 벽에 걸린 농가용 시계가 제 무게의 힘으로 힘겹게 가고 있었다. 시계 장치 바깥 면에 장미가 그려져 있어 시간을 보는 사람들은 모두 위안을 받았다. 일꾼들이 식탁에 줄지어 앉았고 여자가 할 일을 맡고 있는 풀 베는 사람이 빵을 썰어 모두에게 나누어주었다. 거기에 덤으로 어제 먹던 고기를 한 조각씩 얹어주었다. 일꾼들은 심각한 표정으로 식사를 시작했다. 그들은 음식을 즐긴다기보다 어떤 필수적인 것으로 자기 안에 받아들였다.

"이리 와서 같이 듭시다!" 사람들이 먹다 말고 보셰프를 불렀다.

보셰프는 세계의 필연성에 대해 여전히 확신을 갖지 못한 채 자리에서 일어나, 울적한 마음에 썩 내키지는 않았지만 식탁 쪽으로 다가갔다.

식사를 마친 일꾼들이 삽을 들고 밖으로 나왔다. 보셰프도 그들의 뒤를 따랐다.

풀을 벤 들판에는 죽은 풀 냄새와 벌거벗긴 땅의 습한 냄새가 났다. 그래서 온 세상에 가득한 생의 비애와 덧없음이 한층 더 또렷이 느껴졌다. 보셰프는 삽을 받아들었다. 그는 생에 대한 절망에 몸서리치며 마치 저 땅속 한가운데에 있는 진리까지 가닿겠다는 듯이 삽을 굳게 쥐었다. 가여운 보셰프는 자신은 스스로 존재의 의미를 얻지 못한다 해도 가까이 있는 다른 사람의 몸 안에서 그것을 발견하기를 간절히 바랐다. 그는 그런 타인의 곁에 머물 수만 있다면 상념과 무의미로 녹초가 된 자신의 허약한 몸을 모두 기꺼이 노동에 바칠 수 있었다.

들판 한가운데에 기사(技士) 한 사람이 서 있었다. 늙었다고는 할수 없지만 자연의 셈으로 벌써 머리가 하얗게 센 사나이였다. 그는 온세계를 죽은 몸이라 생각했고, 그가 이미 구조물로 바꿔놓은 부분들을 바탕으로 세계를 판단했다. 자연을 죽은 것으로 여기는 그의 집요한 공상적 지성 앞에 세계는 어디서든 무릎을 꿇었다. 물질은 속이 비고 죽은 것이어서 정확성과 인내 앞에 결국 복종할 수밖에 없지만, 인간은 살아 있고 비록 우울한 물질세계 안에 처해 있다 해도 가치를 지닌 존재이다. 그렇기 때문에 그는 무리지어 다가오는 일꾼들을 향해 정중한 미소를 지어 보였다. 보셰프는 이 기사의 뺨이 홍조를 띠고 있음을 보았다. 그런데 그 홍조는 영양이 좋아서가 아니라 넘치는 심박동수 때문이었다. 보셰프는 이 사나이의 심장이 흥분에 차서 뛰고 있다는 사실이 만족스러웠다.

기사는 작업을 분배하고 코틀로반*에 표지를 해두었다고 치클린에게 말하며 땅에 박은 말뚝을 가리켰다. 드디어 이제 일을 시작할 수 있게 된 것이다. 치클린은 기사의 말을 들으며 자기 자신의 계산과 경험에 비추어 그의 계획을 가늠해보았다. 치클린은 흙일에 관한 한 작업조에서 가장 경험이 많았다. 흙일이라면 그가 가장 잘해낼 수 있었다. 그러나 막돌기초를 놓을 때가 되면 사프로노프의 지시를 받아야 했다.

"일손이 턱없이 모자라는군요." 치클린이 기사에게 말했다. "이렇게 하다간 다들 골병이 들겠소. 시간이 모든 이득을 통째로 삼켜버릴 거요."

"직업소개소에서 오십 명을 보내주기로 약속했소. 난 백 명을 요청했지만 말이오." 기술자가 대답했다. "하지만 하층토 작업은 당신들과

---

* 건축공사를 할 때 건물의 토대를 내리기 위해 파는 구덩이를 일컫는 말.

내가 모두 책임을 져야 하오. 당신들이 선두 작업조이니 말이오."

"우리가 모두 책임을 질 수는 없소. 다른 이들과 공평하게 해야지. 빨리 사람들이 왔으면 좋으련만."

치클린은 그렇게 말하고, 골똘히 생각에 잠겨 무심한 표정으로 발 아래를 보며 부드러운 땅 표면에 삽을 찔러넣었다. 보세프도 온 힘을 삽에 실어 깊게 땅을 파기 시작했다. 이제 그는 아이들이 성장할 것이고 기쁨이 사상(思想)으로 바뀌는 날이 오리라는 것을 인정하게 되었다. 그는 미래의 사람들이 이 견고한 집의 높은 창가에서 자신들을 기다리고 있는 넓은 세계를 내려다보며 마음의 평화를 얻게 되리라는 것도 인정했다. 그렇게 그는 수많은 풀줄기와 풀뿌리, 부지런한 벌레들이 땅속에 마련한 작은 보금자리를 파괴하며 좁고 쓸쓸한 진흙 구덩이 속에서 일하고 있었다. 그러나 치클린은 그에 앞서 이미 오래전에 삽을 내려놓고 땅속에 단단하게 박힌 암석을 깨기 위해 쇠몽둥이를 손에 쥐어들었다. 치클린은 오래된 자연의 체계를 무너뜨리고 있었지만 이 체계에 대해서는 전혀 아는 것이 없었다.

"어찌 된 영문인지 지표 바로 밑에서 사양토가 나오고, 바로 이어 이렇게 황토가 나오네. 이제 곧 석회가 나올 판이군! 하기야 무슨 일이든 없겠어? 쇠붙이로 건들지만 않았던들 땅도 어리석은 여인네처럼 그저 잠자코 누워 있었을 텐데. 안됐군!"

치클린은 황토가 낯설게 느껴지고 작업조가 채 몇 명이 안 된다는 생각이 들자 서둘러 이 오래된 땅을 무너뜨리기 시작했다. 그는 자기 몸의 온 생명을 죽은 지표면을 가격하는 데 옮겨 실었다. 그의 심장은 평소와 다름 없이 뛰고 있었지만 우직한 등뼈는 곧 힘을 잃어갔다. 치클린은 피부 밑에 여분의 지방(脂肪)을 갖고 있지 않았다. 그리고 노쇠한 혈관과 장기가 바로 피부 밑으로 나와 있었다. 그는 특별히 의식을 하거나 계산을 하지 않아도 주변 세계를 아주 정확하게 감지했다. 한때는 그도 더 젊었고 처녀들의 사랑을 받기도 했다. 그들은 힘세고 가는 곳을 가리지 않는 그의 몸을 원했던 것이다. 제 자신을 돌보지 않았던 그의 몸은 모두를 위해 자기 자신을 기꺼이 바쳤다. 당시에는 많은 사람들이 치클린을 필요로 했다. 사람들은 변함없이 따뜻한 그의 품속에서 편안한 은신처를 얻고자 한 것이다. 그런데 절실히 무언가를 느끼고자 했던 그는 너무 많은 사람들을 제 품에 안으려 했다. 결국 여인들과 친구들은 질투심 때문에 그를 버렸고, 그는 밤이면 괴로워하다 시장터로 나가 좌판을 뒤엎거나 멀리 치워버렸다. 이 때문에 감옥에 끌려가기 일쑤였고, 벚꽃 피는 여름밤에 감방에 앉아 노래를 불렀다.

정오 무렵 열의가 점차 바닥을 보임에 따라 보셰프가 파올리는 흙의 양도 점점 줄어들었다. 그는 흙 파내는 일에 몹시 짜증이 났고 다른 조합원들에 비해 뒤처졌다. 오직 깡마른 노동자 한 사람만이 그보다 속도가 더 떨어졌다. 이 뒤처진 자는 매우 침울하고 몸도 퍽 허약해 보였다. 수염이 듬성듬성 난 그의 몽롱하고 표정 없는 얼굴에서 땀이 방울져 흘러내려 흙 위로 떨어졌다. 그는 코틀로반 가장자리로 흙을 한 번 파올릴 때마다 기침을 하고 침을 뱉고 호흡을 가다듬고는 잠이 오는지 눈을 지그시 감았다.

"코즐로프!" 사프로노프가 그에게 소리쳤다. "또 녹초가 된 거야?"

"그래, 또." 코즐로프가 표정 없는 혀짤배기 목소리로 대답했다.

"또 좋아라 하며 싸움에 너무 빠졌던 거 아냐?" 사프로노프가 말했다. "그러니까 그렇게 약해빠졌지."

코즐로프는 물기 어리고 충혈된 눈으로 사프로노프를 물끄러미 바라보았다. 너무 지친 나머지 속이 텅 비어 아무 말도 나오지 않았다.

보셰프는 이들을 둘러보며 그들이 참고 사는 이상 자기도 어떻게든 계속 살아야겠다고 마음먹었다. 그는 그들과 함께 이 땅 위에 생겨났고 때가 되면 그들과 더불어 함께 죽으리라.

"코즐로프, 엎드려 좀 쉬게!" 치클린이 말했다. "계속 기침하고 한숨을 쉬지, 또 찍소리도 없다 징징대니, 이게 어디 집 짓는 거야? 무덤 파는 거지."

그러나 코즐로프는 다른 사람이 자기를 동정하는 데 관심이 없었다. 그는 옷섶 너머, 무너진 자신의 텅 빈 가슴을 쓸어내리고 다시 엉겨 붙은 땅을 파기 시작했다. 그는 큰 집을 짓고 나면 다시 새로운 삶이 찾아오리라 믿고 있었지만, 자신이 무가치한 유한 분자로 분류되어 그 삶 안에 받아들여지지 않을까봐 두려웠다. 그리고 어떤 한 감정이 매일 아침 그를 자극하여 심장이 뛰는 것을 방해했지만, 그는 작은 심장 조각이 되어서라도 미래에 살아남기를 원했다. 그러나 그는 가슴이 약해서 일을 하는 동안 몇 번이고 뼈 위로 자기 몸을 쓰다듬으면서 조금만 더 참자고 나지막이 자신을 다그쳐야 했다.

이미 정오가 훌쩍 지났지만 직업소개소에서는 더이상 일꾼을 보내주지 않았다. 밤중에 풀을 베던 사나이는 푹 자고 일어나, 감자를 삶아 계란 국물을 붓고 버터를 바른 후 거기에 어제 먹다 남은 죽을 곁들였다. 그러면서 그는 장식용으로 향기 나는 풀을 그 위에 얹는 것을 잊지 않았다. 그는 일꾼들의 떨어지는 기력을 보충해주기 위해 이 혼합식을 솥에 담아 그들에게 가져왔다.

사람들은 서로 눈길도 주지 않은 채 식탐을 내지 않고 영양 공급이 가치 있는 것이란 점도 인정하지 않으면서 조용히 음식을 먹었다. 마치 인간의 힘은 오직 정신에서만 나오기라도 한다는 듯이. 코즐로프가 무심코 솥을 향해 몇 차례 기침을 하였다. 그의 입에서 뭔가가 허공으로 튀어나오는 것이 보였다. 하지만 사람들은 코즐로프의 행동을 제지하며 뱃속을 채울 음식의 청결함을 지키려 하지 않았다. 보셰프는 오히려 코즐로프가 기침을 토해냈던 바로 그 자리의 음식을 숟가락으로 떴다. 그에게 더 큰 공감을 표하기 위해서였다.

기사는 정해진 일과에 따라 필요한 시설들을 둘러보고 코틀로반에 모습을 드러냈다. 그는 한쪽에 비켜서서 사람들이 솥에 든 음식을 다 먹기를 기다렸다가 말했다.

"월요일에 인원이 사십 명 추가될 겁니다. 오늘은 토요일이니 이제 작업을 끝내시오."

"작업을 끝내다니요?" 치클린이 되물었다. "1세제곱미터나 1과 2분의 1세제곱미터는 더 파겠소. 그전에는 절대 작업을 끝낼 수 없소."

"그만 끝내야 하오." 현장 감독은 허락하지 않았다. "당신들은 이미 여섯 시간 이상 일했소. 규칙을 따라야 합니다."

"그런 규칙은 피로에 지친 분자들에게나 필요한 거요." 치클린은 계속 버텼다. "나는 드러눕기에는 아직 힘이 좀 남아 있소. 여러분은 어떻소?" 그가 모든 사람에게 물었다.

"오늘은 아직 시간이 많이 남아 있소." 사프로노프가 발언했다. "생을 허비하느니 일을 하는 편이 낫소. 우리는 동물이 아니오. 우리는 열의 하나만으로 살아갈 수 있소."

"자연이 아마도 저 밑에서 우리에게 뭔가를 보여줄 것이오." 보셰프가 말했다.

"그렇고말고!" 일꾼들 가운데 누군가가 소리쳤다.

기사는 고개를 떨어뜨렸다. 그는 집에서 공허하게 지내는 시간이 두려웠다. 그는 혼자 어떻게 살아가야 할지 몰랐다.

"그럼 내가 가서 도면을 그려보고 말뚝이 들어갈 구멍의 위치를 계산해보겠소."

"그렇지. 그럼 도면을 그려 계산해보시오." 치클린이 동의했다. "어차피 땅을 파헤쳐놓았고 무료하니 일을 마저 끝냅시다. 그리고 나서 인생 계획을 세우든가 한숨 돌리자고요."

현장 감독은 천천히 저 멀리 걸어갔다. 그는 어린 시절을 떠올렸다. 그때는 명절이 다가오면 하녀가 마룻바닥을 물로 닦고 어머니가 방을 정리했다. 더러운 물이 거리를 흐르면 소년이었던 그는 몸을 피할 곳을 찾지 못했다. 그때는 그저 마음 한 곳이 무너져 내린 듯하고 우울했다. 지금도 그때처럼 날씨가 갑자기 흐려져 어두운 구름이 멀리 평원 위로 천천히 흘러가고 있었다. 사회주의 기념일을 하루 앞두고 러시아 전역에서 마룻바닥을 물로 닦기도 했다. 아직 만족을 하기에는 좀 이른 듯하고 그래서도 안 될 것 같았다. 앉아서 상념에 잠기거나 앞으로 지을 집의 일부를 도면에 그려보는 편이 더 좋을 것 같았다.

코즐로프는 배를 채우자 행복해졌고 지혜도 한층 더 늘어난 것 같았다.

"인간은 말하자면 세상의 주인 나리이지만 다들 무척이나 처먹기를 좋아하지." 코즐로프가 말했다. "정말 주인이라면 당장 자기 집을 짓겠지만, 자네들은 빈 땅 위에서 죽어갈 거야."

"코즐로프, 이 돼지 같은 놈!" 사프로노프가 코즐로프를 한마디로 규정했다. "프롤레타리아를 야외에 조직해도 좋다면 프롤레타리아를 위한 집이라는 게 자네에게 무슨 소용인가?"

"내 마음대로 하도록 내버려둬!" 코즐로프가 대답했다. "누가 날 한 번이라도 사랑해준 적이 있나? 전에는 하나같이 자본주의라는 늙은이가 죽을 때까지 참고 견디라고 떠들었지. 이제 그 늙은이는 죽었어. 하지만 난 여전히 혼자 이불 덮고 사는 신세라고. 슬프도다!"

보셰프는 코즐로프에게 갑자기 우정을 느끼고 마음이 흔들렸다.

"코즐로프 동무! 슬픔이란 건 별게 아니오." 그가 말했다. "뭐가 슬픈 거냐 하면 온 세상을 지각하는 건 우리 계급인데 행복은 여전히 부르주아의 몫이라는 거요. 행복은 수치심으로 이어질 뿐이오."

이어 보셰프와 더불어 몇몇 사람이 다시 일어나 작업을 시작했다. 아직 해가 높이 떠 있고 새들이 밝은 공기 속에서 애처롭게 노래를 부르고 있었다. 새들은 공간 속을 날며 먹이를 찾고 있을 뿐 기뻐하지 않았다. 허리를 숙이고 땅을 파고 있는 사람들 위로 제비가 낮게 날았다. 제비들은 지쳤기 때문인지 날갯짓을 하지 않았다. 제비의 솜털과 깃털 아래로는 가난의 땀이 배어 있었다. 제비들은 새끼와 암컷을 배불리 먹이기 위해 아침부터 쉬지 않고 자신을 고통에 빠뜨리면서 날아다닌 것이다. 언젠가 보셰프는 공중에서 순식간에 죽어 땅에 떨어진 새를 주운 적이 있다. 새는 땀에 흠뻑 젖어 있었다. 그가 새의 몸을 더듬어 살피자 노동에 완전히 지쳐 죽어간 가난하고 불쌍한 한 존재가 그의 손 안에 모습을 드러냈다. 이제 보세프는 엉겨 붙은 흙을 부수는 일에 자기 몸을 아끼지 않았다. 이제 여기 집이 세워지면 사람들이 그 안에 살며 악천후를 피할 수 있을 것이고 창문 밖으로 새들에게 모이를 던져줄 것이다.

치클린은 새도 하늘도 보지 않고 아무 생각도 지각하지 못하면서 해머로 무겁게 땅을 내리치기만 했다. 그의 몸은 진흙 구덩이 안에서 소모되고 있었지만, 밤에 자는 동안 몸은 다시 가득 채워지리란 것을 알고 있었으므로 그는 지쳐가는 몸에 대해 슬프게 생각하지 않았다.

녹초가 된 코즐로프는 땅바닥에 주저앉아 밖으로 튀어나온 석회석을 도끼로 깨고 있었다. 그는 시간도 장소도 의식하지 못하고 자신에게 남은 따뜻한 힘을 모두 깨는 돌에 쏟아넣으며 일을 계속했다. 돌은 따뜻해졌지만 코즐로프는 점점 식어갔다. 그는 그렇게 남모르게 죽어가고 있었지만 부서진 돌은 성장하고 있는 미래의 사람들에게 빈약한 그의 유산이 될 수도 있었다. 몸을 계속 움직이자 코즐로프의 바지가 흘러내렸다. 그러자 피부로 팽팽히 덮여 있던 그의 흰 종아리뼈가 마치 톱날이 달린 칼과 같은 모습으로 앙상하게 드러났다. 보세프는 그 무력한 뼈로부터 전해오는 우울한 흥분을 느낄 수 있었다. 뼈는 약한 피부를 뚫고 밖으로 나올 것만 같았던 것이다. 그는 자신의 다리뼈를 만져보고 사람들에게 말했다.

"이제 일을 끝냅시다. 안 그랬다간 당신들 다 지쳐서 죽을 것 같소. 그러면 누가 인간으로 남겠소?"

보세프는 아무런 대답도 듣지 못했다. 이미 저녁때가 다가왔다. 멀리서 푸르스름한 밤이 잠과 차가운 호흡을 약속하며 피어오르고 있었다. 그리고 죽은 듯한 높은 공간이 마치 슬픔처럼 땅 위에 우두커니 머물러 있었다. 코즐로프는 시선을 떼지 않고 오래전부터 연신 돌을 깨고 있었다. 쇠약한 그의 심장이 가까스로 뛰고 있었다.

'전(全) 프롤레타리아의 집' 공사 책임을 맡은 현장 감독은 밤이 깊어 어두워져서야 설계 사무실을 나왔다. 코틀로반 안은 텅 비어 있었고 노동자들은 막사에서 줄지어 서로 몸을 바짝 붙인 채 잠이 들었다. 희미한 등불 빛만이 밤을 밝히며 판자 틈 사이로 새어나왔다. 불현듯 술 생각이 나는 사람을 위해서라든가 만일의 상황을 대비해 등불을 켜둔 것이다. 기사인 프루셉스키는 막사로 다가가 옹이가 난 자리에 생긴 구멍을 통해 안을 들여다보았다. 벽에서 가장 가까운 곳에 치클린이 잠들어 있었다. 힘이 들어가 부풀어오른 그의 손이 배 위에 올려져 있었다. 그의 몸은 영양을 공급하는 수면활동이 진행되는 가운데 낮은 소리를 냈다. 코즐로프는 맨발로 입을 벌린 채 잠을 잤으며 그의 목에서도 계속해서 그르렁거리는 소리가 났다. 마치 호흡을 통해 마신 공기가 무겁고 어두운 피를 뚫고 나가는 듯했다. 그리고 반쯤 뜬 창백한 눈에서 이따금 눈물이 흘러내렸는데, 꿈을 꿔서 그랬는지 슬퍼서 그랬는지는 알 수 없었다.

프루솁스키는 판자에서 머리를 들고 잠시 생각에 잠겼다. 깊은 밤 저 멀리 공장 건설 현장에서 전깃불이 반짝거렸지만, 프루솁스키는 거기에는 생명 없는 건설 자재와 지치고 아무런 생각을 하지 않는 사람들 외엔 아무것도 없다는 사실을 알고 있었다. 그래서 그는 아직도 사람들이 땅을 나누고 담을 치는 방식으로 살고 있는 옛 도시를 대신할 '전 프롤레타리아의 집'을 고안해냈던 것이다. 1년 후면 이 지역의 모든 프롤레타리아 계급은 소부르주아적인 삶의 방식을 지닌 도시를 떠나 기념비적인 새 집에 삶의 둥지를 틀 것이다. 그리고 10년이나 20년 후면 또다른 기술자가 나타나 세계의 한복판에 탑을 짓고, 지상에 존재하는 모든 노동자들이 그 탑에 들어가 행복한 영원의 삶을 누리게 될 것이다. 프루솁스키는 예술과 정합성이라는 이름의 어떠한 정역학적 작품을 세계의 한가운데에 세우게 될지는 짐작할 수 있었지만, 이 평원에 들어설 공동 주택에 살게 될 사람들의 정신 구조는 어렴풋이나마 느껴볼 수도 없었고, 지구의 한가운데에 세워질 미래의 탑에서 사는 사람들은 머리에 그려지지도 않았다. 그러니 그때 젊은 이들이 어떤 몸을 갖게 될지, 어떤 자극에 의해 심장이 뛰고 머리가 회전할지 알 수 있겠는가?

프루솁스키는 자신이 짓는 건축물의 담을 세우는 일이 헛되지 않도록 지금 그런 것들을 알고자 했다. 집은 사람들이 살아야 하고, 사람들은 그 언젠가 영혼이라고 불렸던 잉여의 삶의 온기로 가득 채워져야 하는 것이다. 그는 빈 건물, 즉 악천후를 피하는 것만을 목적으로 삼은 그런 건물을 올리게 될까봐 두려웠다.

프루솁스키는 차가운 밤바람을 피해 사람들이 막 파기 시작한 코틀로반 아래로 내려갔다. 거기엔 정적이 가득 차 있었다. 깊숙이 들어가 잠시 그는 구덩이 바닥에 앉았다. 그의 발아래에는 암석이 깔려 있었고 측면으로는 흙 단면이 올라와 있었다. 점토층의 위에는 점토와는 다른 토양이 덮여 있는 것이 눈에 들어왔다. 과연 상부구조는 토대가 어떤 것이든 그 위에 형성되는 것일까? 생활 물자의 생산은 인간에게 영혼을 그 파생물로 가져다줄 수 있는가? 만일 생산을 어떤 일정한 수준까지 향상시키면 과연 그런 예상하지 못한 부산물을 얻어낼 수 있을까?

기사인 프루솁스키는 이미 스물다섯 살 때부터 자신의 의식이 억눌려 있는 듯한 느낌과 이제 지금까지 그랬던 것보다 인생을 더 깊이 이해할 수 없을 것 같은 느낌을 받았다. 마치 어두운 벽이 그의 예민한 지성 앞에 떡하니 버티고 서 있는 듯했다. 그때부터 그는 그 벽 주변을 서성이며 괴로워했고, 이미 세계와 인간의 바탕을 이루는 물질의 실질적 구조를 알고 있다는 사실에서 위안을 구했다. 그가 생각하기에, 기존의 과학은 그의 의식의 어두운 벽 앞에 머물러 있을 뿐이고 벽 너머에는 굳이 가지 않아도 될 빈 공간만 남아 있을 뿐이었다. 그러나 그럼에도 혹시 그 벽을 넘은 사람이 있지 않았을까 하고 궁금해지는 것은 어쩔 수 없었다. 프루솁스키는 다시 막사 벽으로 다가가 몸을 웅크리고 자기가 인생에서 아직 모르고 있는 무언가를 찾아내기를 바라며 안에서 자고 있는 사람들을 보았다. 그러나 등의 석유가 거의 다 소모되어 잘 보이지 않았고 오직 느릿느릿 스러져가는 숨소리만 들릴 뿐이었다. 프루셉스키는 막사를 뒤로하고 야간 당번 이발사에게 면도를 받기 위해 이발소로 향했다. 그는 외로울 때면 누군가의 손이 그의 몸에 닿는 것을 좋아했다.

자정이 지나서야 프루셉스키는 과수원 안의 별채에 있는 자신의 숙소로 돌아와, 어둠을 향해 창을 열고 잠시 앉아 있기 위해 자리를 잡았다. 이 지역에서 약하게 부는 바람이 나뭇잎을 흔들기 시작했지만 곧 다시 정적이 밀려들었다. 과수원 뒤로 누군가 지나가며 노래를 흥얼거렸다. 밤늦게 일을 마치고 돌아가는 회계원이거나, 아니면 누군가 잠이 오지 않는 사람일 것이다.

멀리 허공에 걸린 별이 하나 희미하게 구원받을 길 없이 빛나고 있었다. 그 별은 결코 이쪽으로 가까이 올 것 같지 않았다. 프루셉스키는 희뿌연 공기를 통해 그 별을 바라보았다. 시간이 흘렀고 그는 의문이 들기 시작했다. '그럼 나는 죽어야 하나?'

프루셉스키는 아직 멀리 떨어져 있는 죽음에 이를 때까지 그가 반드시 살아 있어야 될 만큼 자신을 필요로 하는 사람이 있다고 생각하지 않았다. 그에게는 희망 대신 인내만 남아 있을 뿐이었다. 수많은 밤이 연달아 흐르고, 숲이 지고 피어났다가 다시 지고 난 뒤, 만나고 스쳐가는 많은 사람들 너머 그 언젠가 그의 시간이 다가올 것이다. 그러면 그는 침대에 누워 얼굴을 벽 쪽으로 돌리고 미처 울지도 못하고 숨이 끊어질 것이다. 그의 누이만이 세상에 남겨지겠지만 그녀는 아이를 낳을 것이고, 결국 아이를 아끼는 마음이 죽어 허물어진 오빠에 대한 슬픔보다 더 커질 것이다.

'죽는 게 낫겠어.' 프루셉스키는 생각했다. '사람들은 나를 이용했지만 아무도 나를 달가워하지 않았어. 내일 동생에게 마지막 편지를 써야지. 아침 일찍 우표를 사야겠어.'

그는 죽기로 결심하고 자리에 누워 삶에 대한 무관심에서 오는 행복에 젖어 깊게 잠이 들었다. 하지만 그는 그 행복감을 다 맛보지도 못하고 새벽 세시경에 잠에서 깨어났다. 그는 불을 켜고 빛과 정적 한가운데에서 지척에 있는 사과나무에 둘러싸여 새벽녘까지 앉아 있었다. 그러고 나서 그는 새소리와 지나가는 사람들의 발소리를 듣기 위해 창문을 열었다.

모두 기상한 후에 외부인 하나가 노동자들의 막사로 왔다. 노동자들 가운데 코즐로프만이 유일하게 그를 알고 있었다. 이전에 한 번 그와 다툰 적이 있었기 때문이다. 그는 파시킨이란 자로서 지역노조 의장을 맡고 있었다. 그는 얼굴이 늙수그레했고 등은 구부정했는데, 나이 때문이라기보다 사회적인 책무 때문에 그러했을 것이다. 그에 걸맞게 그는 가부장적인 태도로 말했고, 거의 모든 것을 이미 알고 있거나 아니면 미리 내다보는 듯했다.

　　"그것 참." 그는 뭔가 어려운 일이 생기면 이렇게 말문을 열었다. "어찌 됐든 행복은 역사적으로 도래하게 되어 있지요." 그런 다음 그는 더이상 아무것도 생각해낼 수 없는 서글픈 머리를 조용히 떨어뜨렸다.

파시킨은 이제 막 파내기 시작한 코틀로반에 들러 다른 일반 생산 시설을 대하듯 땅 밑을 내려다보았다.

"속도가 아주 느리군요." 그가 노동자들에게 말했다. "왜 당신들은 생산성을 올리려 하지 않는 거요? 사회주의는 당신들 없이도 잘 흘러 가겠지만 사회주의가 없으면 당신들은 공허한 삶을 살다 죽게 될 거요"

"파시킨 동무, 우리도 노력하고 있습니다." 코즐로프가 말했다.

"노력하고 있다고? 고작 흙 한 더미 파놓고선!"

파시킨의 질책에 위축되어 노동자들은 대꾸 한마디 못 했다. 그들은 그저 우두커니 서서 그가 말하는 것을 지켜볼 뿐이었다. 그의 말은 다 맞았는데 서둘러 땅을 파 그 위에 집을 지어야 하고, 그러지 않으면 그 전에 그들이 죽거나 제때 일을 못 마칠 것이며, 현재의 삶이 호흡이 흘러가듯 사라져버린다 해도, 집을 짓는 것은 미래에 도래할 부동(不動)의 행복과 유년을 위해 삶을 저축하는 것이 될 수 있다는 이야기였다.

파시킨은 멀리 평원과 협곡을 바라보았다. 그곳 어디에선가 바람이 일고 차가운 먹구름이 피어오르고 모기 같은 미물과 갖가지 질병이 생겨나고 있겠지. 그리고 부농들은 머리를 굴리고 농촌의 낙오자들은 잠을 자고 있겠지만, 이놈의 저주받을 프롤레타리아는 이 지루한 공허 속에서 외로운 삶을 살며 모두를 위해 온갖 것을 고안해내고 장수(長壽)의 물질을 제 손으로 직접 만들어내야만 하는 것이다. 파시킨은 자기 밑의 노조원들이 모두 참 안됐다는 생각이 들면서 자기 내면에 노동자들에 대한 선의의 마음이 있음을 새삼 깨달았다.

"동무들, 노조의 노선에 근거해 내 특별히 여러분에게 상여금을 주겠소." 파시킨이 말했다.

"상여금을 어디서 마련하겠다는 거요?" 사프로노프가 물었다. "우리가 먼저 상여금을 마련해 당신에게 건네면 우리에게 그것을 다시 주겠다는 말이오?"

파시킨은 미래를 내다보는 특유의 우울한 시선으로 사프로노프를 잠시 바라보더니 일을 하러 시내로 발길을 옮겼다. 코즐로프가 파시킨의 뒤를 따르며 그에게 말했다.

"파시킨 동무, 저기 보셰프란 자가 우리 소속으로 들어왔는데 직업소개소에서 발행하는 증명서를 갖고 있지 않소. 동무가 그자를 여기서 다시 내보내야 되지 않겠습니까?"

"뭐 하나 상충되지도 않고 별 문제 없어 보이는데요. 더구나 요즘 프롤레타리아가 부족하지 않소?" 파시킨은 그렇게 결론을 내렸는데, 이는 코즐로프에게 불만의 소지를 남겼다.

이로 인해 코즐로프가 프롤레타리아로서 가진 믿음은 금방 약화되었다. 그는 시내로 가서 비판 문건을 내고 조직의 효율성을 높이기 위해 다양한 갈등을 조정해야겠다는 욕심이 생겼다.

정오까지는 아무 일 없이 시간이 흘러갔다. 조직을 맡거나 기술 부문을 맡은 인력은 아무도 코틀로반에 찾아오지 않았지만 노동자들의 힘과 인내만을 고려하는 땅은 그들의 삽을 받으며 점점 깊어져갔다. 보셰프는 이따금 허리를 숙여 돌멩이나 흙덩이를 주웠고, 그것들을 오래도록 보관하기 위하여 바지 주머니에 넣어두었다. 돌멩이가 켜켜이 어둠이 쌓인 진흙 속에 박혀 거의 영원토록 존재한다는 사실이 그에게 기쁨과 동시에 불안감을 가져다주었다. 그것은 그가 거기 존재

해야 할 이유가 있다는 것을 뜻했다. 더욱이 인간은 살지 않으면 안되는 것이다. 그러나 그럼에도 사물의 전반적 상태에 대한 슬픔이 다시 보세프에게 고통을 가져다주었다. 그는 지상의 모든 생을 자신의 내부처럼 느꼈고, 그들과 소통하기 위해 때때로 입을 벌려 목기침을 했다.

정오 이후로 코즐로프는 크게 숨을 쉴 수가 없었다. 그는 깊게 호흡을 하려 했지만 공기는 배 아래까지 내려가지 않고 얕은 데서만 맴돌았다. 코즐로프는 헐벗은 대지 위에 주저앉아 뼈만 앙상히 남은 자신의 얼굴을 손으로 어루만지며 슬픔에 잠겼다.

"자네 어디 아픈가?" 사프로노프가 코즐로프에게 물었다. "건강을 위해 체력 단련 코스라도 좀 들어가보지 그래? 자넨 분쟁거리만 쫓아다녀 문제야. 생각 자체가 후진적이라고."

치클린은 쉬지 않고 쇠몽둥이로 자연 상태의 석판을 내리쳤다. 그는 뭔가 생각을 한다든지 기분을 바꾼다든지 하기 위해 잠시 일을 멈출 법도 했지만 그렇게 하지 않았다. 왜냐하면 다른 식으로 살아야 할 이유를 찾지 못했기 때문이다. 다시 도둑이 될 수도 있고 혁명에 등을 돌리게 될 수도 있는 게 아닌가?

"코즐로프가 또 기력이 떨어졌어." 사프로노프가 치클린에게 말했다. "그는 아무래도 사회주의 시기 이후까지 살지 못할 것 같네. 그에겐 뭔가 어떤 기능이 부족한 게 틀림없어."

치클린은 일을 멈추고 두 손으로 자기 몸을 쓰다듬고 있는 코즐로프를 바라보았다. 그 순간 그는 생각을 하기 시작했다. 왜냐하면 그가 땅속으로 생(生)을 흘려보내기를 멈추자 생이 달리 갈 곳을 찾아내지 못했기 때문이다. 그는 물기에 젖은 등을 구덩이 벽에 기대고 먼 곳에 시선을 던지며 옛 기억을 떠올렸다. 그는 이제 더이상 아무것도 생각할 수 없었다. 코틀로반에서 가까운 협곡에는 벌써 풀이 조금씩 자라고 있었고 볼품없는 모래가 죽은 듯이 깔려 있었다. 물러섬이 없는 태양은 제 몸을 짜내어 하찮고 보잘것없는 이곳의 모든 생명들에게 아낌없이 나누어주었다. 태양은 먼 옛날 따뜻한 장대비를 뿌려 협곡을 만들었지만 협곡은 아직 프롤레타리아를 위해 이용되지 못했다. 치클린은 자신의 지적 능력을 확인해보기 위해 협곡으로 내려가 정확한 측정을 위해 낮게 숨을 고르고 평상시 보폭으로 협곡의 넓이를 재어보았다. 협곡은 코틀로반으로 쓰기에 안성맞춤이었다. 경사면을 좀 깎고 물이 새지 않을 정도의 깊이까지 구덩이를 좀더 파기만 하면 되었다.

"코즐로프에게 아플 테면 아프라고 해요." 치클린이 돌아와서 말했다. "여기서 땅 판다고 고생할 필요가 없겠소. 협곡에 집을 내리고 거기서부터 위로 집을 올리도록 합시다. 코즐로프는 집을 다 짓기 전에는 죽지 않을 거야."

치클린의 말을 듣고 많은 사람들이 땅 파기를 멈추고 한숨 돌리기 위해 땅바닥에 주저앉았다. 하지만 코즐로프는 어느덧 피로를 잊고 프루셉스키에게 가서 사람들이 더이상 땅을 파지 않고 있으니 엄히 규율을 세워야겠다고 말하려고 했다. 이렇게 조직에 일조를 한다고 생각하자 코즐로프는 기뻤고 건강도 회복되는 것 같았다. 그런데 코즐로프가 발걸음을 떼려고 하자 사프로노프가 그를 말렸다.

"코즐로프, 무슨 일이야? 인텔리가 되기라도 한 거야? 인텔리 계급이 우리 대중을 향해 내려오고 있는 판국에 말이야."

프루솁스키가 알지 못하는 어떤 사람들을 데리고 코틀로반으로 가고 있었다. 누이에게 편지를 띄우고 난 뒤 이제 그는 다시 열심히 일하고 싶은 마음이 생겼다. 그리고 그는 당장 시급한 일에 전념하며 다른 사람들을 위해서라면 어떤 건물이든 짓고 싶었다. 그는 다만 자신의 의식 안에 불안을 조장하여 죽음에 대한 감정은 물론이고 타인을 고아처럼 측은히 여기는 감정도 잘 조절하고 있는 지금의 심적 균형을 깨고 싶지 않았다. 그는 전에는 무엇 때문인지 좋아하지 않았던 사람들을 이젠 특별히 애틋한 마음으로 대했다. 이제 그는 자신의 삶에서 가장 중요하게 자리잡은 듯한 수수께끼가 그 사람들 안에 있음을 느꼈고, 어떻게 된 영문인지 두근거리는 마음으로 낯설기도 하고 낯익기도 한 그 어리석은 얼굴들을 뚫어지게 바라보았다.

프루솁스키가 데려온 사람들은 국가적 속도의 확보를 위해 파시킨이 보낸 새 노동자들이었다. 그런데 그 가운데 노동자 신분으로 온 사람은 없었다. 치클린은 자세히 관찰하지 않고도 금방 그것을 알아챌 수 있었다. 그들은 재교육을 받은 도시 관리들이거나 다양한 등급의 수도사들이거나 일하는 말(馬) 뒤를 조용히 따라다니는 데 익숙해진 사람들이었다. 그들에게서 프롤레타리아답게 노동하는 재능이란 결코 찾아볼 수 없었다. 그들은 하늘을 보고 반듯이 누워 있거나 다른 어떤 방식으로 휴식을 취하는 데 더 많은 재능을 갖고 있는 사람들이었다.

프루솁스키는 치클린으로 하여금 새로 온 노동자들을 코틀로반에 배치시켜 기술을 배우도록 했다. 세상 사람들과 더불어 살며 일하는 것을 배워야 하기 때문이었다.

"우리한테 이것은 일도 아니지." 사프로노프가 말했다. "우리가 이 낙오자들을 당장 열성분자로 만들어놓겠소."

"좋아, 좋아요." 프루솁스키는 일을 맡기며 말했다. 그는 치클린을 따라 협곡을 향해 발길을 옮겼다.

치클린은 이 협곡이 반쯤 완성된 코틀로반보다 훨씬 더 낫고 이 협곡을 이용하면 미래에 이르기까지 몸이 약한 사람들이 살아남을 수 있다고 말했다. 프루솁스키는 어차피 자신은 건물이 다 지어지기 전에 죽을 테니 그의 말에 동의했다.

"그런데 내 안에서 과학적인 의문이 불현듯 고개를 드는군요." 사프로노프가 정중하고 지적인 얼굴을 찡그리며 말했다. 모든 사람들이 그의 말에 귀를 기울였다. 사프로노프는 모종의 재치가 담긴 웃음을 지으며 주위 사람들을 둘러보았다.

"어떻게 치클린 동무한테 그런 위대한 생각이 떠오르게 된 걸까요?" 사프로노프가 천천히 말을 꺼냈다. "그가 어릴 때 축복의 키스를 머리에 받고* 학자들 이상으로 현명하게 협곡을 선택하게 되었는지도 모르겠소! 치클린 동무, 어째서 자네는 생각이란 것을 하고, 나는 프루솁스키 동무와 같이 다니는데도 계급 사이에 낀 때처럼 나아지는 게 없을까?"

치클린은 기지를 부리기에는 마음이 너무 무거웠으므로 건성으로 답했다.

---

* 러시아 민간에는 어렸을 때 수도사나 영험한 능력을 지닌 이들로부터 머리에 축복의 키스를 받은 아이들이 나중에 커서 큰 학자가 된다는 믿음이 전해 내려온다.

"살아갈 방도가 없으면 그땐 머리로 생각을 하게 되지."

프루셉스키는 무모한 순교자를 보듯 치클린을 바라보고는 협곡을 시추하도록 지시하고 자기 사무실을 향해 떠났다. 사무실에서 그는 사물을 감촉하며 기억 속의 사람들을 잊기 위해 '전 프롤레타리아의 집'의 고안된 각 부분에 대한 작업에 들어갔다. 두 시간쯤 지나 보셰프가 시추 구멍에서 나온 토양 샘플을 들고 왔다.

프루셉스키는 협곡의 토양 샘플을 손에 들고 유심히 들여다보았다. 그는 혼자 이 검은 흙덩어리와 남고 싶었다. 보셰프가 문 뒤로 물러나 혼잣말로 뭔가 아쉬움을 토로하면서 사라졌다.

기사인 프루셉스키는 희망이나 욕구의 충족과는 아주 거리가 먼 자동적으로 움직이는 이성의 관성에 따라 그 토양을 오랜 시간 관찰하며 그 압축과 변형 가능성을 계산해보았다. 그는 감정적인 삶을 살며 행복이 눈에 보였던 옛 시절에는 토양의 안정도를 덜 정확하게 측정했을 테지만, 이제 그는 이러저러한 물건이며 건조물을 잠시도 쉬지 않고 돌보고 싶었다. 그것들을 우정이나 사람에 대한 애착 대신 머리와 텅 빈 가슴 속에 오래도록 담아 간직하고자 했던 것이다. 앞으로 지어질 건물의 안정성에 대해 고심할 때면 프루셉스키는 생각이 맑아져 마음이 안정되었고 이것은 거의 만족감 같은 것을 가져다주었다. 건조물의 세세한 부분들이 불러일으키는 흥미는 사상을 같이하는 자들과의 우정보다 오히려 더 단단하고 믿을 만한 것이었다. 움직임도 생명도 사멸도 필요하지 않은 영원한 물질은 프루셉스키에게 마치 잃어버린 연인의 존재와도 같이 잊힌 그 무엇, 없어서는 안 될 그 무엇을 대신해주었다.

치수에 대한 계산을 모두 마치고 난 뒤 프루셉스키는 '전 프롤레타리아의 집'의 내구성을 뒷받침할 조치들을 마련하였다. 그는 지금까지 한데에서 살아왔던 사람들을 보호해줄 물질의 견고함에 안도감을 느꼈다. 그리고 그는 마음이 한결 가벼워졌고 내부에서 더이상 아무 소리도 들리지 않았다. 그는 마치 죽음을 앞두고 매사에 무관심하게 지내는 그런 삶을 사는 것이 아니라 언젠가 어머니가 속삭이며 들려주었던 바로 그 삶, 하지만 기억 속에서도 잃어버린 그런 삶을 사는 것 같았다.

프루셉스키는 마음의 안정과 경이로운 느낌을 깨지 않기 위해 지반공사 사무실을 빠져나왔다. 자연에서는 텅 빈 여름 낮이 저녁으로 물러나고 있었다. 가까운 곳에서든 먼 데서든 모든 것이 점차 끝을 맞고 있었다. 새들은 어디론가 숨고 사람들은 잠을 자기 위해 자리에 눕고 멀리 들판 가운데에 들어선 집들 위로 연기가 평화로이 솟아나오고 있었다. 그런 집에는 이름 모를 지친 사나이가 삶을 끝까지 인내하기로 마음먹고 저녁밥을 기다리며 솥 옆에 앉아 있었다. 코틀로반은 텅 비어 있었다. 노동자들은 일하러 협곡으로 갔고 그들의 움직임은 이제 협곡 안에서 이루어졌다. 프루셉스키는 불현듯 먼 중앙의 도시에 가고 싶다는 생각이 들었다. 사람들이 늦도록 잠들지 않고 생각에 잠기며 논쟁하고, 저녁에는 식료품 상점들이 열려 포도주와 과자 냄새가 코를 찌르는 그런 도시가 그리워졌다. 그런 도시에서는 미지의 여인을 만나 우정이 주는 신비로운 행복감에 취해 밤새도록 그녀와 이야기를 나눌 수도 있을 것이다. 그럴 때면 영원히 그런 흥분 속에 머물고 싶어지기 마련이다. 그렇게 아침이 찾아오면 두 사람은 불 꺼진 가스등 아래에서 인사를 나누며 아침노을의 공허 속에 재회의 기약 없이 헤어지는 것이다.

프루셉스키는 사무실 가까이에 놓인 긴 의자에 앉았다. 언젠가 그는 바로 그렇게 아버지의 집 밖에 앉아 있었던 적이 있었다. 그때 이후로 여름 저녁은 조금도 바뀌지 않았다. 그 당시 그는 지나가는 사람들을 관찰하기를 좋아했다. 그 가운데는 그의 마음에 드는 사람들도 있었다. 그는 사람들이 모두 다 서로 알고 지내지 않는다는 사실이 안타까웠다. 한 감정이 지금까지도 그의 내부에 슬프게 살아남아 있었다. 언젠가 바로 그런 여름 저녁에 한 처녀가 어릴 적 그가 살았던 집 앞을 지나갔다. 그는 그녀의 얼굴도, 그 일이 일어난 해도 기억할 수 없다. 그때 이후로 그는 마주치는 모든 여자의 얼굴을 눈여겨보았으나, 그 얼굴들 속에서 이제는 사라졌건만 그의 유일한 연인이었고 멈추지 않고 그의 곁을 가까이 스쳐 지나간 그녀의 얼굴을 찾아낼 수는 없었다.

혁명 당시에는 러시아 방방곡곡에서 개들이 밤낮 할 것 없이 사납게 짖어댔지만 지금은 아주 조용해졌다. 노동의 시대가 다가왔고 노동자들은 정적 속에서 잠을 잤다. 경찰은 다음날 아침의 노동을 위해 노동자들이 깊고 영양가 높은 잠을 잘 수 있도록 밖에서 노동자 주택의 침묵을 지킨다. 보셰프가 이 도시에 들어오면서 만났던 다리 없는 상이군인과 야간 근무조의 건설 노동자들만이 잠을 자지 않고 있었다. 오늘 이 상이군인은 자기 몫의 삶을 수령하기 위해서 낮은 수레를 타고 파시킨 동무를 찾아갔는데, 그는 한 주에 한 번씩 그것을 받으러 갔다.

파시킨은 어떤 경우에도 불이 붙지 않는 튼튼한 벽돌집에 살고 있었다. 그가 거주하는 집의 열린 창문은 밤에도 꽃들이 환히 피어나는 잘 가꿔진 정원으로 나 있었다. 상이군인은 누군가 저녁을 짓느라 가마 속처럼 떠들썩한 부엌의 창문을 지나 파시킨의 서재 앞에서 멈춰섰다. 주인은 책상 앞에 가만히 앉아 상이군인에게는 보이지 않는 무언가를 앞에 두고 깊은 사색에 빠져 있었다. 그의 책상 위에는 건강을 증진시키고 활력을 불러일으키는 데 유용한 다양한 음료와 통조림이 놓여 있었다. 파시킨은 높은 계급의식을 획득하였고 선봉에 서 있으며 이미 충분한 업적을 쌓아놓았다. 그에 따라 그는 자기 몸을 과학에 의거하여 관리하고 있었는데, 개인적인 삶의 기쁨을 위해서가 아니라 주변의 노동 대중을 위해서 그렇게 했다. 상이군인은 파시킨이 생각을 멈추고 자리에서 일어나, 사지를 이용한 간단한 체조를 마치고 심기를 새롭게 한 후에 다시 자리에 앉기를 기다렸다. 상이군인은 창문을 통해 무언가 말을 하려고 했지만, 파시킨은 작은 병을 집어들고 세 번에 걸쳐 천천히 숨을 들이마셨다 내쉰 다음 병 안의 액체를 들이켰다.

"아직 오래 기다려야겠나?" 생의 가치도, 건강의 가치도 의식해보지 않은 상이군인이 물었다. "또다시 내게서 매를 벌 셈인가?"

파시킨은 자기도 모르게 흥분했지만 정신을 가다듬어 마음의 평정을 되찾았다. 그는 몸의 신경을 쓸데없이 허비하고 싶지 않았다.

"왜 그래, 자체프 동무? 뭐가 부족한 거야, 왜 성이 났냐고?"

자체프는 사실을 바탕으로 곧바로 그에게 대답했다.

"이 부르주아야, 자네 도대체 뭐야? 내가 왜 자넬 그냥 참고 내버려두고 있는지 잊어버린 거야? 눈먼 배때기에 한 방 놔줄까? 잘 알아두라고, 규칙이란 내겐 모두 무용지물일 뿐이야."

그러면서 그는 손 가까이에 있던 장미 한 줄기를 뽑아들더니 그것을 이용하지 않고 그냥 멀리 던져버렸다.

"자체프 동무," 파시킨이 대답했다. "나는 자네를 당최 이해할 수 없네. 자네에겐 일등급의 연금이 지급되고 있지 않나? 그런데 왜 그러느냐고? 난 자네를 위해 할 수 있는 건 다 했네."

"거짓말하지 마. 이 계급의 쓰레기! 오늘도 네가 아니고 내가 널 찾아온 거라고."

그때 파시킨의 아내가 그의 서재로 들어왔다. 고기를 질겅질겅 씹고 있는 그녀의 입술은 붉었다.

"레보치카*, 당신 또 흥분한 거예요?" 그녀가 말했다. "내가 지금 당장 그에게 먹을 것 한 꾸러미 싸줄게요. 도저히 참을 수 없군요. 저런 인간들이 당신의 기분을 상하게 한다는 게."

그녀는 뭐든 늦어지는 것을 결코 참지 못하는 피둥피둥한 몸을 흔들며 다시 방에서 나갔다.

"이놈아, 마누라를 얼마나 처먹인 거야?" 정원에서 자체프가 말했다. "그놈의 여편네, 걸으면서도 주둥이를 멈추지 않고 놀리네. 마누라 다루는 솜씨가 보통이 아닌데."

파시킨은 낙오자들을 이끄는 데 지나치게 경험이 많아 이런 일에 흥분을 하지 않았다.

"자체프 동무, 자네도 충분히 여자를 먹여 살릴 수 있네. 연금에 최소 비용이 다 포함되어 있거든."

---

* 레프의 애칭.

"오, 이 간사한 뱀 같은 놈아!" 자체프가 어둠 속에서 말했다. "내 연금 가지고는 수수도 사기 힘들어. 기껏해야 쓿지 않은 수수나 살까. 나는 기름과 뭐든 우유로 만든 것을 원해. 네 돼지 같은 마누라한테 우유 크림이나 걸쭉하게 한 병 담아오라고 해."

파시킨의 아내가 꾸러미를 하나 들고 남편 방으로 들어왔다.

"올랴, 저 사람이 우유 크림을 좀 달래." 파시킨이 말했다.

"또 뭐? 저이에게 바지 한 벌 해 입을 크레프드신을 좀 사주면 어떨까요? 한 번 생각해보세요."

"저 여자가 내가 길거리에서 자기 치마를 갈가리 찢어주기를 원하는군." 화단에서 자체프가 말했다. "아니면 침실 창문을 깨부수고 면상을 꾸미는 화장대를 박살내버릴까? 아무래도 나한테 단단히 혼 좀 나고 싶은가봐."

파시킨의 아내는 언젠가 자체프가 자기 남편을 비판하는 문건을 주 당위원회에 보내어 한 달 내내 조사가 진행되었던 사실을 떠올렸다. 그때는 왜 레프이고 게다가 일리치*인지, 이름까지도 문제가 되었다. 그래 별수 없다! 그래서 즉시 그녀는 조합에서 출하된 크림을 한 병 자체프에게 건넸다. 자체프는 창문 너머로 꾸러미와 병을 건네받고

---

* 러시아인들의 정식 성명은 이름과 성뿐 아니라 그 둘 사이에 들어가는 부칭(父稱), 이렇게 총 세 가지로 이루어진다. 부칭이란 아버지의 이름 뒤에 남자는 '비치', 여자는 '브나'가 붙어 만들어지며 아버지가 누구인지를 말해주고, 이름과 더불어 부를 때는 상대에 대한 존경을 나타낸다. 파시킨의 정식 성명은 레프(이름) 일리치(부칭) 파시킨(성)이 되는데, 여기서 문제가 되는 것은 그의 이름이 레프 트로츠키의 이름과 같고 그의 부칭은 대정치인이며 철학자인 블라디미르 일리치 레닌(본명 울리야노프)의 부칭과 같다는 점이다.

정원을 떠났다.

"음식의 질은 집에 가서 자세히 살펴보겠어." 그는 울타리 문 앞에서 수레를 잠시 멈추고 말했다. "만약 또 상한 쇠고기라든가 먹다 남은 음식으로 밝혀지면 그대로 배때기에 벽돌장이 날아갈 줄 알아. 인간성으로 말하면 나는 네깟 것들보다 못할 게 없어. 나에겐 훌륭한 음식이 필요하다고."

아내와 단둘이 남은 파시킨은 상이군인 때문에 생긴 불안감을 자정이 될 때까지 가라앉힐 수 없었다. 파시킨의 아내는 지루하면 무언가 생각을 하는 능력을 갖고 있었다. 가족이 모두 침묵하는 사이 그녀는 고민 끝에 안을 하나 내놓았다.

"레보치카, 내 말 좀 들어봐요. 이 자체프란 사람을 데려다가 직책을 하나 주는 게 어떨까요? 상이군인들이라도 인도하게 하는 일 말이에요. 사람은 누구든 아무리 작은 것일지라도 자신의 삶을 지배하는 인생의 의미를 가질 필요가 있어요. 그렇게 되면 한결 조용해지고 점잖아지죠. 레보치카, 당신은 순진하고 어리숙한 사람이에요."

파시킨은 아내의 말을 듣자 사랑과 마음의 평화가 다시 느껴졌다. 평상시의 삶이 다시 돌아온 것이다.

"올구샤*, 귀염둥이, 당신은 놀라울 정도로 정확하게 대중을 이해하고 있소. 나를 당신 밑으로 조직되게 해주오!"

그는 아내의 몸에 머리를 기대고 행복감과 따뜻함 속에 빠져들었다. 정원에서는 밤이 계속 이어지고 있었고, 자체프의 수레에서 삐걱

---

* 올가 혹은 올랴의 애칭.

거리는 소리가 멀리 퍼져나갔다. 도시의 소시민들은 이 삐걱거리는 소리를 듣고 자체프에게 버터가 떨어졌다는 것을 알 수 있었다. 자체프는 항상 부자들에게서 버터를 한 꾸러미씩 받아 수레에 발랐기 때문이다. 그는 여분의 에너지가 부르주아의 몸에 보태지지 않도록 하기 위해 일부러 음식을 못 쓰게 만들었다. 본인도 그런 호사로운 음식은 먹고 싶지 않았다. 지난 이틀 동안 자체프는 왠지 니키타 치클린이 보고 싶었다. 그래서 그는 수레를 코틀로반 쪽으로 움직였다.

"니키타!" 그가 숙소로 쓰이는 막사 앞에서 치클린을 불렀다.

그가 이렇게 니키타를 부르자 밤과 정적이 한층 더 뚜렷해지고 연약한 생명들에게 공통된 슬픔이 어둠 속에서 더욱 또렷하게 느껴졌다. 막사에서는 대답 대신 애처로운 숨소리만 들려왔다.

'잠이 없었다면 노동자들은 이미 오래전에 다 죽었을 거야.' 자체프는 잠시 그런 생각을 하고 조용히 수레를 몰았다. 그때 협곡에서 어떤 두 사람이 손에 등을 들고 나왔다. 그들의 눈에 자체프의 모습이 들어왔다.

"거기 키 작은 사람, 누구시오?" 사프로노프가 물었다.

"나요." 자체프가 말했다. "자본이 나를 이렇게 반 토막으로 만들어놓았소. 그런데 거기 둘 중에 한 사람이 니키타 아니오?"

"동물이 아니라 사람이었군그래!" 바로 그 사프로노프가 대답했다. "치클린, 그에게 자네 자신의 견해를 말해주게."

치클린은 자체프의 얼굴과 짤막한 몸에 등을 비추었다가 당황하여 어두운 쪽으로 등을 치웠다.

"이게 누구야, 자체프 아냐?" 치클린이 조용히 말했다. "죽이라도 얻어먹으러 여기에 온 건가? 가세. 죽이 남아 있네. 어차피 내일이면 상해서 버려야 할 걸세."

치클린은 자체프가 도움을 받는 것에 대해 모욕을 느끼거나 먹을 사람이 없어 버릴 죽을 먹는다고 생각할까봐 마음이 쓰였다. 전에 치클린이 강에서 나무를 치우는 작업을 하고 있을 때 자체프가 노동자 계급에게서 먹을 것을 얻기 위해 그를 찾아온 적이 있었다. 그런데 자체프는 여름을 나며 노선을 바꿔 최고 계급으로부터 음식을 얻어먹기 시작했다. 그는 그것이 미래의 행복을 향해 전진하는 무산자들의 운동에 도움이 되리라고 판단했다.

"자네가 보고 싶더군." 자체프가 말했다. "짐승 같은 놈들이 존재한다는 것 자체가 날 괴롭게 하네. 그래서 자네에게 하나 묻고 싶네. 언제 자네들이 짓고 있는 그 황당한 건물이 다 지어져 도시에 불을 지를 수 있는 건가?"

"아주 구제불능 인간이로구면!" 사프로노프가 자체프를 가리켜 말했다. "우리는 지금 공동의 집을 짓기 위해 온몸을 쥐어짜고 있는데, 우리가 하는 일이 황당한 짓이라는 슬로건을 내놓고 있으니 정말 이성의 요소라곤 찾아볼 수 없군그래."

사프로노프는 사회주의가 과학적인 사업임을 알았기 때문에 과학에 의거하여 논리정연하게 말을 했고, 일반 사물들의 경우처럼 그 단어들에 두 가지 의미, 그러니까 기본적 의미와 예비적 의미를 부여함으로써 어휘의 견고화를 꾀했다. 그사이에 세 사람은 이미 막사에 도착해 안으로 들어갔다. 보세프는 구석에서 솜으로 만든 양복 저고리에 따뜻하게 싸둔 선철 죽 그릇을 가져와 방금 온 사람들에게 내주었다. 치클린과 사프로노프는 습기 찬 진흙 구덩이 속에 오랫동안 있었던 탓에 몸이 꽁꽁 얼어붙어 있었다. 그들은 코틀로반 안에서 지하 수원을 찾아내 그것을 진흙으로 만든 쐐기로 튼튼하게 막기 위해 거기 다녀왔던 것이다.

자체프는 자신이 가져온 꾸러미를 열지 않고 공동의 죽을 먹어치웠다. 배를 채워두는 동시에 자기가 죽을 먹는 나머지 두 사람과 평등한 위치에 있다는 점을 확인해두기 위해서 그렇게 한 것이다. 죽을 먹고 난 뒤 치클린과 사프로노프는 잠자리에 들기 전에 맑은 공기도 쐬고 주위도 둘러보기 위해 밖으로 나왔다. 그렇게 그들은 얼마간 바깥에 나와 서 있었다. 별이 총총히 비치는 밝은 밤은 다루기 힘든 협곡은 물론이고 잠자는 노동자들의 스러져가는 숨소리와도 어울리지 않았다. 만약 아래만을 본다면, 그러니까 볼품없는 메마른 땅과 덤불 속에서 근근이 살아가는 풀들을 본다면 삶 속에서 희망을 찾기란 애초에 불가능해 보였다. 온 세계가 보잘것없고, 사람들도 우울한 비문화적 상태에 머물러 있다는 사실이 사프로노프를 당황하게 했고, 그의 이데올로기 목표마저도 흔들었다. 심지어 그는 부동의 태양빛이 내리쬐는 푸른 여름의 모습을 한 미래의 행복에 대해서도 의구심이 들기 시작했다. 밤낮 할 것 없이 주위가 온통 어수선함과 무모함으로 가득 차 있었던 것이다.

"치클린, 자네는 왜 줄곧 침묵하며 사는 건가? 인생의 기쁨을 위해 내게 무슨 말이든지 행동이든지 한 번 해보게."

"무슨 행동? 포옹이라도 한 번 해줄까?" 치클린이 대답했다. "코틀로반을 다 파고 나면 다 좋아질 걸세. 자넨 직업소개소에서 보낸 사람들을 잘 타일러 일할 때 몸을 너무 아끼지 않도록 하게. 몸속에 뭐 중요한 거라도 있는 듯이 몸을 아낀단 말이야."

"그렇게 하지." 사프로노프가 대답했다. "그렇게 할 수 있고말고. 내이 목동과 서기 나부랭이들을 단박에 노동자 계급으로 돌려세우겠네. 땅을 파기 시작하면 그 즉시 모든 죽음의 요소들이 그들의 얼굴에 나타날 것이네. 그런데 니키타, 어째서 들판은 저렇게 지루하게 누워 있는 걸까? 5개년 계획은 우리들 안에만 들어 있고, 온 세계에는 진정 슬픔이 가득한 건 아닐까?"

치클린은 머리카락으로 뒤덮인 작고 단단한 머리를 갖고 있었다. 평생 그는 해머를 내리치거나 삽으로 땅을 팠을 뿐 생각을 할 수 있는 여유를 갖지 못했기 때문이다. 그래서 그는 사프로노프의 의문을 풀어줄 수 없었다.

그들은 다가온 정적 한가운데에서 크게 호흡을 하고 자러 갔다. 자체프는 벌써 수레 안에 처박혀 깊은 잠에 빠져 있었다. 한편 반듯이 누운 보셰프는 호기심을 억누르며 허공을 응시하고 있었다.

"당신들은 세상의 모든 것을 안다고 하고선 땅만 파고 잠만 자는군." 보셰프가 말했다. "당신들 곁을 떠나 집단농장을 돌며 빌어먹고 사는 게 낫겠어. 어쨌든 나는 진리 없이는 부끄러워 살아갈 수 없으니까."

사프로노프가 확연히 우쭐대는 표정을 지으며 지도자연하는 가벼운 걸음걸이로 잠자는 사람들의 다리를 지나갔다.

"음, 동무들, 이 물건을 어떻게 해줄까요? 동그랗게 해줄까요? 아니면 물컹하게 해줄까요?"

"그 친구 건들지 마." 치클린이 단호하게 말했다. "우리 모두 텅 빈 세상에 살고 있네. 자넨 마음이 편한가?"

생의 아름다움과 지성의 고귀함을 사랑하는 사프로노프는 보셰프의 운명에 대해 존경심을 갖고 있으면서도, 다른 한편으로는 진리가 단지 계급의 적이 아닐까 하는 의심도 했다. 계급의 적은 꿈이나 상상의 모습으로 나타날 수도 있지 않은가?

"치클린 동무, 자네 그 제언 좀 잠시 미뤄두게." 사프로노프가 매우 엄중한 태도로 말했다. "아주 원론적인 문제가 제기되었어. 이 문제를 여러 가지 감정 이론과 집단 정신병 이론에 비춰볼 필요가 있네."

"사프로노프, 내 임금을 빼앗는 행동은 그만두게." 잠에서 깬 코즐로프가 말했다. "내가 잘 때는 연설 좀 그만두지그래. 안 그러면 자네에 대한 비판문을 쓸 수밖에 없어. 진정 좀 하라고. 잠도 일종의 임금인 거야. 혼 한 번 날 텐가?"

사프로노프는 입 안에서 뭐라 험한 설교조의 말을 중얼거리더니 더 큰 목소리로 말했다.

"코즐로프 씨, 그럼 주무시오. 허참, 여기 아주 신경이 예민한 지식인 계급이 있었군그래. 입을 열자마자 관료주의가 쏟아져나오니 말이야. 코즐로프, 자네가 지적인 알맹이를 갖고 있고 선봉에 서 있다면 잠시 몸을 일으켜 말 좀 해보게. 어째서 부르주아는 이 보셰프 동무에게 전체 농기구 대장(臺帳)을 남기지 않아 그로 하여금 이렇게 헐벗고 우스꽝스런 모습으로 살게 내버려뒀는지 말이야."

하지만 코즐로프는 이미 잠이 들어 자기 몸 속 깊은 곳만을 느끼고 있을 뿐이었다. 보셰프는 돌아누워 그가 아무런 동정도 받지 못하고 태어나 살고 있는 이 수수께끼 같은 삶에 대해 나지막이 불평을 늘어놓았다.

마지막까지 잠을 자지 않았던 사람들도 이제 모두 잠이 들었다. 밤이 새벽을 목전에 두고 온통 얼어붙어 있었다. 다만 작은 짐승 한 마리가 밝아오는 초원의 지평선 위 어딘가에서 슬프기 때문인지 아니면 기쁘기 때문인지 울고 있었다.

치클린은 잠자는 사람들 사이에 앉아서 말없이 자신의 생을 견뎌내고 있었다. 그는 때로 정적 속에 앉아 눈앞에 보이는 모든 것을 관찰하는 것을 좋아했다. 생각하는 데 어려움을 겪는 그는 그 때문에 아주 슬퍼졌다. 그저 자기도 모르게 어떤 감각이 일어나면 말없이 흥분하는 것이 고작 그가 할 수 있는 모든 일이었다. 그는 오래 앉아 있을수록 움직이지 않는 탓에 마음속에 슬픔이 점점 더 쌓여갔다. 그래서 그는 자리에서 일어나 마치 벽을 뚫고 앞으로 나아가려는 듯이 막사 벽을 손으로 버티고 섰다. 그는 전혀 잠을 자고 싶지 않았다. 그와 달리 그는 들판으로 나가 예전에 타일 공장에 다닐 때 그랬던 것처럼 나뭇가지 아래서 처녀들이나 사내들과 어울려 한바탕 춤을 추고 싶었다. 언젠가 사장 딸이 엉겁결에 그에게 키스를 한 적이 있었다. 때는 6월이었고 그는 점토 혼합기가 있는 쪽을 향해 계단을 내려가고 있었다. 그녀가 맞은편에서 올라오며 치마 속에 감춰진 발로 까치발을 들어 그의 어깨를 감싸 안고 말없는 도톰한 입술로 그의 뺨에 난 구레나룻에 살며시 키스했다. 지금 치클린은 그녀의 얼굴도 성격도 기억하지 못한다. 그러나 그때 그녀는 그의 마음에 들지 않았다. 어쩌면 그녀는 그에게 수치스러운 동물과도 같았다. 그래서 그는 당시에 멈추지 않고 그녀 곁을 그냥 스쳐 지나갔는데, 그녀는 그후에 울음을 터뜨렸을 것이다. 그녀는 고귀한 존재였으니까.

치클린은 부르주아를 누르고 난 이후로는 유일하게 해 입은, 티푸스에 걸린 사람 낯빛 같은 누런 솜 재킷을 입고 마치 월동 준비라도 하듯 하룻밤을 보낼 준비를 마쳤다. 그는 길을 따라 좀 걷고 나서 어떤 일을 마무리 짓고 나면 아침 이슬을 맞으며 잠들 작정이었다.

알지 못하는 누군가가 막사로 들어와 어두운 입구 쪽에 모습을 드러냈다.

"치클린 동무, 아직 안 자오?" 프루솁스키가 말했다. "나도 잠을 자지 못하고 서성대고 있습니다. 아무래도 나는 오래전에 누군가를 잃고 난 후 그 사람을 못 만나고 있는 듯합니다."

기사의 지성을 존경하고 있던 치클린은 그에게 어떻게 공감을 표하며 대답해야 할지 몰라 그저 망설이며 침묵을 지키고 있었다.

프루솁스키는 긴 의자에 앉아 고개를 숙였다. 이 세상에서 사라지기로 마음먹고 난 후 그는 더이상 사람들 앞에 서는 것을 부끄러워하지 않고 스스로 사람들에게 다가갔다.

"치클린 동무, 미안합니다. 하지만 나는 내 집에서 혼자 항상 불안에 떨고 있어요. 아침이 올 때까지 여기 좀 앉아 있어도 될까요?"

"물론이지요." 치클린이 말했다. "우리와 함께 있으면서 편안히 쉬도록 하시오. 내 자리에 누우시오. 나는 다른 자리를 찾아보겠소."

"아니오. 나는 이렇게 앉아 있는 게 더 좋습니다. 집에 있으면 우울하고 기분이 아주 사나워지죠. 무엇을 해야 할지 모르겠더라니까요. 나에 대해 그릇된 생각은 갖지 말아주십시오."

치클린은 아무 생각도 하지 않았다.

"여기에서 다른 데로 가지 마시오." 그가 말했다. "우리는 다른 어떤 사람들이라도 당신을 건들지 못하도록 하겠소. 이제 두려워하지 마시오."

프루셉스키는 계속 같은 기분에 젖어 앉아 있었다. 등불이 행복한 기분과는 아주 거리가 먼, 심각한 표정의 그의 얼굴을 비췄다. 그는 분별 없이 이곳에 와버린 것을 후회하고 있었다. 그러나 어차피 죽음과 완전한 소멸까지는 시간이 그리 오래 남아 있지 않아 조금만 더 참으면 되었다.

사프로노프는 대화를 나누는 소리에 깨어 한쪽 눈을 반쯤 뜬 채, 여기 앉아 있는 지식인 계급의 대표자를 대하는 데 어떤 식의 우호적 노선을 취해야 할까 생각에 잠겼다. 판단이 서자 그는 말했다.

"프루셉스키 동무, 내가 알고 있는 바에 따르면 당신은 최상의 조건을 갖춘 전 프롤레타리아의 공동 주택을 구상해내기 위해 힘쓰다가 건강을 해쳤다고 하더군요. 그런데 내가 보기에 지금 당신은 분노를 뒤에 달고서 이 밤중에 우리 프롤레타리아 대중에게로 온듯 보이는군요. 이제 노선이 기술 전문가들에게 우호적으로 되어 가고 있으니, 내 맞은편에 누우시오. 내 얼굴을 보며 그냥 푹 잠을 잘 수 있도록……"

자체프도 수레 위에서 잠이 깼다.

"그 사람 배가 고픈 거 아냐?" 그가 프루셉스키를 걱정해 물었다. "마침 나한테 부르주아 음식이 좀 있어."

"동무, 웬 부르주아 음식이죠? 거기 영양가가 얼마나 있겠소?" 사프로노프가 놀라며 말했다. "그런데 당신은 어디서 부르주아 분자를 만난 거요?"

"조용히 해. 이 멍청한 놈아!" 자체프가 대답했다. "네 일은 이 삶 속에 온전히 남는 것이겠지만, 내 일은 자리를 깨끗이 하기 위해 죽는 거야. 알겠어?"

"두려워하지 마시오." 치클린이 프루솁스키에게 말했다. "누워서 눈을 감아보시오. 내가 멀지 않은 곳에 있겠소. 무슨 놀라운 일이 생기면 곧장 나를 부르시오."

프루솁스키는 소리를 내지 않기 위해 몸을 구부리고 치클린의 자리로 가서 옷을 입은 채 자리에 누웠다. 치클린은 솜을 넣어 만든 재킷을 벗어 그의 다리에 덮어주었다.

"나는 넉 달째 노조 회비를 내지 않았어요." 프루솁스키가 갑자기 하반신에 한기를 느껴 다리를 재킷으로 감싸며 조용히 말했다. "항상 제때 내려고 했는데 말이오."

"그렇다면 당신은 자동적으로 탈퇴당하겠군요. 사실입니다!" 사프로노프가 제자리에서 말했다.

"여러분, 이제 조용히 하고 잠이나 자두시오." 치클린이 모두를 향해 말하고 자신은 밖으로 나갔다. 지루한 밤에 잠시나마 혼자만의 삶을 살기 위해서 말이다.

아침에 코즐로프는 프루솁스키의 잠자는 몸을 내려보며 오랫동안 서 있었다. 그는 이 명석한 지도자급 인사가 누워 있는 대중의 틈에 끼어 하찮은 한 시민처럼 자고 있고 이제 곧 모든 권위를 잃게 되리라고 생각했기 때문에 마음이 아팠다. 코즐로프는 이해할 수 없는 이 상황에 대해 깊이 생각해보지 않을 수 없었다. 그는 현장 감독의 적절하지 못한 노선이 국가에 해를 가져오는 상황을 용납할 수 없었다. 그는 심지어 몹시 흥분하였고 만반의 준비를 갖춰두기 위해 바삐 세수를 마쳤다. 그와 같이 위험이 닥쳐오는 생의 순간에 코즐로프는 자신의 내부에서 사회적 의미를 띤 희열이 끓어오르는 것을 느꼈고 이 희열을 영웅의 거사로 승화시켜 열성을 바쳐 죽고자 했다. 그렇게 되면 전 계급이 그가 어떤 사람인지 알고 그를 위해 눈물을 흘릴 것이다. 그 순간 코즐로프는 계절이 여름이라는 사실을 잊고 기쁨에 몸을 부르르 떨기도 했다. 그는 의식이 한껏 고양된 상태에서 프루솁스키에게 다가가 그를 깨웠다.

"현장 감독 동무, 이제 당신 집으로 돌아가시오." 그가 차갑게 말했다. "아직 우리 노동자들은 인식의 수준이 낮소. 당신은 직무를 수행하기가 쉽지 않을 겁니다."

"당신이 상관할 바 아니오." 프루솁스키가 대답했다.

"미안하지만 그렇지 않아요." 코즐로프가 반박했다. "모든 시민은 자신에게 주어진 명령을 수행해야 할 의무를 지니고 있소. 그런데 당신은 당신에게 주어진 명령을 팽개치고 낙오자들과 어울리고 있소. 결코 적절하지 못한 일이오. 나는 감사 기관에 출두하겠소. 당신은 우리의 노선을 훼손하였고 속도와 지도 체계에 저항하였소. 이것이 바로 문제란 말이오."

자체프는 잇몸으로 뭔가를 먹으며 계속 침묵을 지켰다. 그는 지금 당장은 아니고 좀 기다렸다가 돌진하는 짐승을 후려치듯 코즐로프의 배를 주먹으로 내지를 작정이었다. 보셰프는 이 대화와 고성을 듣고도 여전히 삶이 무언지 알 수 없는 상태로 조용히 누워 있었다. '나는 차라리 모기로 태어나는 게 나을 뻔했어. 모기의 삶은 순식간에 흘러가지 않는가'라고 그는 생각했다.

프루솁스키는 코즐로프에게 아무 대꾸도 하지 않고 자리에서 일어나 안면이 있는 보셰프의 얼굴을 흘낏 보더니 멀리 잠자고 있는 사람들 쪽에 시선을 고정했다. 그는 뭔가 자신에게 고통을 가하는 말이나 부탁의 말을 하려 했으나 슬픔의 감정이 피로의 기색처럼 그의 얼굴을 빠르게 스쳐 지나갔고 곧이어 그는 자리를 떴다. 여명이 비치는 쪽에서 오던 치클린은 프루솁스키에게 저녁에 다시 두려움이 밀려오면 이곳에 와서 밤을 보내도 좋고 뭐든 필요한 게 있으면 언제든 말해도 좋다고 이야기했다.

하지만 프루솁스키는 아무 말도 하지 않았다. 그들은 말없이 함께 길을 걸었다. 우울하고 무더운 긴 하루가 시작되고 있었다. 태양은 마치 눈이 먼 듯 빈한한 대지 위에 무심하게 걸려 있었다. 그렇지만 삶을 위한 다른 공간은 어디에도 주어지지 않았다.

"언젠가 오래전, 내가 어렸을 때였소." 프루솁스키가 말했다. "치클린 동무, 그때 나는 내 곁을 스쳐 지나가는, 당시의 나처럼 아주 젊은 여인을 보았지요. 아마도 6월 아니면 7월이었던 것으로 기억되는데, 그때 이후로 나는 슬픔을 느끼고 모든 것을 기억하고 깨닫게 되었소. 나는 그녀를 다시 보지 못했소. 그런데 지금 다시 그녀를 보고 싶군요. 그것이 내가 유일하게 바라는 거요."

"그때 어디서 그녀를 보았소?" 치클린이 물었다.

"바로 이 도시였소."

"그럼 아마 타일 기술자의 딸일 게요." 치클린이 짐작하였다.

"어째서요?" 프루솁스키가 물었다. "모르겠는데요."

"나도 6월에 그녀를 만난 적이 있소. 그때는 그녀를 보려 하지 않았소. 하지만 얼마 후에 그녀를 향한 무언가가 가슴 속에서 끓어올랐소. 당신처럼. 당신과 나에게는 같은 여자가 있었던 거요."

프루솁스키는 겸손하게 미소를 지었다.

"그런데 왜 그런가요?"

"왜냐하면 내가 당신 앞에 그녀를 데려올 것이기 때문이오. 당신은 그녀를 보게 될 겁니다. 그녀가 이 세상에 살아만 있다면 말이오."

치클린은 프루셉스키의 슬픔을 정확히 머릿속에 그려볼 수 있었다. 왜냐하면 비록 건망증이 심하기는 했지만 그 역시도 한때 동일한 슬픔으로 가슴이 아려본 적이 있었기 때문이다. 치클린도 자기 왼쪽 뺨에 말없이 키스했던 여위고 신비한 가벼운 여인 때문에 아파한 적이 있었다. 귀하고 매력이 넘치는 동일한 대상이 멀리서 그리고 가까이서 그들 둘에게 영향을 주었던 것이다.

"아마 이제 그녀도 나이를 많이 먹었을 거요." 곧이어 치클린이 말했다. "아마 고생을 많이 해 피부가 부엌데기 피부처럼 거칠게 변했을 거요."

"그렇겠지요." 프루셉스키도 수긍했다. "세월이 많이 흘렀고, 그녀가 살아 있다 해도 피부가 검게 변했을 게요."

그들은 협곡에 만들어진 코틀로반 가장자리에서 발길을 멈췄다. 공동 주택을 세우기 위한 구덩이를 벌써 오래전에 팠어야 했다. 그랬다면 프루셉스키에게 필요한 존재는 이곳에서 안전하게 머물 수 있었을 것이다.

"지금쯤 그녀는 지적인 여자가 되어 있을 거요." 치클린이 말했다. "공익을 위해 활동하고 있을 거요. 젊어서 불행한 감정에 억눌려 있던 사람은 나중에 지혜를 찾게 되지."

프루셉스키는 주변의 텅 빈 자연을 둘러보았다. 그의 잃어버린 연인과 소중한 많은 사람들이 아직 아늑한 보금자리가 마련되지 못한 이 죽음의 땅 위에 살다가 사라져간다는 사실이 그를 슬프게 만들었다. 그는 치클린에게 또하나의 상념을 말했다.

"그런데 난 그녀의 얼굴을 모르오. 치클린 동무, 그녀가 오면 우리 어떻게 하지요?"

치클린이 이렇게 대답했다. "당신은 그녀를 느끼게 될 테고 그로써 알아볼 수 있을 거요. 이 세상에 잊힌 것들이 어디 한둘이겠소? 당신은 당신의 슬픔만으로도 그녀를 기억할 수 있을 거요."

프루셉스키는 그 말이 맞다고 생각했다. 그는 치클린의 감정이 상할까 걱정하면서도 시계를 꺼내 자신이 곧 시작될 주간 작업에 대해 염려하고 있다는 것을 보여주었다.

사프로노프는 생각에 잠긴 듯한 표정을 짓고 지식인풍의 걸음걸이로 치클린에게 다가왔다.

"동무들, 듣자 하니 여기서 여러분들이 노선을 버렸다더군요. 둘 다 이제 좀 태도를 소극적으로 바꿨으면 합니다. 생산 작업을 할 시간이 다가왔으니 말이오. 아, 그리고 치클린 동무, 코즐로프에게 주의를 기울여야겠네. 그가 사보타주에 들어갔어."

그때 코즐로프는 우울한 기분 속에서 아침밥을 먹고 있었다. 그는 자신의 혁명 공로가 보잘것없고 자신이 일상에서 사회를 이롭게 하는 데 기여하는 정도가 너무 미약하다고 생각했다. 그는 자정이 지나고 나서 눈을 떠 아침까지 잠을 자지 못했다. 그는 자신이 주요 조직 사업에 참여하지 못하고 있고 자신이 기껏 한다는 일이 협곡 파는 작업에 국한되어 거대한 규모로 지휘하는 수준에는 이르지 못하고 있다는 사실이 몹시 실망스러웠던 것이다. 먼동이 틀 무렵 그는 공익을 위해 전적으로 봉사하기 위해 장애인에게 지급되는 연금을 받기로 결정했다. 그의 내면에 있던 프롤레타리아의 양심이 고통스럽게 밖으로 드러난 것이었다.

사프로노프는 코즐로프에게서 그런 생각을 듣고 그를 기생충이라 여기며 이렇게 말했다. "코즐로프, 자네는 자네의 원칙을 움켜쥐고 노동 대중을 떠나려 하고 있어. 어디 멀리 달아나려 하고 있다고. 자네는 언제나 자네의 노선을 집단의 노선과 떼어놓으려 하는 정체 모를 벌레 같은 놈이라고 할 수 있지."

"자네는 입 좀 다물고 있는 게 좋겠네." 코즐로프가 말했다. "안 그랬다가는 다시 감시 대상이 되는 수가 있어. 기억하고 있겠지? 집단화가 한창 추진될 무렵 어떤 빈농 하나를 꼬드겨 닭 한 마리 잡아먹은 거 말이야. 기억하냐고? 우리는 누가 집단화를 약화시키려 했는지 잘 알고 있네. 그게 바로 자네라는 것을 말이야!"

이념과 갖가지 일상의 정념이 뒤섞여 있는 사프로노프는 코즐로프의 정확한 지적에 아무 대꾸도 하지 못하고 자유사상가연하는 걸음걸이로 그 자리를 떴다. 그는 자기 앞으로 비판문을 받는 것을 그다지 좋아하지 않았다.

치클린은 코즐로프에게 다가가 여러 가지 것들에 대해 물었다.

"오늘 사회보험과에 가서 연금을 신청하려고 하네." 코즐로프가 밝혔다. "사회에 해를 끼치는 악과 소부르주아의 봉기에 맞서 모든 것을 철저히 감시할 작정이네."

"황제라면 모를까 노동 계급은 봉기를 두려워하지 않아." 치클린이 말했다.

"물론 두려워하지 않지." 코즐로프가 동의했다. "하지만 어쨌든 봉기를 감시하는 게 더 좋아."

그 순간 자체프가 이미 수레를 타고 가까이 와 있었다. 그는 수레를 조금 뒤로 굴리더니 전속력으로 내달리며 침묵하는 머리로 코즐로프의 배를 들이받았다. 코즐로프는 일순간 최대 공익을 향한 욕구도 잃어버리고 공포에 질려 뒤로 나가떨어졌다. 치클린은 허리를 숙여 자체프를 탈것과 함께 높이 들더니 공간 속으로 저 멀리 세게 던져버렸다. 자체프는 날아가는 와중에 얼른 자세를 바로잡고는 말했다.

"니키타, 왜 그래? 나는 그저 그가 일등급의 연금을 받게 해주고 싶었던 거라고." 추락하면서 수레는 몸과 지면 사이에서 산산조각이 났다.

"가보게, 코즐로프." 치클린이 쓰러져 있는 자에게 말했다. "우리 모두 차례로 그리로 가게 되어 있어. 이제 자네는 쉴 때가 됐네."

정신을 수습한 코즐로프는 꿈에 사회보험총국 책임자인 로마노프 동무와 깨끗하게 옷을 차려 입은 사람들을 보았고 그래서 한 주 내내 가슴이 설렜다고 말했다.

코즐로프는 이내 재킷을 입었다. 치클린이 다른 사람들과 함께 그의 옷에서 흙과 들러붙은 먼지를 털어주었다. 사프로노프는 자체프에게 다가가 그의 지친 몸을 들어다 막사 한구석에 대충 던져놓으며 말했다.

"이 프롤레타리아 출신의 물건을 여기 좀 누워 있도록 해두게. 그에게서 무슨 원칙이라도 나올 테니 말이야."

코즐로프는 모든 사람과 악수를 나누고 연금생활을 위해 떠났다.

"잘 가게, 코즐로프" 하며 사프로노프가 그에게 말했다. "자넨 이제 노동자 출신의 선도적 천사라고 할까. 이제 노동자 계급이 상급 기관들을 향해 승천하고 있다고……"

코즐로프도 원래 머리를 쓸 줄 아는 사람이었다. 그래서 그는 자기 소유의 트렁크를 챙겨들고 사회적으로 더 유익하고 더 높은 삶을 향해 말없이 떠났다.

바로 그때 한 사나이가 협곡 너머로 펼쳐진 들판을 뛰어가고 있었다. 아직 누군지 알아볼 수 없었고 그를 멈춰 세울 수도 없었다. 그의 몸은 심하게 야위어 바지가 마치 비어 있기라도 한 듯이 몸 위에서 마음대로 놀았다. 사람들에게로 뛰어온 그는 그들과 전혀 안면이 없는 듯 멀찌감치 떨어져 봉긋 솟아오른 땅 위에 앉았다. 그는 뭔가 나쁜 일을 예감하고 한 눈은 감은 채 다른 한 눈으로 사람들을 보았다. 하지만 그는 불평하려고 들지는 않았다. 그의 눈은 촌티가 물씬 나는 누런빛을 띠었고 눈에 보이는 모든 것을 절약의 원칙이 무시되고 있다는 관점에서 평가했다.

잠시 뒤 그 사나이는 크게 한숨을 내쉬더니 배를 깔고 누워 잠이 들었다. 그가 여기 머무는 것에 반대하는 사람은 아무도 없었다. 건설에 참여하지 않고 사는 사람이 어디 한둘인가? 이미 협곡에 노동의 시간이 다가왔다.

노동자들은 밤이면 참으로 다양한 꿈을 꾼다. 어떤 꿈은 희망의 실현을 보여주기도 하고 어떤 꿈은 자신이 들어갈 흙무덤 속의 관을 미리 보여주기도 한다. 그러나 낮에는 모두 똑같이 허리를 구부리고 힘들게 살아간다. 불멸할 건물의 단단한 석조 토대를 서늘한 구멍 아래에 내리기 위해서는 땅을 파는 몸의 피로를 인내해야 하는 것이다.

새로 온 노동자들은 점차 이곳 생활에 적응하고 노동에도 익숙해져 갔다. 그들은 저마다 미래의 구원에 관한 생각들을 갖고 있었다. 어떤 사람은 여기서 쌓은 경력을 바탕으로 배움의 기회를 얻어 떠나고자 했고, 어떤 사람들은 새로운 자격을 부여받기를 원했고, 어떤 사람들은 당에 깊이 들어가 지도부 안에 몸을 숨기기를 원했다. 모두 구원에 관해 자신이 품은 생각을 한시도 잊지 않고 열심히 땅을 팠다.

이틀에 한 번씩 다시 코틀로반을 찾은 파시킨은 여전히 속도가 느리다고 생각했다. 그는 통상적으로 말을 타고 왔는데, 절약 운동 기간에 차를 처분해버렸기 때문이다. 그래서 그는 말 등에 올라앉아 이 거대한 땅파기 공사를 바라보았다. 그런데 자체프가 여기에도 나타나, 파시킨이 걸어서 코틀로반 아래로 내려간 사이 말에게 독을 먹였다. 이 일로 말 타기를 두려워하게 된 파시킨은 이후에는 다시 차를 타고 이곳에 오게 되었다.

보세프는 여전히 인생의 진리를 느낄 수는 없었지만 육중한 땅과 힘겹게 싸운 탓에 기운이 많이 빠졌다. 하지만 그는 쉬는 날이면 불행한 온갖 자연의 자투리들을 모으러 다녔다. 그것들은 무계획적인 세계 창조의 증거이기도 했고, 살아 있는 모든 호흡이 절망에 빠져 있음을 보여주는 증거이기도 했다.

이제 밤이 한층 더 어두워지고 길어지면서 막사에서 시간을 보내는 일이 몹시 지루하게 느껴졌다. 어딘가 먼 들판에서 달려온 누런 눈의 농부도 노동자들과 함께 살았다. 그는 항상 말없이 지냈지만 여자들의 몫인 살림살이를 돌보고 정성껏 해진 옷도 고치며 자기 존재의 죄를 씻고 있었다. 사프로노프는 이제 이 사람을 보조 인력으로 노조에 가입시켜야 하지 않겠냐고 속으로 생각하고 있었다. 하지만 그는 시골의 사기 십에 가축이 많시만 그 심승늘을 돌볼 고붕농을 찾기가 쉽지 않다는 사실을 떠올리고 그 계획을 일단 보류해두기로 했다.

저녁이면 보세프는 눈을 뜨고 누운 채 모든 것이 다 밝혀져 절제된 행복감 안에 놓일 미래가 오기를 간절히 바랐다. 자체프는 그것이 어리석은 기대에 지나지 않는다고 보세프에게 말했다. 적대적인 유산자

세력이 다시 일어나 생명의 빛을 억눌러 가두게 될 것이기 때문에 혁명의 연약한 부분인 아이들을 잘 보호해 그들에게 임무를 맡겨야 한다는 것이었다.

"동무들, 왜 우리한테는 라디오를 공급해주지 않는답니까?" 한번은 사프로노프가 말했다. "목표 달성에 관한 소식도 듣고 지령도 들을 텐데요. 여기 문화혁명과 어떤 음악이든 음악 소리가 필요한 낙오자들이 있어요. 가슴 속에 우울한 감정을 쌓아두지 않게 하는 데 도움이 될 거요."

"그 라디오보다 고아 소녀를 데려오는 게 더 나을걸." 자체프가 이의를 제기했다.

"자체프 동무, 자네가 말하는 그 고아 소녀가 공훈이나 훈시와 무슨 상관인데? 그 아이가 건축물을 올리기 위해 고생하기라도 했나?"

"그래, 자네의 그 건축물이란 것을 위해 설탕도 먹지 않고 있지. 그게 벌써 공훈이지 않고. 이 인정머리 없는 인간아!" 자체프가 대답했다.

"옳거니!" 사프로노프가 의견을 하나 냈다. "그럼, 자체프 동무, 그 불쌍한 소녀를 자네 수레에 태워 여기 데려오게. 그 아이의 음악 선율 같은 삶을 보면 우리도 더욱 조화로운 삶을 살 수 있을 것 같네."

사프로노프는 계몽과 문맹 퇴치를 지휘하는 지도자의 자세로 사람들 앞에 서더니 확신에 찬 발걸음으로 지나가며 뭔가 골똘히 생각하는 듯한 표정을 지었다.

"동무들, 우리는 유년의 모습을 한, 다가올 프롤레타리아 세상의 지도자를 가질 필요가 있습니다. 이로써 자체프 동무는 비록 다리가 없지만 머리는 온전하다는 사실을 입증해 보였습니다."

자체프는 사프로노프에게 뭔가 대꾸를 하고 싶었지만 그냥 자기 옆에 있던 촌뜨기 농부의 바짓가랑이를 끌어당겨 잘 단련된 주먹으로 그의 옆구리를 두 번 찌르는 편을 택했다. 농부는 바로 눈앞에 있는 죄 많은 부르주아였던 것이다. 농부의 누런 두 눈이 고통으로 일그러졌지만, 그는 전혀 방어 자세를 취하지 않고 말없이 땅 위에 서 있었다.

"이것 봐라, 무슨 농기구같이 꿈쩍도 하지 않는군." 자체프는 화를 내며 다시 긴 팔을 휘저어 농부에게 주먹을 한 방 더 날렸다. "이 지독한 놈, 어디 더 아픈 데가 있어 아픔을 못 느끼나보군. 어때? 우리가 있는 곳은 그야말로 천국이지? 누가 권력을 쥐고 있는지 알겠어? 이 악마 같은 놈아!"

농부는 잠시 숨을 돌리기 위해 땅에 주저앉았다. 그는 시골에 갖고 있는 재산 때문에 자체프에게서 매를 맞는 데 이미 익숙해졌고 말없이 고통을 이겨내고 있었다.

"그리고 보셰프 동무도 자체프에게 좀 맞아야 될 거 같소." 사프로노프가 말했다. "프롤레타리아 가운데 이 친구 혼자만 자신이 무엇을 위해 살아야 하는지 알지 못하고 있으니 말이오."

"사프로노프 동무, 무엇을 위해 살아야 하는 거요?" 보셰프가 멀리 상고 쪽에서 귀를 기울이고 있다가 말했다. "나는 노동 생산성을 위해 진리를 원하고 있소."

사프로노프는 손으로 뭔가를 가르치는 듯한 자세를 취했다. 그의 얼굴에 낙오자에 대한 연민이 깊게 파인 주름살로 나타났다.

"보셰프 동무, 프롤레타리아는 열성을 발휘하기 위해 산다네. 자네도 이젠 그런 성향을 받아들여야 해. 모든 노조원들은 이 슬로건을 위해 몸을 불살라야 한다고!"

치클린은 그 자리에 없었다. 그는 타일 공장 주변을 돌아다니고 있었다. 모든 것이 예전의 모습과 똑같았는데, 다만 그 모든 것이 저문 세상의 낡은 때를 뒤집어쓰고 있었다. 늙은 가로수는 물기 하나 없이 바싹 말라 오랫동안 나뭇잎을 달지 못한 채 서 있었지만, 누군가는 여전히 작은 집의 이중창 뒤에 숨어 나무보다 더 질기게 살아가고 있었다. 치클린이 젊었을 때 이곳에는 빵집에서 빵 굽는 냄새가 나고 숯장수들이 지나가고 농가용 수레에서는 우유를 사라고 외치는 소리가 들렸다. 그때 유년의 태양은 길 위의 먼지를 뜨겁게 달구었고, 삶은 치클린이 그즈음 막 맨발로 딛기 시작한 푸르고 어지러운 지구 위에서 영원히 지속될 것처럼 보였다. 그러나 지금은 노쇠와 작별의 기억을 담고 있는 공기가 불 꺼진 빵집과 오래된 사과밭 위에 머물러 있을 뿐이었다.

치클린의 내면에서 끊임없이 움직이는 생에 대한 감정이 그를 슬픔에 빠뜨렸다. 더욱이 그는 어렸을 때 곁에 앉아 행복해했던 담장 하나를 발견했다. 이제 이 담장은 이끼가 끼고 기울어져 있었고, 오래전에 담장에 박힌 못은 세월의 힘에 의해 좁은 나무틈 사이에서 해방되어 밖으로 튀어나와 있었다. 치클린이 그사이에 어른이 되어 옛 감정을 쉽게 잊고 먼 곳을 돌아다니며 무슨 일이든 닥치는 대로 했다는 것이 그저 의아스럽고 슬플 뿐이었다. 그러나 이 낡은 담장은 그를 기억하며 여기 꼼짝 않고 서서 치클린이 옆을 지나가다 행복과 멀어진 손으로 모두의 기억에서 사라진 그 나무판을 쓰다듬을 때를 기다린 것이다.

타일 공장은 풀이 우거진 골목길에 있었다. 그 골목길은 공동묘지의 출구 없는 벽으로 막혀 있었으므로 아무도 끝까지 다니는 사람이 없었다. 공장 건물은 조금씩 땅속으로 내려앉아 이전보다 더 낮아져 있었고, 공장 마당에는 인기척이 없었다. 다만 한 노인이 여기에 남아 있었다. 그는 원료를 말리는 차양 밑에 앉아 짚신을 고치고 있었다. 마치 그것을 신고 옛날로 다시 돌아가려는 듯 보였다.

"여기가 지금 어떻게 된 거지요?" 치클린이 그에게 물었다.

"공장이 멈췄지, 신사 양반. 소비에트 정권은 강한 데 반해 여기 기계들은 약해빠져서 말이야. 이 정권에 어울리지 않은 것들이지. 하긴 이러나저러나 나에겐 마찬가지네. 이제 숨쉴 날도 얼마 안 남았는데 뭐."

그러자 치클린이 그에게 말했다.

"이 넓은 세상에 노인한테 남은 거라곤 짚신 한 켤레밖에 없군요. 어디 한 군데에서 좀 기다리세요. 입을 것과 먹을 것을 좀 가져오지요."

"그런데 자네 어디서 뭐 하는 사람인가?" 노인이 상대에 대한 관심을 표현하는 정중한 표정을 지으며 물었다. "사기꾼이야, 아니면 그냥 부르주아야?"

"프롤레타리아요." 치클린은 마지못해 말했다.

"아, 그렇군. 새로운 황제로군. 그럼 내 기다리지."

치클린은 부끄러움과 슬픔의 감정에 휩싸여 옛 공장 건물로 들어섰다. 곧 그는 언젠가 주인 딸에게서 키스를 받았던 나무 계단을 발견했다. 계단은 너무 낡아 치클린의 무게를 견디지 못하고 어딘가 아래의 어둠 속으로 무너져 내렸다. 다만 그는 그 직전에 계단의 지친 유해를 마지막 작별에 앞서 만져볼 수 있다. 치클린은 어둠 속에 잠시 우두커니 서 있다가, 그 어둠 속에서 움직임 하나 없이 겨우 살아 있는 듯한 빛과 어딘가로 통하는 문을 하나 발견했다. 그 문 너머에는 잊혔거나 아니면 건물 설계도에도 들어 있지 않은 창 없는 방이 하나 있었고, 그 방바닥에는 석유 등이 타고 있었다.

어떤 존재가 목숨을 보전하기 위해 이 미지의 피난처에 숨어들었는지 치클린으로서는 알 수 없었고, 그는 방 한가운데에 섰다.

등 옆 바닥에 한 여자가 누워 있었다. 그녀의 몸 아래에 깔린 짚은 짓눌려 닳아 있었고, 여자는 거의 알몸 상태였다. 눈을 깊게 감고 있는 그녀는 괴로워하거나 아니면 잠을 자고 있는 것처럼 보였다. 그녀의 머리맡에는 한 소녀가 앉아 있었고 그녀는 꾸벅꾸벅 졸면서도 연신 레몬 껍질로 어머니의 입술을 문지르고 있었다. 정신을 차린 소녀는 어머니에게 아무 움직임이 없음을 알았다. 어머니의 아래턱이 힘없이 떨어져 있었고, 벌어진 컴컴한 입 안에는 이가 하나도 없었다. 소녀는 어머니를 보고 너무 놀란 나머지 두려움을 쫓기 위해 줄을 돌려 어머니의 정수리와 턱을 묶었고, 그러자 그녀의 입이 다물어졌다. 그리고 소녀는 어머니를 가까이 느끼며 잠을 자기 위해 자기 얼굴을 어머니의 얼굴에 갖다댔다. 그러나 어머니는 곧 잠이 깨어 이렇게 말했다.

"너 왜 자려는 거지? 레몬으로 내 입술을 문지르란 말이야. 너 모르겠니? 내가 지금 얼마나 힘든지."

소녀는 다시 레몬 껍질로 어머니의 입술을 문지르기 시작했다. 여인은 레몬 껍질에서 영양분을 얻고 있다고 느끼며 한동안 잠자코 있었다.

"너 자지도 않고 내 곁을 떠나지도 않을 거지?" 그녀가 딸에게 물었다.

"응, 이제 졸리지 않아. 그냥 눈 감고 엄마 생각할게. 엄마는 내 엄마니까!"

어머니는 반쯤 눈을 떴다. 그녀의 눈은 의심의 빛을 띠고 있었고 어떤 불행이든 감당할 준비가 되어 있었으나, 그녀가 삶을 포기함으로써 이미 흰색으로 변해 있었다. 그녀는 자신을 변호하기 위해 말했다.

"나는 이제 네가 가엾지도 않고, 내게는 아무도 필요하지 않아. 나는 이제 돌처럼 변해버렸어. 불을 끄고 나를 모로 눕혀다오. 이제 죽고 싶다."

소녀는 의식적으로 침묵했지만 계속 레몬 껍질로 어머니의 입술을 문질렀다.

"불을 꺼." 늙은 여인이 말했다. "안 그러면 네가 계속 보여서 난 살아 있게 될 거야. 다만 나를 두고 가지 마라. 내가 죽거든 그때 가거라."

소녀는 등불을 불어 빛을 차단했다. 치클린은 소리를 내지 않기 위해 조심하면서 바닥에 앉았다.

"엄마, 아직 살아 있는 거야? 아니면 이제 가버린 거야?" 소녀가 어둠 속에서 물었다.

"응, 조금." 어머니가 대답했다. "내 곁을 떠나거든 내가 여기 주검이 되어 있다고 말하지 마. 네가 나에게서 태어났다고 아무한테도 말해서는 안 돼. 그랬다가는 너를 죽이려 들 거야. 여기서 멀리멀리 가서 모든 걸 잊어버려. 그래야 살 수 있다."

"엄마는 왜 죽는 거지? 부르주아이기 때문이야? 아니면 죽음 그 자체 때문이야?"

"이제 지겨워. 아주 지쳐버렸어." 어머니가 말했다.

"엄마가 아주 먼 옛날에 태어났기 때문일 거야. 나는 그렇지 않지만." 소녀가 말했다. "엄마가 죽더라도 아무에게도 말하지 않을게. 엄마가 존재했는지 아무도 모를 거야. 그냥 나 혼자 살며 엄마를 내 머릿속에서만 기억할게. 그런데 엄마." 소녀는 잠시 말을 멈췄다. "나 한 방울만큼만 잘게. 아니 반 방울만큼만. 엄마는 죽지 않도록 생각을 좀 하고 있어."

"이 줄 좀 풀어다오." 어머니가 말했다. "숨이 막혀."

하지만 소녀는 이미 잠이 들어 어머니의 말을 들을 수 없었다. 주위는 온통 정적에 휩싸였다. 두 사람이 숨을 쉬는 소리도 치클린이 있는 데까지 닿지 않았다. 여기에는 미물 하나 살지 않는 것 같았다. 생쥐 한 마리, 벌레 새끼 하나도 찾아볼 수 없었다. 아무것도 없었고, 그 어떤 소리도 들리지 않았다. 다만 어디선가 알 수 없는 소리가 쿵 하며 한 번 들렸다. 옆방에서 오래된 벽돌이 하나 떨어진 것인지, 아니면 땅바닥이 오랜 영겁의 시간을 견뎌내지 못하고 무너져 부서진 것인지 알 수 없었다.

"누구든 이리 좀 와봐요!"

치클린은 허공에 귀를 기울이며 혹시 바닥에 누워 있는 소녀를 다치게 하지 않을까 조심하며 어둠 속으로 기어나갔다. 그는 오랫동안 몸을 움직여야 했는데, 바닥에 널브러져 있는 물건이 길을 막았기 때문이다. 소녀의 머리가 만져진 다음 어머니의 얼굴이 그의 손에 잡혔다. 그는 그녀의 입 쪽으로 몸을 기울였다. 그녀가 언젠가 바로 이 건물에서 그에게 키스했던 그 처녀인지 아닌지 확인하기 위해서 말이다. 그는 그녀의 입술에 키스를 했다. 그는 입술의 마른 맛과 바싹 탄 입술 주름에 남아 있는 부드러움의 흔적으로 그녀가 바로 그 처녀라는 것을 알 수 있었다.

"이게 내게 무슨 소용인가요?" 여인이 모든 것을 알고 있다는 듯이 말했다. "나는 이제 영원히 혼자 남게 될 거예요." 그녀는 돌아누워 얼굴을 아래로 하고 숨을 거두었다.

"불을 켜야겠어." 치클린이 큰 소리로 말했다. 그리고 어둠 속에서 어렵게 불을 켰다.

소녀는 어머니의 배를 베고 잠이 들어 있었다. 아이는 지하의 차가운 공기 때문에 몸을 웅크리고 팔다리를 꼭 오므려 몸의 온기를 유지하고 있었다. 치클린은 아이가 푹 쉴 수 있도록, 그 아이가 깰 때까지 기다리기로 마음먹었다. 그리고 그는 아이가 싸늘하게 식어가는 어머니에게 온기를 뺏기지 않도록 죽은 여인이 마지막으로 남겨둔 가엾은 아이를 가슴에 안아 지키며 아침이 오기를 기다렸다.

초가을 보세프는 시간이 길다고 느끼며 지친 저녁 어둠에 둘러싸인 막사에 앉아 있었다.

다른 사람들도 누워 있거나 앉아 있었다. 공동의 등불이 사람들의 얼굴을 비추었고, 그들은 모두 침묵을 지키고 있었다. 파시킨 동무는 잊지 않고 노동자들 막사에 확성기가 달린 라디오를 가져다주었다. 그래서 모두 휴식 시간에도 확성기를 통해 계급적인 삶의 의미를 배울 수 있게 되었다.

"동무 여러분, 우리 모두 사회주의 건설 전선으로 쐐기풀을 동원해야 합니다! 쐐기풀은 해외에서 매우 필요한 것으로서……"

"동무 여러분, 우리 모두 말 꼬리와 갈기를 깎읍시다!" 확성기는 일분마다 쉬지 않고 무언가를 요구했다. "말 8만 마리로 트랙터 서른 대를 얻을 수 있습니다."

사프로노프는 라디오를 들으며 의기양양한 기분에 휩싸였다. 다만 라디오에 대꾸를 할 수 없다는 점이 아쉬울 따름이었다. 그는 자신의 열성과 말 털을 깎을 준비가 되어 있다는 점, 그리고 행복에 대해 들려주고 싶었다. 보셰프도 그랬지만 자체프는 라디오에서 장황하게 들려오는 말을 듣자니 왠지 민망스러웠다. 라디오에서 뭔가를 가르치는 연사에 대해 반감이 들었기 때문이 아니라 개인적 수치 같은 것이 느껴졌기 때문이다. 때로 자체프는 마음속에 억눌려 있는 절망감을 참지 못하고 라디오에서 의식의 소음이 쏟아지는 가운데 소리쳤다.

"이 소리 좀 멈추게 해줘! 나도 대답 좀 할 수 있게 해달라고."

그러자 사프로노프가 멋진 걸음걸이로 즉시 앞으로 나왔다.

"자체프 동무, 내가 보기에 당신은 이미 자기 이야기를 충분히 했으니 이제 지도부가 하는 일에 전적으로 복종해야 할 것 같소."

"사프로노프, 그 사람을 그냥 좀 내버려두게." 보셰프가 말했다. "이제 우리도 삶이 지겨워서 그런 거야."

그러나 사회주의자 사프로노프는 행복의 의무를 잊어버릴까봐 두려워 여느 때와 같이 힘찬 고성으로 모든 사람들에게 대답했다.

"바지 주머니 속에 당증이 있는 사람들은 모두 제 몸 속에 열성이 실어 있는지 언제나 돌이켜야 합니다. 보셰프 동무, 최고의 행복감에 도달하기 위한 경쟁에 참여해주시오."

라디오 스피커는 눈보라가 몰아치듯 잠시도 쉬지 않고 작동했고, 노동자들은 모두 공용 전야(田野)에 쌓인 눈을 쓸어 모아야 한다고 다시 한번 외쳤다. 그런데 그러고 나서는 문득 침묵이 이어졌다. 아마도 모두가 들어야 할 말을 그때까지 무심코 자연을 통해 날려 보냈던 과학의 힘에 이상이 생긴 듯했다.

사프로노프가 수동적인 침묵을 눈치채고 라디오를 대신해 나섰다.

"문제를 제기해봅시다. 러시아 민족은 어디서 생겨난 거지요? 우리는 대답합니다. 부르주아 잡동사니 속에서 생겨났다고! 물론 다른 데서 생겨날 수도 있었지만, 그럴 곳이라곤 없었지요. 따라서 우리는 모든 사람을 사회주의의 소금물 속에 던져넣어 자본주의의 껍데기를 벗겨내고 심장은 계급투쟁의 모닥불 가에서 피어나는 삶의 열기를 쬐게 하여 열성이 생겨나게 해야 합니다!"

사프로노프는 자신의 지력을 발산할 출구를 찾지 못하자 그것을 언어 속에 담아 오랫동안 말을 쏟아냈다. 어떤 사람들은 그의 말로 머릿속의 텅 빈 권태를 채우기 위해 턱을 괴고 그의 말에 귀 기울였고, 어떤 사람들은 그의 말을 듣지 않고 자기만의 정적 속에 잠겨 슬픔을 삼킬 뿐이었다. 프루솁스키는 막사의 문턱 위에 앉아 세상의 늦저녁을 바라보고 있었다. 그는 어두운 나무들을 보았고, 이따금 먼 곳에서 음악 소리가 공기를 휘저으며 들려왔다. 프루솁스키는 무언가에 맞서 자기 감정을 일으키려 하지 않았다. 그에게 삶이 더없이 훌륭해 보일 때는 행복이 아득히 먼 곳에 있어 얻을 수 없고, 나무들이 살랑대며 행복을 속삭이고 노조 앞뜰에서 취주악단이 행복을 노래할 때였다.

곧이어 모든 노동자들은 다 피로에 지쳐 잠이 들었다. 그들은 단추를 푸는 데 힘을 들이지 않고 생산 작업에 들어가는 힘을 아껴두기 위해 낮에 입던 셔츠와 작업 바지를 입은 채 잠이 들었다.

사프로노프만이 깨어 있었다. 그는 누워 있는 사람들을 보며 탄식

했다.

"이 어쩔 수 없는 대중, 대중아. 너희들 가지고는 공산주의의 고깃국도 조직해낼 수 없을 거다. 이 너절한 놈들아, 대체 너희들이 원하는 게 뭐야? 망할 놈들, 너희들이 전위 세력을 모두 궁지에 빠뜨리고 있다는 것을 알아?"

사프로노프는 대중의 빈곤한 후진성을 확실히 깨닫고 지쳐 잠든 어떤 한 사람에게 달라붙어 잠의 망각 속에 빠져들었다.

아침에 그는 자리에서 일어나지 않은 채 치클린과 함께 온 소녀를 미래의 한 요소로서 반갑게 맞이했다. 그러고 나서는 곧 다시 졸기 시작했다.

소녀는 조심스럽게 긴 의자에 앉아 벽에 붙은 슬로건 가운데서 소련 지도를 발견해내고 치클린에게 자오선에 관해 물었다.

"아저씨, 이게 뭐예요? 부르주아를 막는 울타리인가요?"

"울타리지, 아가야. 부르주아들이 타고 넘어오지 못하게 하는 거란다." 치클린은 소녀에게 혁명 의식을 키워주고 싶어서 그렇게 말했다.

"그런데 우리 엄마는 결코 울타리를 넘으려고 하지도 않았지만 죽었어요!"

"어쩔 수 없었어." 치클린이 말했다. "지금 부르주아 여자들은 모두 숙어가고 있단다."

"그냥 죽도록 내버려둬요." 소녀가 말했다. "어차피 나는 엄마를 기억하고 꿈속에서 만날 거니까요. 그런데 이제 베고 잘 엄마 배가 없네요."

"괜찮아, 이제 내 배를 베고 자렴." 치클린이 약속해주었다.

"쇄빙선 '크라신'*과 크레믈린 가운데 어떤 게 더 좋아요?"

"아가야, 잘 모르겠는데. 난 그저 하찮은 인간일 뿐이란다." 치클린은 그렇게 말하고 자기 몸 가운데 유일하게 아무 감각이 없는 머리에 대해 잠시 생각했다. 만약에 그의 머리가 무언가를 느낄 수 있었다면, 그는 아이가 안전하게 살 수 있도록 아이에게 온 세상에 대해 다 설명해주었을 것이다.

소녀는 새로운 삶의 공간을 이러저리 둘러보고 물건이며 사람들을 모두 하나하나 세기 시작했다. 그녀는 앞으로 어떤 사람을 좋아하고 어떤 사람을 좋아하지 않을지, 어떤 사람과 사귀고 어떤 사람과는 사귀지 않을지 먼저 정해두려고 한 것이다. 그 일이 끝나자 그녀는 나무로 지은 이 창고에 벌써 적응해 먹을 것을 원했다.

"먹을 것 좀 주세요. 야, 율리야, 죽일 테야!"

치클린은 소녀에게 죽을 가져다주고 깨끗한 수건으로 아이의 배를 덮어주었다.

"율리야, 너 왜 차가운 죽을 주는 거야?"

"그런데 율리야가 누구니?"

"우리 엄마 이름이 율리야였을 때, 그러니까 엄마가 두 눈으로 보고 계속 숨을 쉬고 있을 때, 마르티니치라는 사람한테 시집을 갔어요. 그 사람은 프롤레타리아였거든요. 그런데 그 마르티니치는 집에 와서

---

* 러시아의 쇄빙선으로서 1928년 북극에서 조난된 노르웨이 탐험대를 구조한 일을 비롯하여 구조와 여러 부문에서 빛나는 공을 세워 전설적인 명성을 얻었다. 한때 이 배는 영국인의 수중에 들어갔는데, 배를 되찾아오는 데 결정적 공을 세운 소련 외교관의 이름을 따 '크라신'이라고 명명되었다.

엄마만 보면 '이봐, 율리야, 정말 죽일 테다!'라고 했어요. 그러면 엄마는 아무 말도 못했는데 그래도 그 사람과 살았어요."

프루솁스키는 소녀의 말을 들으며 그녀를 자세히 살펴보았다. 그는 잠들지 못하고 오래전부터 깨어 있었다. 새로 온 소녀에 의해 마음이 흔들렸기 때문이고, 게다가 마치 냉기와도 같은 신선한 생명이 가득한 이 존재가 그 자신보다 더 힘들게 오랫동안 고통을 견뎌야 한다는 사실이 그를 슬프게 만들었기 때문이다.

"내가 당신 여자를 찾았소." 치클린이 프루솁스키에게 말했다. "그녀를 보러 갑시다. 아직 그녀는 그대로요."

프루솁스키는 일어나 발걸음을 옮겼다. 누워 있으나 움직이나 어차피 그에게는 매한가지였기 때문이다.

타일 공장의 뜰에서는 노인이 짚신을 다 삼고서도 그 신을 신고 길을 나서야 할지 말아야 할지 망설이고 있었다.

"동무들, 내가 짚신을 신고 다니면 나를 잡아갈 것 같소? 아니면 그냥 내버려둘 것 같소?" 노인이 물었다. "요새는 다들 정강이에 가죽을 댄 신발을 신고 다니지 않소? 전에는 아낙들이 치마 속에 아무것도 입지 않았지만, 지금은 알록달록하게 꽃이 그려진 바지를 그 속에 입고 다니더군. 참 희한한 일도 다 있지."

"그만 됐소!" 치클린이 말했다. "잔말 말고 가보시오."

"그럼 내 입 다물고 있지. 그런데 난 솔직히 두렵다오. 이럴까봐서 말이지. '어이, 짚신을 신고 다니는 것을 보니 빈농이군. 그런데 왜 빈농이 다른 빈농들과 뭉쳐 살지 않고 혼자 다니는 걸까?' 그래서 나는 두려워한다오. 안 그랬으면 벌써 떠났지."

"이봐요, 노인. 생각을 좀 해보시오." 치클린이 충고했다.

"생각할 거리가 있어야 뭘 생각을 하든가 말든가 하지?"

"오래 살았으니 기억만을 가지고도 할 게 많을 텐데요."

"벌써 다 잊어버렸어. 다시 새롭게 삶을 시작해야 할 판이라고."

여인의 은신처로 내려간 치클린은 허리를 숙여 다시 그녀에게 키스했다.

"그녀는 죽었잖소!" 프루솁스키가 놀라며 외쳤다.

"그런데요?" 치클린이 말했다. "누구든 괴로움을 당하면 죽기 마련이오. 그녀가 당신에게 필요한 것은 삶을 위해서가 아니라 그저 기억을 위해서요."

프루솁스키는 무릎을 꿇고 여인의 애처로운 죽은 입술을 만져보았다. 그는 입술을 느꼈지만, 그 느낌 속에는 기쁨도 부드러움도 없었다.

"이이는 내가 젊었을 때 봤던 그 사람이 아니군요." 그가 말했다. 그리고 그는 몸을 일으켜 죽은 이를 내려다보며 말했다. "아니, 그녀일 수도 있어요. 나는 친근한 느낌을 가진 다음에도 사랑하는 사람들을 항상 알아보지 못했지요. 그러면서도 멀리서 그들을 그리며 괴로워했소."

치클린은 말이 없었다. 그는 여인에게 입을 맞추고 더 깊이 그녀에게 다가갔을 때 낯선 사람, 그것도 죽은 사람에게 남아 있는 온기 같은 것과 가족에게서만 전해 받을 수 있는 무언가를 느꼈다.

프루솁스키는 죽은 여인의 곁을 떠날 수 없었다. 가볍고 뜨거웠던 그녀가 언젠가 그의 곁을 스쳐 지나갔을 때 그녀가 눈을 내리깔고 멀어져가는 모습과 슬픈 그녀의 몸이 흔들리는 모습을 보고 그는 죽고 싶다는 생각을 했다. 그리고 그후 그는 우울한 세상 속에서 부는 바람 소리를 듣고 그녀를 그리워했다. 그는 자신의 젊은 날의 행복이었던 그녀를 따라가 잡기를 두려워했고 가엾게도 그렇게 영영 그녀를 버리게 되었다. 그래서 결국 그녀는 너무나 힘든 고통의 나날을 보내다 배고픔과 슬픔 속에 죽어가기 위해 여기로 숨어든 것이다. 이제 그녀는 등을 대고 누워 있었다. 키스를 하기 위해 치클린이 그녀의 몸을 돌려놓았던 것이다. 정수리에서 턱까지 머리를 두르고 있는 줄이 그녀의 입이 열리지 못하게 막고 있었고, 벌거벗은 긴 다리는 병과 고난으로 생긴 털로 빽빽하게 덮여 있었다. 거의 동물의 털에 가까운 어떤 태고의 힘이 떠나지 않고 남아, 살아 있을 때 이미 죽은 것과 다름없던 그녀를 한 마리의 털북숭이 짐승으로 변모시키고 있었다.

"음, 그것도 괜찮겠군." 치클린이 말했다. "여기도 죽은 물건들이 여럿 있으니, 그것들에게 그녀를 지키도록 합시다. 살아 있는 것들 못지않게 죽은 것들도 많답니다. 죽은 것들도 서로 같이 있으면 지루하지 않을 거요."

치클린은 벽의 벽돌을 쓰다듬고 무언가 알지 못할 오래된 물건 하나를 주워들어 그것을 죽은 여인 곁에 놓았고, 이어 두 사람은 그곳을 나왔다. 여인은 32세 3개월이 나이로, 죽은 당시의 나이 그대로 영원히 그곳에 누워 있게 될 것이다.

치클린은 마당을 가로질러 가다가 다시 돌아와서는 부서진 벽돌과 오래된 돌무더기, 그 밖의 무거운 물건들을 모아서 죽은 여인에게로 이어지는 문을 막았다. 프루셉스키는 그를 돕지 않았고 이렇게 물었다.

"왜 헛수고를 하는 거지?"

"헛수고라니?" 치클린이 놀라며 말했다. "죽은 사람도 사람이라고."

"하지만 그녀에게는 아무것도 필요하지 않네."

"그렇겠지만 내게는 그녀가 필요하다네. 사람의 것은 뭐든 아껴야해. 죽은 자의 슬픔을 보거나 그들의 뼈를 볼 때면 나는 이런 느낌이드네. 나는 무엇 때문에 사는지!"

짚신을 삼던 노인은 공장 마당을 떠나고, 마치 영원히 사라진 사람에 대한 기억처럼 그가 있던 자리에는 헌신 한 짝만이 뒹굴고 있었다.

이미 해가 중천에 떠 있었다. 오래전에 노동의 시간이 다가왔다. 그리하여 치클린과 프루솁스키는 포장되지 않은 흙길을 따라 서둘러 코틀로반으로 향했다. 그 길 위로는 나뭇잎이 흩어져 있었고, 그 나뭇잎밑에는 다가올 여름의 씨앗들이 몸을 데우고 있었다.

그날 저녁 노동자들은 큰 소리로 떠들어대는 확성기를 켜지 않고배불리 저녁을 먹고 난 후 소녀를 보기 위해 둘러앉았다. 이제 라디오를 통해 노조 문화활동을 하지 않기로 한 것이다. 자체프는 아침부터결심 하나를 굳혔는데, 이 소녀와 그와 비슷한 아이들이 조금씩 어른이 되어가면 자신의 지역에 사는 성인들을 모두 끝장내기로 한 것이다. 그는 소련에는 사회주의의 적들과 이기주의자들, 미래 세계를 위협하는 악당들이 많이 살고 있다는 것을 알았고, 언젠가는 프롤레타리아 아동들과 천애고아들만을 남겨놓은 채 그 무리들을 모두 처단하리라 생각하며 남몰래 마음을 달래고 있었다.

"얘야, 너는 어떤 사람이니?" 사프로노프가 물었다. "네 엄마와 아빠는 무슨 일을 했지?"

"나는 아무도 아니에요." 소녀가 말했다.

"아무도 아니라니? 어떤 여성적 본질이 너에게 도움이 되었을 것이고, 그래서 네가 여기 소비에트 연방에서 태어났을 텐데?"

"나는 태어나기를 원치 않았어요. 엄마가 부르주아일까봐 두려웠으니까요."

"그럼 도대체 너는 어떻게 조직된 거지?"

소녀는 부끄럽고 두려워 고개를 숙이고 제 옷을 쥐어뜯기 시작했다. 그녀는 지금 자신이 프롤레타리아 속에 끼어 있다는 것을 알고 있었으므로 어머니가 오래전부터 줄곧 말한 대로 자신을 방어하고 있었다.

"하지만 나는 누가 대장인지 잘 알아요."

"그게 누군데?" 사프로노프가 귀를 기울였다.

"스탈린이죠. 두번째는 부됸니*고요. 그들이 없었을 때, 그러니까 온통 부르주아만 있었을 때는 난 태어나지 않았어요. 왜냐하면 그렇게 하기 싫었거든요. 스탈린이 나타나자 나도 태어난 거예요."

"오, 귀여운 아가." 사프로노프가 말했다. "네 엄마는 의식 있는 여자로구나! 그리고 아이들이 자기 엄마는 기어 못해도 스탈린 동지에 대한 느낌을 갖고 있다면, 이는 우리 소비에트 권력이 이미 깊이가 있다는 것을 말해주는 것이지."

---

* 세묜 부됸니(1883~1973). 소련의 유명한 전쟁 영웅으로 러시아 내전 시기 적군(赤軍) 기병대를 이끌며 적군의 승리에 결정적인 공을 세웠다.

누런 눈을 가진 이름 모를 사나이는 여전히 같은 슬픔을 안고 막사 구석에서 흐느껴 울고 있었다. 하지만 그는 그 슬픔이 어디에서 비롯된 것인지 말하지 않았다. 다만 그는 사람들에게 잘해주려고 노력할 뿐이었다. 그런 그의 슬픈 상상 속에 호밀밭으로 둘러싸인 마을 하나가 떠올랐다. 그 마을 위로 부는 바람이 일용할 평화의 양식을 찧는 나무 풍차를 돌리고 있었다. 그는 그곳에 산 지 그리 오래되지는 않았지만, 위 속에는 포만감이, 그리고 마음속에는 가정의 행복이 넘쳤다. 그는 그동안 이 마을에 살며 먼 곳과 미래를 바라보았지만 평원이 끝나는 곳에서 땅과 하늘이 만나는 것을 보았을 뿐이다. 머리 위로 쏟아져 내리는 햇빛과 별빛은 모자람이 없었다.

그는 생각을 하지 않으려고 자리에 누워 더는 미룰 수 없는 눈물을 흘리며 가능한 한 빨리 울었다.

"어이 소시민, 이제 그만 좀 해두지그래." 사프로노프가 그를 말렸다. "이제 여기에 아이도 살아가고 있잖아? 그런데 자네, 슬픔이란 게 이미 다 폐기되었다는 사실을 몰라?"

"사프로노프 동무, 눈물이 이제 다 말랐어요." 사나이가 멀리서 외쳤다. "내가 아직 후진성을 벗어나지 못해서 쉽게 감동을 받아 그랬던 겁니다."

소녀가 제 자리를 벗어나 나무 벽에 머리를 기댔다. 그녀는 어머니가 보고 싶었고 새롭게 찾아온 외로운 밤이 무서웠다. 그리고 딸이 늙어 죽을 때까지 기다리며 오랜 세월 동안 누워 있자면 어머니가 얼마나 슬퍼할까 생각해보았다.

"도대체 배는 어디 있지?" 소녀가 자기를 바라보는 사람들에게로 몸을 돌리며 물었다. "이제 나는 뭘 베고 자나요?"

치클린이 곧바로 누워 준비를 갖췄다.

"그리고 이제 뭘 먹나요?" 소녀가 말했다. "모두 율리야처럼 멀뚱히 앉아 있네. 먹을 게 없는데 말이에요."

자체프가 수레를 굴려 그녀에게 다가가서 아침에 식료품 가게 책임자에게서 징발한 파스틸라*를 내밀었다.

"불쌍한 것, 자 먹어라. 앞으로 너는 무엇이 될지 알 수 없지만 우리야 뭐 뻔한 게 아니겠니?"

소녀는 다 먹고 나서 치클린의 배에 얼굴을 대고 누웠다. 그녀는 피곤에 지쳐 얼굴이 몹시 창백하게 변해 있었다. 그녀는 모든 것을 다 잊고 익숙한 어머니를 안듯 치클린을 감싸 안았다.

사프로노프와 보셰프를 비롯한 모든 노동자들은 자그마한 이 존재가 잠을 자는 모습을 오랫동안 지켜보았다. 그들은 이 존재가 그들의 무덤 위에 군림하고 그들의 뼈로 가득 채워질 평화로운 땅에 살게 되리라고 생각했다.

"동무들!" 사프로노프가 일동의 감정 상태를 설명하기 시작했다. "지금 우리 앞에는 실질적 사회주의가 의식을 잃고 누워 있습니다. 우리는 라디오와 다른 문화 매체로부터 노선에 대해서 듣기만 할 뿐 뭐 우리가 믿길 수 있는 것은 하나도 없었습니다. 그런데 여기 창조의 물질이며 당의 목표인 동시에 전 세계적 요소가 될 사명을 띤 작은 인간이 휴식을 취하고 있습니다. 이 아이를 위해 우리는 가능한 한 빨리

---

* 과일을 갈아 계란 흰자와 설탕 등 각종 재료를 버무려 만든 과자류의 음식.

코틀로반 공사를 마무리지어야 합니다. 하루라도 더 빨리 집을 지어 이 어린이 요원이 돌벽에 둘러싸여 바람과 추위를 피할 수 있도록 해야 합니다."

보세프는 소녀의 손을 건드려보고, 마치 어렸을 때 교회 벽에 그려진 천사를 보았을 때처럼 아이의 온몸을 찬찬히 살펴보았다. 피붙이 하나 없이 사람들 사이에 던져진 이 연약한 몸은 언젠가는 생의 의미의 따뜻한 흐름을 감촉하게 될 것이며, 그녀의 정신은 태초의 그날과 같은 순간을 목격하게 될 것이다.

그리하여 다음날 한 시간 더 빨리 땅파기 작업을 시작하기로 결정되었다. 그래야 초석 놓는 작업과 나머지 공사 일정을 앞당길 수 있었다.

"나는 불구자로서 여러분의 결정을 환영할 뿐, 도와줄 수는 없소." 자체프가 말했다. "결국 당신들은 어차피 죽을 몸 아니오? 그리고 가슴 속에 아무것도 남아 있는 게 없지 않소? 그렇다면 살아 있는 작은 존재들을 사랑하고 노동으로 자신을 불태우시오. 아, 그때까지만 살아 있으라, 이 추악한 인간들이여!"

추위가 몰려오는 시간이 다가오자 자체프는 밤을 보내기 위해 누런 눈의 사나이에게서 윗옷을 빼앗아 입었다. 사나이는 평생 동안 자본주의를 쌓아왔으므로 이제 혼자 열을 내야 할 때가 온 것이다.

프루솁스키는 이리저리 관찰을 하거나 누이에게 편지를 쓰면서 휴일을 보냈다. 편지에 우표를 붙여 우체통에 넣을 때면 그에게 잔잔한 행복감이 밀려왔다. 마치 자신을 필요로 하는 누군가가 그에게 살아남아 공익을 위해서 꼼꼼하게 일해줄 것을 요구하는 듯한 느낌이 들었다.

누이는 그에게 편지를 쓰지 않았다. 그녀는 아이들이 많았고 사는 게 힘든 및에 너무 지쳐 미처 자신을 모조리 잇고 사는 것 같았다. 그저 1년에 한 번, 부활절 때 엽서를 부칠 뿐이었는데, 엽서에는 이렇게 적혀 있었다. '사랑하는 오빠, 예수님 부활! 우리는 구식으로 살고 있어요. 나는 음식을 장만하고 아이들은 자라고 남편은 등급이 한 단계 올라 이제 48루블을 가져와요. 한번 우리 집에 들러주세요. 동생

아냐가.'

프루셉스키는 이 엽서를 오랫동안 주머니에 넣고 다니며 읽고 또 읽었다. 때로는 눈물을 흘리기도 했다.

한번은 프루셉스키가 혼자 산책을 하다가 먼 곳까지 간 적이 있었다. 그는 시내와 도로에서 멀리 떨어진 어떤 언덕 위에서 발길을 멈추었다. 날은 흐리고 어슴푸레해 마치 시간이 멈춘 듯했다. 그런 날에는 동식물이 모두 얕은 잠에 빠지고 사람들은 대개 부모를 기억한다. 프루셉스키는 조용히 오래된 자연의 흐린 모습을 물끄러미 바라보다가 그 끝에서 그 순간 공기 속의 빛보다 더 밝은 빛을 띠는 평온한 흰색 건물들을 발견했다. 그는 이 완성된 건물들의 이름도 용도도 알지 못했지만, 먼 곳의 그 건물들이 실용적인 목적에서 지어진 것이 아니라 사람들에게 즐거움을 주기 위해 지어졌다는 것쯤은 알 수 있었다. 프루셉스키는 슬픔에 익숙한 사람이었지만 짐짓 놀라워하며 먼 곳에 서 있는 건물들이 지닌 정확한 우아함과 밀폐된 차가운 힘을 바라보았다. 그는 쌓여 있는 돌 속에 믿음과 자유가 그렇게 담겨 있는 것을 이제껏 한 번도 본 적이 없었다. 그리고 그는 자기 조국의 어두운 빛을 위해 이렇게 스스로 빛을 발하는 법칙이 있다는 것도 알지 못했다. 마치 하나의 섬처럼 이 조형물들의 백색 테마가 새로 건설되는 세계 한가운데에서 평화롭게 조용히 빛나고 있었다. 그런데 그 건물들이 모두 흰색을 띠는 것은 아니었다. 건물들은 부분적으로 푸른색, 노란색, 초록색을 띠고 있어서 아이들 그림같이 짐짓 꾸민 듯한 아름다움도 함께 갖고 있었다. '이 건물들은 언제 지어진 것일까?' 프루셉스키는 고뇌에 잠겨 말했다. 그는 불 꺼진 지구에서 슬픔을 느끼는 것이 오히려 더 편했다. 생경하고 멀리 떨어져 있는 행복은 그에게서 부끄러움과 불안을 불러일으켰다. 그는 부단히 지어지고 있을 뿐, 아직 완성되지 않은 세계가 그의 무너진 인생과 같기를 자신도 모르게 바라고 있었다.

그는 잊거나 실수를 하지 않으려고 이 새로운 도시를 다시 한번 주의 깊게 살펴보았다. 그러나 건물들은 마치 러시아의 흐린 기운이 아니라 어떤 서늘한 투명함에 둘러싸여 있는 듯 여전히 밝게 빛나고 있었다.

돌아오는 길에 프루솁스키는 시내의 거리에서 많은 여자들을 보았다. 여자들은 젊은데도 걸음걸이가 느렸다. 그들은 아마도 산책을 하며 별이 빛나는 밤이 오기를 기다리고 있는 것 같았다. 그들의 발걸음에는 욕망이 가득 차 있었고, 미래를 대비해 마련해둔 저장고 같은 몸통은 살이 쪄 비대했다. 이것은 여전히 미래가 남아 있으며 현재는 불행하고 현재가 끝에 이르자면 갈 길이 멀다는 것을 의미했다. 흥분에 싸인 이 여자들의 모습은 그가 곧 다가올 의식적인 죽음에 이르기까지 이 이해할 수 없는 인생을 참고 견디며 살아갈 수 있게 해주었다. 프루솁스키는 사무실로 돌아가 신속하고 바람직한 죽음을 위한 계획을 세웠다. 계획을 세우는 일을 마치자 피로가 몰려와 프루솁스키는 소파 위에서 슬며시 잠이 들었다. 이제 내일은 계획에 대한 서류를 작성한 다음, 한 번 사랑을 나누기에 적당할 정도로 웬만큼만 매력적인 여인을 찾는 일만 남았다. 사랑의 욕구를 만족시키고 나면 언제나 죽고 싶은 정상적인 욕망이 프루솁스키를 찾아왔다. 그는 지금도 그와 같은 정확한 계획을 머릿속에 그려보았다.

먼동이 틀 무렵 치클린이 웃통을 벗고 바지만 입은 한 사나이를 사무실로 데리고 왔다.

"프루솁스키, 자네에게 용무가 있대." 치클린이 말했다. "이 사람이 자기 마을의 관들을 돌려달라고 하네."

"관이라니?"

웃통을 벗은 사나이는 덩치가 컸고 바람을 맞고 슬픔을 겪은 탓에 몸이 부어 있었다. 그는 곧바로 말을 하지 않고 고개를 푹 숙이더니 뭔가를 골똘히 생각했다. 아마도 그는 자기 자신과 자신의 걱정거리를 머리에 담아두는 것을 항상 잊는 것 같았다. 그는 극도로 지쳐 있거나 살면서 아주 조금씩 죽어가고 있는 듯 보였다.

"관들이오!" 그가 뜨겁고 거친 목소리로 말했다. "널빤지로 만든 관을 동굴에다 보관해두고 있었는데 당신들이 협곡을 모두 파헤쳤지 않소? 관을 도로 내놓으시오!"

치클린에 따르면 어제 저녁 북쪽의 측량 말뚝 주변을 파다가 실제로 빈 관이 백 개 나왔고, 그 가운데 두 개를 소녀에게 주었다는 것이다. 그는 소녀가 장차 그의 배를 베지 못하고 잠들 때를 대비해 그 중하나의 관 안에는 그녀의 잠자리를 만들었고, 나머지 하나는 장난감으로 쓰거나 생활하면서 쓰라고 그녀에게 선물로 줬다고 말했다. 소녀도 자기만의 성소(聖所)를 가질 필요가 있는 것이다.

"나머지 관은 농부에게 돌려주시오." 프루솁스키가 대답했다.

"모두 다 돌려주시오." 사나이가 마치 먼지를 뒤집어쓴 듯 기어들어가는 목소리로 말했다. "우리는 죽은 농기구*가 부족하오. 민중은 자기 재산을 갖기를 원하오. 우리는 함께 돈을 모아 그 관들을 장만했소. 우리가 스스로 마련한 것을 빼앗으려 하지 마시오!"

"안 되오." 치클린이 말했다. "우리 아이를 위해 관 두 개는 남겨놓으시오. 어차피 당신들에게는 너무 작은 것들 아니오?"

이 낯선 사나이는 잠시 우두커니 서 있더니 무슨 느낌이 들었는지 치클린의 말을 받아들이지 않았다.

"안 돼요. 그럼 우리 아이들은 어찌하란 말이오? 다 제 키에 맞게 관을 만든 거라오. 거기 모두 표시가 되어 있소. 누가 어느 관으로 들어갈지 말이오. 우리는 모두 각자 자기 관을 갖고 있다는 이유로 살아가고 있소. 우리에게 이제 관은 어엿한 재산이란 말이오. 우리는 동굴에 관을 묻기 전에 그 안에 여러 번 누워보고 길을 잘 들여놓았소."

이미 코틀로반 공사장에 온 지 꽤 오래된 누런 눈의 사나이가 그때 급하게 사무실로 들어왔다.

"옐리세이!" 그가 웃통을 벗은 사나이에게 말했다. "내가 그것들을 밧줄로 묶어 한 짐으로 만들어놓았네. 같이 가서 옮기세. 아직 날씨가 건조하니."

"어쨌든 관 두 개는 놓쳤구먼. 그럼 자넨 어디 누울 텐가?"

"옐리세이 사비치, 우리 집 마당에 단풍나무가 있으니 나는 그 늠름한 나무 밑에 누울 생각이네. 나는 벌써 그 나무뿌리 밑에 구멍을 파놓았네. 내가 죽고 나면 내 피가 수액이 되어 줄기를 타고 위로 올

---

* 러시아 농가에서는 농사에 이용되는 일체의 도구를 '죽은' 것과 '산' 것으로 구분한다. '죽은' 것이란 쟁기, 써레, 낫 등을, '산' 것이란 농사에 이용되는 소나 말과 같은 가축을 일컫는다. 여기서 관을 '죽은 농기구'라고 보는 것은 관과 죽음의 연관성에 바탕을 둔 일종의 언어유희인 동시에 관을 하나의 도구 또는 재산으로 여기는 농부의 관점을 표현하고 있다.

라갈 걸세. 그런데 내 피가 이미 묽어져 나무가 맛이 없다고 할지도 모르겠군."

웃통을 벗은 사나이는 아무런 느낌도 없는지 대답이 없었다. 그는 길가의 돌도 새벽의 싸늘한 바람도 느끼지 못하고 누런 눈의 사나이와 함께 관을 가지러 떠났다. 치클린은 옐리세이의 등에 시선을 고정하고 그를 따라 나섰다. 그의 등에는 온통 더러운 흙이 층층이 뒤덮여 있었고 방어를 위한 털이 가득 자라나 있었다. 옐리세이는 때때로 길을 가다 멈춰 서서 졸린 듯한 텅 빈 눈으로 공간을 둘러보았다. 마치 잊어버린 것을 떠올리거나 쓸쓸한 휴식에 어울릴 만한 한적한 곳을 찾고 있는 듯이 보였다. 하지만 그는 고향이 낯설게 느껴져 힘없이 눈을 떨어뜨렸다.

관은 코틀로반 가의 높다란 마른 땅 위에 줄지어 길게 늘어서 있었다. 얼마 전에 막사로 뛰어왔던 그 농부는 관을 찾은데다 옐리세이가 여기 와서 다행이라 생각했다. 그는 이미 모든 관의 윗부분과 바닥에 구멍을 내어 끈으로 묶어놓았다. 옐리세이는 제일 앞에 있는 관에서 나온 줄을 잡아 어깨에 단단히 메고 마치 배를 끄는 인부처럼 판자로 만든 이 물건들을 생의 메마른 바다 위로 끌기 시작했다. 치클린과 모든 노동자들은 옐리세이를 방해하지 않기 위해 옆으로 물러서서 빈 관들이 땅 위에 남긴 경계(境界)의 자국을 바라보았다.

"아저씨, 이 사람들은 부르주아였나요?" 치클린의 손을 꼭 잡고 있던 소녀가 관심을 보였다.

"아가야, 아니란다." 치클린이 대답했다. "저들은 오두막에 살며 농사를 지어 우리와 반반씩 나눠 먹는 사람들이란다."

소녀는 고개를 들어 사람들의 늙은 얼굴을 바라보았다.

"그런데 저 사람들에게 왜 관이 필요한 거예요? 죽어야 하는 자는 부르주아지 가난한 사람들이 아니잖아요?"

노동자들은 그 말의 요지가 뭔지 몰라 말을 잇지 못했다.

"그런데 한 사람은 옷을 입지 않았어요!" 소녀가 말했다. "불쌍하게 보이지 않으면 그 사람의 옷을 빼앗아가요. 옷을 아껴둔다고 말이죠. 우리 엄마도 알몸으로 누워 있어요."

"아가야, 네 말이 백 프로 맞아." 사프로노프가 의미심장하게 말했다. "오늘 부농 두 명이 우리 곁을 떠났단다."

"가서 그들을 죽여요!" 소녀가 말했다.

"그러면 안 된단다, 아가야. 두 사람 가지고선 계급이라 할 수 없지."

"그러니까 1 더하기 1이네요." 소녀가 셈을 했다.

"더해도 너무 적지." 사프로노프가 아쉬워했다. "총회에 따르면 우리는 그들을 계급으로서 척결해야 하거든. 모든 프롤레타리아와 고용 농들이 고아가 되어 적들에게서 벗어날 수 있도록 말이야."

"그럼 아저씨들은 어떤 사람과 함께 남게 되는 건가요?"

"과업과 함께 남고, 향후 사업들의 견고한 노선과 함께 남게 되는 거지. 무슨 말인지 알겠니?"

"네." 소녀가 대답했다. "그러니까 나쁜 사람들을 다 죽인다는 말이죠? 안 그러면 좋은 사람들이 적어질 수밖에 없으니까요."

"너는 정말로 계급의식이 투철한 세대의 아이로구나." 사프로노프가 몹시 기뻐했다. "너는 아직 어린아이지만 모든 관계를 정확히 알고 있어. 군주제는 전쟁을 위해 차별을 두지 않고 사람을 필요로 했지만 우리에겐 오직 하나의 계급만 소중하단다. 그래서 곧 우리는 의식이 없는 분자들로부터 우리 계급의 순수성을 지켜낼 수 있게 될 거야."

"나쁜 놈들로부터요." 소녀는 무슨 말인지 쉽게 알아차렸다. "그렇게 되면 아주아주 중요한 사람들만 남게 되겠네요. 우리 엄마도 살아 있을 때 자기를 나쁜 사람이라고 말했어요. 그런데 지금은 죽어서 좋은 사람이 되었어요. 그렇지 않나요?"

"맞다." 치클린이 말했다.

소녀는 자기 어머니가 혼자 어둠 속에 있다는 사실을 기억하고 다른 이의 눈을 의식하지 않고 조용히 다른 곳으로 가서 모래 장난을 하기 위해 앉았다. 그러나 그녀는 놀지 않고 그저 무언가를 툭툭 건드리며 생각에 빠졌다.

노동자들은 그녀에게 다가가 허리를 숙이며 물었다.

"왜 그러니?"

"그냥요." 소녀가 건성으로 말했다. "아저씨들과 있으니까 심심해요. 저를 좋아하지 않잖아요. 아저씨들이 밤에 잠이 들면 다들 실컷 때려줄 거예요."

노동자들은 한껏 고무된 표정으로 서로 바라보았다. 그들은 아이를 안아서 으스러질 만큼 꼭 껴안아주고 싶었다. 그런 영특한 생각과 작은 생의 매력이 샘솟는 어떤 따뜻한 자리를 느껴보고 싶었던 것이다.

그때 오직 보셰프만은 기계적으로 먼 곳을 바라보며 기쁨도 느끼지 못한 채 힘없이 서 있었다. 여전히 그는 이 보편적 삶 속에 뭔가 특별한 것이 있는지 그렇지 않은지 도무지 알 수 없었다. 아무도 그에게 온 세계의 규약을 말해줄 수 없었고, 지상에서 일어나는 사건은 그 어떤 것도 그의 주의를 끌지 못했다. 보셰프는 사람들로부터 조금 벗어나 조용히 들판으로 나가서 몸을 감추고 자신은 더이상 이 어리석은 상황의 참여자가 아니라는 것에 만족해하며 어떤 사람의 눈에도 띄지 않게 잠시 누워 있었다.

잠시 후 그는 두 농부가 지평선 너머 등 굽은 울타리에 우엉 풀이 덮여 있는 자기 동네로 끌고 간 관의 흔적을 발견해냈다. 아마도 그 마을에는 따뜻한 농가의 고요함이 머물러 있거나 고아 신세가 된 집 단농장원들이 농기구를 수북이 쌓아놓고 찬 바람을 맞고 있을 것이다. 보셰프는 그저 기계적으로 길을 떠나는 사람의 발걸음으로 그곳을 향했다. 그는 코틀로반에서 문화활동을 충분히 하지 못한 것이 그가 미래의 집의 건설에 큰 미련을 갖지 않는 이유라고 생각하지 않았다. 해가 매우 밝게 빛나고 있었음에도 그는 어쩐지 기쁘지 않았다. 더욱이 풀의 호흡과 향기가 탁한 연기처럼 들판 전체로 번져나가고 있었다. 보셰프는 성장의 노동으로 땀범벅이 된 고된 생의 뜨거운 구름 속을 걷고 있었다. 그는 주위를 둘러보았다. 생명의 호흡에서 나온 수증기가 사방 공간 위에 머물면서 눈에 보이지 않는 몽롱하고 답답한 무언가를 만들어냈다. 세상의 지친 인내가 이어지고 있었고, 마치 살아 있는 모든 것이 어딘가 시간의 한가운데, 운동의 한가운데에 정지해 있는 듯했다. 세상의 시작을 기억하는 사람도 없었고, 그 끝을 아는 사람도 없었다. 오직 사방으로 이어지는 방향만이 남아 있을 뿐이었다. 보셰프는 열려 있는 어떤 길 위로 몸을 숨겼다.

코즐로프가 파시킨이 손수 모는 자동차를 타고 코틀로반으로 왔다. 그는 밝은 회색 정장을 입고 있었고, 얼굴은 무언가 꾸준히 밀려드는 행복감으로 살이 올라 있었다. 그리고 그는 프롤레타리아 대중을 열렬히 사랑하게 되었다. 그는 노동자들에게 대답을 할 때면 뭔가 자기 만족적인 말로 이야기를 시작했다. '음, 좋아, 음 멋져'라고 시작하거나 '그대 지금 어디 있나, 변변찮은 파시스트 여인아?'라고 혼잣말을 하기 좋아했고, '레닌의 유훈처럼 당신 참 멋지군요'라고 하는가 하면 그 밖에도 여러 개의 짧은 슬로건 혹은 노래 구절들을 중얼거렸다.

그날 아침 코즐로프는 자신이 한 중간 계급 여인에게 품은 사랑을 하나의 감정으로서 청산하였다. 그녀는 헛되이 자신의 열렬한 사랑을 정성스런 편지에 담아 그에게 보냈고, 그는 일찌감치 그녀의 애무를 빼앗으려 들지 않으며 침묵으로 일관함으로써 사회적 의무를 지켰다. 그는 사실 더 고상하고 적극적인 유형의 여성을 찾고 있었다. 신문에서 우편 업무가 과도하게 넘치고 정확하지 않게 처리된다는 기사를 읽은 터라 그는 여성이 자신에게 편지 쓰는 일을 그만두게 함으로써 사회주의 건설의 해당 부문에 힘을 보태기로 마음먹었다. 그리고 그는 사랑의 책임에서 벗어나기 위해 다음과 같이 마지막으로 통고하는 엽서를 슬퍼하는 여인에게 보냈다.

전에 푸짐한 음식이 놓여 있던 자리에

이제 관 하나가 놓여 있네.*

코즐로프

그는 방금 이 시구를 읽고 나서 잊기 전에 빨리 기억해두려고 했다. 매일 아침 그는 잠에서 깨어나 침대에서 책을 읽었고 갖가지 공식, 슬로건, 시 구절, 유훈, 온갖 지혜의 말, 다양한 행동 테제, 당의 결정, 노래 가사 등을 외우고 나서 여러 기관과 조직을 순회하러 나갔다. 그곳에서는 그를 알아보았고 적극적인 사회 세력이라고 평가하여 그에게 존경을 표했다. 그리고 그는 안 그래도 놀란 가슴들인 관리들을 자신의 학식과 식견, 소양을 과시하여 다시 한번 놀라게 만들었다. 그리하여 그는 일등급의 연금과 더불어 식량을 현물로 얻을 수 있었다.

---

* 18세기 러시아의 유명한 고전주의 시인 데르자빈의 송시 「메시체르스키 공(公)의 죽음에 부쳐」 가운데 한 대목을 조금 변형한 것이다. 원작에 나오는 대목은 푸시킨이 『두브롭스키』라는 소설의 한 장에서 제사(題詞)로 쓴 적이 있다.

그가 어느 날 조합에 들러 조합장을 자기 앞으로 불러 말했다.

"음 좋아, 음 멋져. 그런데 당신의 조합은 소비에트 방식이 아니라 로치데일* 방식으로 운영되고 있군. 다시 말해 당신은 사회주의로 가는 큰 길 위에 세워진 이정표가 아니란 얘기지."

"시민 양반, 저는 당신 말씀이 이해가 안 되는군요." 책임자는 조심스럽게 대답했다.

"아하, 또 그거군. 소극적인 자가 하늘로부터 구하는 것은 행복이 아니라 일용할 양식, 그러니까 흑빵이라니까. 음 좋아, 음 멋져." 코즐로프는 그렇게 말하고 기분이 몹시 상한 채로 그곳을 나왔다. 그리고 그는 열흘 후 이 조합의 구매위원회 위원장이 되었다. 그는 자기가 대중의 분노뿐 아니라 분노한 자들의 자질까지 고려한 조합장의 알선으로 이 직책을 얻게 되었다는 것을 전혀 몰랐다.

파시킨은 이제 코즐로프를 자랑스럽게 여기게 되었다. 그는 프롤레타리아가 전위대의 모습을 갖게 될 날이 오리라는 것을 믿었다. 그가 보기에 사회주의란 바로 그런 것이었다. 그래서 파시킨은 코즐로프를 노조의 능숙한 지도를 받고 일반 대중 가운데서 배출된 모범적인 열성분자로 소개하고 다녔다. 파시킨은 코즐로프 덕분에 이제 더이상 자체프 때문에 곤혹을 치르지 않을 수 있게 되었다. 그는 자체프에게 하다못해 노조 회비를 징수하는 일이라도 맡긴다면 저도 기름진 음식을 맛볼 것이고 더이상 간부들 집에 가서 기름을 달라고 생떼를 쓰지

---

* 산업혁명 후 영국의 로치데일(Rochdale) 시에서 조직된 노동자들의 소비조합으로 '공정개척자조합'이라고도 불렸다. 나중에 협동조합 운동으로 발전하여 여러 나라의 조합 운동에 영향을 미친다.

않을 것이라고 생각했다.

코즐로프는 지자(知者)의 모습으로 차에서 내려 건설 현장으로 다가가서는 전반적인 노동 속도를 한눈에 보기 위해 그 앞에 섰다. 그는 그때 가까이 있는 노동자들에게 말했다.

"실천에 있어 기회주의자가 되려 하지 마시오!"

점심시간에 파시킨은 이웃 마을의 빈농층이 집단농장을 애타게 원하고 있으므로 노동자 계급 가운데 선발된 자들 몇몇을 그쪽에 투입해서 자본주의 촌놈들과 계급투쟁을 시작해야 한다고 노동자들에게 알렸다.

"부유한 기생분자들을 애당초 끝장내야 했습니다." 사프로노프가 말했다. "우리는 계급투쟁의 모닥불에서 열기를 느끼지 못한 지 한참 되었습니다. 불이 필요해요. 그렇지 않고는 열성분자들이 어떻게 몸을 데울 수 있겠습니까?"

그러고 나서 작업반은 사프로노프와 코즐로프를 인근 마을로 파견하기로 결정했다. 빈농들이 사회주의 아래에서 천애고아가 되거나 은신처에 몸을 숨기는 개인적인 협잡꾼이 되지 않도록 하기 위해서 말이다.

자체프가 수레에 소녀를 태우고 파시킨에게 다가가서 말했다.

"여기 맨발의 사회주의가 있다. 그녀의 뼈에 고개를 수여라 네놈이 살은 다 뜯어먹어 뼈만 남았다."

"정말이에요." 소녀가 말했다.

여기서 사프로노프도 자기 의견을 제시했다.

"파시킨 동무, 여기 나스탸를 꼭 기억해두시오. 우리 미래에 기쁨을 주는 대상이니까."

파시킨은 수첩을 꺼내 거기에 점을 하나 찍었다. 그의 수첩에는 이미 점이 많이 찍혀 있었다. 그 점은 하나하나 그가 대중에 대해 갖는 어떤 관심을 보여주는 것이었다.

그날 저녁 나스탸는 사프로노프에게 따로 잠자리를 마련해주고 그의 곁에 한참 동안 앉아 있었다. 사프로노프는 나스탸에게 자기를 그리워해달라고 말했는데, 그것은 그녀가 여기에서 하나밖에 없는 따뜻한 여자이기 때문이었다. 나스탸는 저녁 내내 말없이 사프로노프의 곁에 머물렀다. 그녀는 사프로노프가 오두막에서 슬픔에 잠겨 있는 사람들에게로 가 그 낯선 사람들 속에서 꿔다놓은 보릿자루 신세가 되지 않을까 걱정했다.

그날 밤 늦게 나스탸는 사프로노프의 침대에 누워 그의 잠자리를 데워놓고 자기도 치클린의 배에 기대어 잠을 자러 갔다. 오래전 그녀는 늘상 의붓아버지가 어머니의 침대에 들기 전에 그의 잠자리를 데워놓았다.

미래의 삶이 깃들 집의 모태가 완성되었다. 이제 코틀로반 안에 초석을 내려놓을 차례였다. 그러나 항상 번뜩이는 생각을 많이 하는 파시킨은 도시에 있는 수뇌급 혁명가에게 건물의 규모가 너무 작다는 보고를 올렸다. 사회주의 여성들은 생기와 혈기가 넘칠 테니까 지표면이 온통 아장아장 걷는 아이들로 뒤덮일 것이기 때문이다. 그렇다면 아이들이 바깥에서, 즉 조직되지 않은 기후 속에서 살 수는 없다는 것이있나.

　"좋소." 그 혁명가가 말했다. 그는 그때 먹음직스럽게 생긴 샌드위치를 무심결에 책상 아래로 떨어뜨렸다. "코틀로반을 네 배 더 크게 파시오."

　파시킨은 허리를 굽혀 샌드위치를 주워다가 책상 위에 올려놓았다.

"그렇게 구부려서 줍지 않아도 되는데요. 우리는 내년 이 지역의 농업 생산량을 5억 루블 정도로 계획하고 있답니다."

그러자 파시킨은 샌드위치를 다시 휴지통에 넣어버렸다. 자신을 절약 캠페인 시기의 속도에 맞추어 사는 사람으로 취급할까봐 두려웠기 때문이다.

프루솁스키는 신속하게 작업 지침을 전달하기 위해 건물 바로 옆에서 파시킨을 기다리고 있었다. 파시킨은 건물 현관을 나서며 코틀로반을 네 배가 아니라 여섯 배로 늘리기로 마음먹었다. 당의 노선을 정확히 따르기 위해서는 그렇게 해야 할 것 같았고, 당 노선을 앞질러 나가 나중에 그 노선을 깨끗한 곳에서 맞기 위해서였다. 그렇게 되면 당 노선이 그를 알아보고 노선상의 영원한 한 점으로 그를 새기게 될 것이 틀림없었다.

"여섯 배로 크게 하시오." 그가 프루솁스키에게 지시했다. "내가 속도가 너무 느리다고 말하지 않았소!"

프루솁스키는 기뻐하며 웃음을 지었다. 파시킨은 기사가 행복해하는 것을 보니 기분이 좋았다. 자신의 조합 산하 기술자 부문의 분위기가 느껴졌기 때문이다. 그러나 프루솁스키가 만족스러워했던 것은 코틀로반의 규모가 늘어났기 때문이 아니라 자기가 곧 죽듯이 노동자들도 곧 코틀로반 안에서 자기들의 생명을 소진하게 되리란 것을 알았기 때문이다. 그에게 산 사람들보다 죽은 사람들을 친구로 갖는 편이 더 나았던 것은, 그는 자기 뼈가 공동의 뼈 안에서 잊히기를 원했기 때문이기도 하며, 대낮의 지표면 위에 기억도 증인도 남기고 싶지 않았기 때문이다. 그렇게 미래는 낯설고 공허한 것이 되기를 원했고 과

거는 무덤 속에, 한때는 누군가가 안아주었던 그 많은 뼈들 속에, 한
때는 사랑받았지만 이제 썩어 기억에서 사라진 몸들의 유해 속에 묻
히기를 원했던 것이다.

프루솁스키는 코틀로반의 테두리 선을 다시 긋기 위해 치클린에게
갔다. 가는 길에 그는 노동자들 몇 명이 모여서 농가용 수레 하나를
가운데 두고 말없이 서 있는 것을 보았다. 치클린은 막사에서 빈 관을
가지고 나와 수레에 실었다. 이어서 그는 두번째 관도 가지고 나왔다.
나스탸는 그의 뒤를 따르며 관에 붙어 있는 자신의 그림을 떼어냈다.
치클린은 소녀가 화를 내지 않도록 그녀를 옆구리에 꼭 안고 한 팔로
관을 옮겼다.

"그 사람들은 어차피 죽었는데 관이 왜 필요한 거냐고요!" 나스탸
가 화를 냈다. "이제 물건을 둘 데가 없어졌잖아요."

"그렇게 하지 않으면 안 돼." 치클린이 답했다. "죽은 사람들은 모
두 특별한 사람들이란다."

"중요한 사람들이라고요?" 나스탸가 놀라며 말했다. "그럼 왜 모두
들 살아 있죠? 죽는 게 더 좋은 거라면 다들 중요한 사람이 되지 않고
말이에요."

"부르주아가 사라지라고 살아 있는 거지." 치클린이 그렇게 말하고
마지막 관을 수레에 실었다. 수레 위에는 옐리세이와 함께 떠났던 반
(半)부농과 보셰프, 그 두 사람이 앉아 있었다.

"관은 어디로 가져가는 겁니까?" 프루솁스키가 물었다.

"사프로노프와 코즐로프 아저씨가 오두막에서 죽었대요. 그 아저
씨들한테 내 관을 가져가는 거예요. 이제 어떻게 할 거죠?" 나스탸가

자세하게 말했다.

그녀는 물건을 잃어버린 것에 대해 속상해하며 수레에 몸을 기댔다.

어딘가에서 수레를 타고 온 보셰프가 다시 그 공간으로 되돌아가기 위해 말을 출발시켰다. 치클린은 자체프에게 소녀를 지키는 일을 맡기고 이미 멀어져 간 수레 뒤를 따라 발걸음을 옮겼다.

그는 달빛 비치는 밤 깊숙이 먼 곳을 향해 걸어가고 있었다. 가끔씩 길 옆 산비탈 위에서 낯선 집들의 불빛이 외롭게 비쳤고 그런 집에서는 개가 처량하게 짖어댔다. 아마도 개들은 외롭고 권태에 싸여 있거나, 임무를 띠고 가는 사람들을 보고 겁에 질려서 그렇게 짖는 것 같았다. 관을 실은 수레가 항상 치클린을 앞질러 갔지만 그는 수레를 놓치지는 않았다.

보셰프는 관에 등을 기대고 하늘을 쳐다보았다. 별들이 옹기종기 모여 있고 은하수가 죽은 듯 흐린 무리를 이루고 있는 것이 눈에 들어왔다. 그는 시간의 영원함을 멈추고 삶의 고통을 보상하기로 했다는 결정이 그곳으로부터 전해지기를 기대했다. 하지만 그는 희망을 버리고 잠이 들었다가 수레가 멈추자 깨어났다.

치클린은 몇 분 후 수레가 멈춘 곳에 이르러 주변을 둘러보았다. 가까운 곳에 오래된 마을이 있었다. 너나 할 것 없는 오랜 가난이 마을을 뒤덮고 있었다. 오랜 시간을 잘 버티고 있는 울타리와 기울어진 채 길가에 늘어선 나무들이 정적에 싸여 모두 슬픈 모습을 하고 있었다. 모든 농가에는 불빛이 비치고 있었지만 바깥에 나와 있는 사람은 아무도 없었다. 치클린은 첫번째 농가로 다가가 문에 붙어 있는 하얀 종이에 적힌 글을 읽기 위해 성냥을 그었다. 종이에는 이 집이 공유화된

제7호 가옥으로 집단농장 '기본 노선'에 속해 있으며, 국가의 결정을 수행하고 마을의 각종 운동을 이끄는 등 여러 가지 사회적 과업을 맡은 열성분자가 살고 있다고 쓰여 있었다.

"좀 들어갑시다." 치클린이 문을 두드렸다.

열성분자가 나와 그를 안으로 들였다. 이어 그는 관을 받았다는 수령증을 작성한 후 보셰프에게 마을 소비에트로 가서 숨진 두 동료의 시신 곁에서 애도의 마음으로 밤새 보초를 설 것을 지시했다.

"내가 가겠소." 치클린이 단호하게 말했다.

"그럼, 그렇게 하시오." 열성분자가 말했다. "그런데 당신 신상에 대해 말해주시오. 당신을 동원 요원으로 등록시키겠소."

치클린은 그에게 무슨 말을 하기 시작했고, 그는 한 시간 만에 그를 요원으로 등록시켰다. 그리고 그는 보셰프에게는 다른 임무를 주었다. 일일이 더듬어 닭을 살펴보고 새로 낳은 알이 있는지 아침까지 파악하라는 것이었다.

"나는 손이 너무 커서 안 되겠소." 보셰프가 말했다.

"그게 무슨 말이오? 작은 손* 쪽에 붙겠단 말이오?" 열성분자가 놀라며 소리쳤다. "이 세상에 존재하는 것이 어느 쪽이라 생각하오? 당이요, 당신이요?"

"나는 아니오." 누런 눈의 농부가 보셰프를 가리키며 말했다. 그는 말없이 서 있다가 갑자기 놀라며 그렇게 말한 것이었다.

보셰프는 두 손으로 자기 몸을 만져보고 마음을 굳혔다. '이제 더이

* 여기서 '작은 손'이란 노동을 하지 않는 계급, 즉 부르주아, 부농 등의 유산자 계급이나 지식인 계급을 뜻한다.

상 생각을 하지 말자. 뭔가 보편적인 것이 살아나도록 해야 해. 제 한 몸을 위해 고생할 필요가 뭐가 있어? 그게 뭐 그리 대단하다고?'

보세프는 아무것도 느끼지 않기 위해 몸을 한껏 웅크려 조그맣게 만들고는 닭을 보러 갔다. 열성분자는 고개를 숙여 모든 테제와 과제를 눈으로 주의 깊게 더듬으며 서류를 검토하기 시작했다. 그는 가정의 행복에 대해서는 모두 잊고 소유욕에 불타 필연의 미래를 건설하고 있었다. 그는 지금 그 미래 안에 자신이 들어갈 영원한 자리를 준비하고 있었던 것이다. 그 때문에 그는 지금 몹시 황폐해졌고 노고에 몸이 퉁퉁 부었으며 여자 얼굴을 닮은 통통한 얼굴에는 드물게만 털이 나 있었다. 지적이면서도 현실적인 방법으로 부농놈들을 주도면밀히 감시하고 있는 그의 의심스런 시선 앞에서 등불이 환히 빛나고 있었다.

열성분자는 밤새도록 꺼지지 않는 등불 옆에 앉아 말을 탄 전령이 어두운 길을 뚫고 오지 않나 귀를 기울이고 있었다. 지역 본부에서 마을로 하달되는 지령을 하나라도 놓치지 않기 위해서였다. 그는 마치 중앙의 성숙한 사람들이 지닌 뜨거운 비밀을 엿보기라도 하듯, 미래의 쾌락을 알고자 하는 호기심에 사로잡혀 지령을 하나하나 읽어 내려갔다. 밤중에 지령이 내려오지 않는 날은 거의 없었다. 열성분자는 먼동이 틀 때까지 불굴의 행동을 위한 열성을 키우며 지령을 연구했다. 아주 가끔은 그도 인생이 슬퍼져 순간적으로 정신이 아득해지는 듯한 경우가 있었다. 그럴 때면 그는 어떤 이든 자기 눈앞에 있는 사람을 애처로운 시선으로 바라보았다. 특히 지역 본부에서 내려온 서류에 자기가 근무 태만자로 지적되었던 사실이 기억 속에서 되살아날 때면 그랬다. 그럴 때면 그는 '나 같은 사람은 대중 속으로 들어가 남의 지도를 받으며 살아야 하지 않을까?'라고 생각하다가도 이내 정신이 번쩍 들었다. 그는 보편적 고아 상태의 일원이 되길 원치 않았으며, 행복에 눈뜨지 못한 범부들처럼 오랜 세월 동안 사회주의를 그리워만 하며 사는 것이 두려웠다. 사실 그는 지금 당장이라도 전위대의 보조가 되어 미래의 모든 이익을 취할 수 있었다. 열성분자는 문서에 기입되어 있는 서명을 특히 오랫동안 살펴보았다. 혁명가의 열정이 넘치는 손이 이 글자들을 옮겨놓은 것이며, 손은 충성스럽고 신념에 찬 대중을 앞에 두고 만족스런 영광 속에 살아가는 신체의 일부이다. 열성분자는 선명한 서명과 스탬프로 찍힌 지구 문양을 보고 있노라면 심지어 눈에 눈물이 어렸다. 곧 온 지구와 그 과육이 쇠처럼 단단하고 정확한 그 손 안에 들어갈 것이 아닌가? 그런데 그 자신은 전 지구의 몸에 아무런 영향도 끼칠 수 없게 되는 것은 아닌가? 열성분자는 보장된 행복이 거의 없음을 느끼며 격무로 쇠약해진 가슴을 쓰다듬었다.

"왜 우두커니 서 있는 거요?" 그가 치클린에게 말했다. "가서 우리의 정치적 시신을 배부른 파렴치한들로부터 지키시오. 영웅다운 우리의 형제들이 어떻게 쓰러져갔는지 보지 않았소?"

치클린은 집단농장 위에 내린 밤의 어둠을 뚫고 마을 소비에트의 빈 홀에 이르렀다. 거기에는 그의 두 동료가 영원한 휴식을 취하고 있었다. 회의할 때 쓰는 가장 큰 등불이 사자(死者)들 위에서 빛나고 있었다. 그들은 간부회의 탁자 위에 나란히 누워 있었고, 국기가 그들의 턱까지 덮여 있었다. 그들의 흉한 모습을 보고 산 자들이 그렇게 죽는 것을 두려워하지 않도록 하기 위해 그렇게 한 것이다.

치클린은 죽은 자들을 안치해놓은 탁자로 다가가 그들의 말없는 얼굴을 묵묵히 바라보았다. 이제 사프로노프는 그의 머리로 아무 말도 못하게 되었고, 코즐로프는 조직의 건설작업 때문에 상심할 일도 없고 자신에게 할당된 연금도 받지 못하게 되었다.

흘러가는 시간이 집단농장 위에 내린 밤의 어둠 속을 조용히 지나가고 있었다. 그 무엇도 공유화된 재산과 집단 의식의 고요함에 해를 가할 수 없었다. 치클린은 담배를 피워 물고 죽은 자들 쪽으로 다가가 그들의 얼굴을 만져보았다.

"코즐로프, 지루하지 않아?"

코즐로프는 살해된 채로 입을 꾹 다물고 계속 누워 있을 뿐이었다. 불만이 없어 보이는 사프로노프도 마찬가지로 말이 없었다. 그의 붉은 수염은 힘없이 반쯤 벌어진 입을 덮고 있었고 입술 위까지 자라나 있었다. 그것은 그가 생전에 키스 한 번 받아본 적이 없기 때문이었다. 그들의 눈 주위에는 눈물이 말라 소금기로 변한 것이 보였다. 치클린은 소금기가 배어 있는 그 자국을 지우며 생각했다. '사프로노프와 코즐로프는 왜 생의 마지막 순간에 울었을까?'

"이봐, 사프로노프, 영원히 잠든 거야, 안 그러면 어떻게든 일어날 생각이야?"

사프로노프는 대답할 수 없었다. 무너진 가슴 안에 들어 있는 심장이 아무런 감각도 느낄 수 없었기 때문이다.

치클린은 방금 마당에 내리기 시작한 빗소리에 귀를 기울였다. 그는 잎사귀와 울타리, 평화로운 시골 지붕 위에서 노래를 부르는 듯 길게 이어지는 슬픈 빗소리에 귀 기울였다. 맑은 물이 아무것도 없는 공허 속을 흐르듯 무심히 흘러내렸다. 다만 빗소리를 듣는 한 사나이의 슬픔만이 자연의 쇠약을 보상해주고 있었다. 그때 마을 외곽 담 밑에서 이따금 보셰프가 더듬는 닭의 울음소리가 들려왔지만 치클린은 그 소리를 듣지 못하고 사프로노프와 코즐로프 사이에 누워 그들과 함께 국기를 덮고 잠을 청했다. 죽은 자도 사람이기 때문이었다. 마을 소비에트의 등불이 아침이 올 때까지 아낌없이 그들 위에서 빛을 비추었고, 아침에 그곳에 나타난 옐리세이도 등을 끄지 않았다. 그에겐 빛이건 어둠이건 매한가지였다. 그는 한동안 우두커니 서 있다가 왔던 모습 그대로 그곳에서 나갔다.

옐리세이는 깃발을 달기 위해 세워둔 장대에 가슴을 기대고 공터의 뿌연 물웅덩이를 바라보았다. 거기에는 저 멀리 따뜻한 곳으로 날아가기 위해 까마귀들이 모여 있었다. 하지만 아직 까마귀들이 이곳 땅과 헤어질 시간이 온 것은 아니었다. 그러나 이 까마귀들은 햇빛이 밝게 비치는 따뜻한 곳에서 조직된 집단농장의 가을을 보내고 새롭게 마련된 공동의 고요 속으로 다시 돌아오기 위해 일찌감치 이곳을 떠나기를 원하는 것 같았다. 옐리세이는 까마귀가 날아가기 전에 제비가 이미 사라진 것을 알아채고 가벼운데다 거의 의식을 하지 않는 몸을 가진 새가 되고 싶다는 생각을 잠시 해보았다. 그러나 그는 더이상 꾀미기기 되겠다는 생각을 하지 않았는데, 그것은 생각 자체를 할 수 없었기 때문이다. 그가 목숨이 붙은 채 눈을 뜨고 뭔가를 보았던 것은 중농(中農) 자격증을 가지고 있고 그의 심장이 법칙에 따라 뛰었기 때문이다.

마을 소비에트 안에서 무슨 소리가 들려오자 옐리세이는 창가로 다가가 창 쪽으로 몸을 기울였다. 항상 그는 어떤 소리든 대중이나 자연으로부터 들려오는 소리에는 귀를 기울였다. 왜냐하면 아무도 그에게 말을 건네거나 그를 이해하려 하지 않았기 때문이다. 그래서 그는 심지어 먼 데서 들려오는 소리도 느껴야 했다.

옐리세이는 천장을 향해 반듯이 누워 있는 두 사람 사이에 치클린이 앉아 있는 것을 보았다. 치클린은 담배를 피우면서 냉담하게 죽은 자들을 위로하고 있었다.

"사프로노프, 자네 죽고 말았구먼. 어떻게 된 거야? 나는 이렇게 남았는데. 이제 나는 자네처럼 되겠어. 더 똑똑해지고 자네의 관점을 주장할 테야. 그리고 자네의 모든 경향을 찾아내겠어. 이제 자넨 전혀 존재하지 않아도 돼."

옐리세이는 무슨 말인지 전혀 이해할 수 없었다. 그저 깨끗한 유리 너머에서 나오는 소리만 들을 뿐이었다.

"그리고 코즐로프, 자네도 이제 생활 걱정은 그만하게. 나는 지금부터 나 자신을 잊고 언제나 자네를 내 가슴 속에 품겠네. 자네의 파멸한 인생과 자네의 모든 과업을 내 안에 감추고 절대 버리지 않겠네. 그러니 자네가 살아 있다고 생각하게. 나도 이제 밤낮 할 것 없이 적극적으로 활동하고 조직 상황을 하나도 놓치지 않고 지켜보겠네. 그리고 연금 생활을 시작하겠어. 코즐로프 동무, 편히 쉬게나."

자신의 입김 때문에 유리창이 흐려져 옐리세이는 치클린을 어렴풋이만 볼 수 있었지만 어디 다른 데 시선을 둘 곳이 없었기 때문에 계속 그를 쳐다보았다. 치클린은 한동안 말이 없다가 이제 사프로노프와 코즐로프가 기뻐하고 있다는 생각이 들자 말했다.

"계급 전체가 다 죽는다 해도 상관없어. 나 혼자라도 이 지상에 살아남아 계급의 과업을 완수하겠네. 어차피 나는 나 자신을 위해 어떻게 살아야 할지 모르니까. 거기 우리를 보고 있는 놈이 누구지? 어이 낯선 친구, 이리 들어와!"

옐리세이는 곧바로 마을 소비에트 안으로 들어왔다. 그사이에 허리춤에서 바지가 내려갔지만 그는 그 사실도 몰랐다. 어제만 해도 허리에 잘 붙어 있던 바지였다. 옐리세이는 식욕이 없었으므로 하루하루 계속 여위어갔다.

"자네가 이 사람들을 죽인 건가?" 치클린이 물었다.

바지를 끌어올린 옐리세이는 아무 대답도 하지 않고 흰 빛이 도는 텅 빈 눈으로 치클린을 응시한 채 바지를 꼭 붙들고 서 있었다.

"그럼 누구야? 우리 대중을 죽이는 자는 어떤 놈이든 가서 데리고 와!"

농부는 마지막 까마귀 떼가 모여 있던 물이 고인 공터를 가로질러 갔다. 까마귀들이 그에게 길을 내주었고, 그때 옐리세이는 누런 눈의 농부를 보았다. 그는 관을 울타리에 기대어놓고 집게손가락을 병 속에 넣어 뭔가 걸쭉한 액체를 묻힌 다음, 관 위에다 인쇄체로 자기의 성(姓)을 썼다.

"옐리세이, 무슨 일이야? 무슨 지시라도 새로 받은 게 있어?"

"아니, 그냥." 옐리세이가 대답했다.

"그럼, 괜찮네." 글씨를 쓰던 자가 조용히 말했다. "소비에트에 있는 시체들 아직 씻지 않았지? 두렵네. 그 공인(公認) 장애인이 수레를 타고 와서 두 사람은 죽었는데 왜 나는 살아 있냐고 또 두들겨 팰 게 뻔해.”

농부는 죽은 자들을 씻겨주러 갔다. 그렇게라도 해서 자신의 관심과 공감을 보여주고 싶었다. 옐리세이도 마땅히 있을 만한 곳을 찾지 못해 그냥 그의 뒤를 따랐다.

농부는 죽은 자들의 옷을 벗기고 그들을 차례로 연못 속에 담근 다음 양털로 물기 없이 깨끗이 닦아 다시 탁자 위에 올려놓았다. 치클린은 거기에 뭐라 이의를 제기하지 않고 그 모습을 그냥 지켜보고 있었다.

“음, 좋군.” 치클린이 말했다. “그런데 누가 그들을 죽인 거지?”

“치클린 동무, 우리도 알 길이 없소. 우리는 그냥 되는대로 살 뿐이오.”

“되는대로라!” 치클린은 말을 뱉으면서 농부의 얼굴을 갈겼다. 그가 좀더 의식적인 삶을 살게 하기 위해서 말이다.

농부는 잠시 쓰러졌다 일어나 치클린이 자신을 못된 부자라고 생각할까봐 몸을 피하지 않고 그에게 더 가까이 다가섰다. 그는 더 심하게 몸을 망가뜨려 그 고통의 대가로 빈농 자격을 얻고자 했던 것이다. 치클린은 이 인간이 다시 그의 코앞에 다가온 것을 보고 그의 배를 거의 기계적으로 힘껏 쳤다. 그러자 농부는 누런 눈을 감고 그 자리에 고꾸라졌다.

조용히 한쪽에 비켜 서 있던 옐리세이가 잠시 후 치클린에게 농부가 죽었다고 말했다.

“그가 불쌍하다고 생각하나?” 치클린이 물었다.

“아니요.” 옐리세이가 대답했다.

"그를 내 동료들 가운데 눕히게."

엘리세이는 농부를 탁자로 끌고 가서 힘껏 죽은 자들 위에 가로로 올려놓은 다음 사프로노프와 코즐로프 사이에 가지런히 눕혔다. 엘리세이가 뒤로 물러서자 농부는 누런 눈을 떴지만 다시 감을 수가 없어 그냥 멀뚱히 눈을 뜨고 있었다.

"그에게 아내가 있었는가?" 치클린이 엘리세이에게 물었다.

"혼자였소." 엘리세이가 대답했다.

"그럼 왜 산 거지?"

"안 살자니 그게 무서웠던 거지요."

보셰프가 문 밖에 와서 활동가들이 부르니 가보라고 치클린에게 말했다.

"자 여기 1루블이네." 치클린이 엘리세이에게 돈을 건넸다. "코틀로반으로 가서 나스탸라는 아이가 살아 있는지 보고 그 아이에게 사탕을 사주게. 그 아이 때문에 마음이 아파오는군."

열성분자는 자신의 조력자 세 명과 함께 있었다. 최저 빈곤층에 속하는 그들은 부단히 이어지는 영웅적 행위로 몸이 많이 야위어 있었지만, 표정에는 한결같이 확고한 감정, 즉 진심 어린 희생정신이 드러나 있었다. 열성분자는 치클린과 보셰프에게 파시킨 동무의 지시에 따라 이제 집단농장의 발전을 위해 자신들이 갖고 있는 모든 잠재력을 쏟아부어야 한다고 주지시켰다.

"진리는 본래 프롤레타리아의 몫이 아닌가요?" 보셰프가 물었다.

"운동이 본래 프롤레타리아의 몫이지." 열성분자가 보셰프의 말을 고치며 단언했다. "그리고 프롤레타리아를 향해 오는 모든 것들이 프롤레타리아의 몫이네. 진리든, 부농들이 빼앗아간 코프타*든 모두 다. 그 모두가 조직의 솥 안으로 들어가고 나면 그것들이 원래 무엇이었는지 전혀 알아보지 못하게 될 걸세. 그런데 닭은 살펴보았나?"

"밤새도록 다 살펴보았소. 계란은 한 알도 발견하지 못했소."

열성분자는 골똘히 생각에 잠겼다. 그의 조력자들도 고민에 빠졌다. 새들은 진정 부농을 지지하는 것이 아닐까?

"닭을 모두 잡아다 먹어치워야겠어요." 그 가운데 한 사람이 뭔가를 곰곰이 생각하더니 그렇게 밝혔다.

"수탉들도 있던가?" 열성분자가 물었다.

"없었소." 보세프가 대답했다. "어떤 사람이 마당에 누워 있다가 말하길 당신이 집단농장을 돌다가 갑자기 허기를 느껴 마지막 남은 수탉 하나를 잡아먹었다고 하더군요."

"우리한테는 첫 수탉을 누가 먹었는지가 중요하지, 마지막 수탉을 누가 먹었는지는 중요하지 않네." 열성분자가 말했다.

"첫 수탉은 저 스스로 죽었을 수도 있소." 열성분자의 한 조력자가 추측해보았다.

"어떻게 혼자 죽을 수가 있지?" 열성분자가 놀라며 말했다. "그 닭이 의식 있는 훼방꾼이라도 된단 말인가? 그런 순간에 스스로 죽는다면 말이야. 가서 모두 다 조사해봅시다. 어떤 다른 토대가 여기 숨겨져 있는 게 틀림없어."

모두 일어나 첫 닭을 먹어치운 식충이를 찾으러 나섰다. 보세프와

---

* 짧은 여성용 상의.

치클린도 열성분자의 뒤를 따랐다.

"사안이 중대해." 치클린이 말했다. "계란을 먹지 못하면 아이들이 여위게 될 거야. 제 나이에 맞게 자라지 못한다고."

"물론이지." 보셰프는 치클린의 말에 맞장구를 쳤지만 다른 한편으로는 괴로웠다. 전 세계의 기본구조만 알 수 있다면 죽을 때까지 계란을 먹지 않겠다고 동의한 터였기 때문이다.

열성분자와 조력자들은 열 가구의 집을 돌며 철저하게 조사를 벌여 보았지만 미미한 결과밖에 얻지 못하자, 피로가 한꺼번에 몰려와 한 농가의 벽에 몸을 기대고 계속 조사를 해야 할지 말아야 할지 고민에 빠졌다. 그사이에 이미 백 명의 인원이 추가로 열성분자의 일행에 합류했다. 이들 모두가 미지의 사람에 의해 처음 잡아먹힌 수탉을 생각하며 슬픔에 잠겼다. 사실 그 첫 수탉이 그렇게 잡아먹힘으로써 마지막 수탉도 죽게 된 것이었다. 사람들은 암탉들이 슬퍼하지 않도록 깃털을 손바닥으로 쓰다듬으며 품에 안고 다녔다. 암탉은 사람들 품에서 둥지를 튼 셈이었지만 만족스러워했다.

곧 집단농장원들이 모두 다 열성분자 앞에 모였다. 한 사람이 5베르스타*를 가는 것보다 천 명이 백 보를 가는 게 더 낫다는 훈령 때문이었다.

"동무들, 수탉이 어디 있습니까?" 열성분자가 그를 뚫어지게 쳐다보고 있는 사람들을 향해 아주 담담한 어조로 물었다. "우리 조류 대중이 내부에서 생산적인 지도를 받지 못한다면 우리가 앞으로 어떻게

---

* 러시아의 옛 거리 단위로, 1베르스타는 1,067킬로미터에 해당된다.

계란을 얻을 수 있겠습니까?"

집단농장원들은 자신들의 생각을 감추고 열성분자 앞에 말없이 서서 다 같이 침울하게 고개를 숙였다. 다만 한 아낙이 하염없이 눈물을 흘리더니 이어 몹시 흥분하여 고통을 이겨내지 못하고서 결국 쓰러지고 말았다. 그러자 사람들이 그녀를 들어 창고로 날랐다.

거기서 멀지 않은 곳에 모여 있던 까마귀들이 하늘로 올라 먼 곳으로 날아갔다. 농부 몇 사람이 날아가는 까마귀 떼를 잠시 바라보았다. 다른 사람들은 까마귀 떼에 시선을 두지 않았는데, 까마귀는 먼 곳으로 가서 무언가를 아무리 많이 찾는다 해도 결국 다시 돌아올 것이고, 농민들로서는 움직이지 않는 편이 더 좋았기 때문이다.

"시민 여러분, 수탉은 어디 있습니까?" 열성분자가 낮은 어조로 캐물었다. "여러분이 지금 소비에트 정권에 봉사하고 있다고 생각합니까? 여러분, 집단농장 청산이 무엇인지 아십니까? 잘 알아두세요. 이것은 무산자의 기쁨인 부농 청산과 달라요. 나는 무산자를 집단농장에서 추방하려고 하는 겁니다. 여러분 말고도 빈농들은 충분히 많습니다!"

전 계급이 우두커니 서서 하나의 질문에 답을 하지 못하고 있었다. 알을 품지 못하는 암탉들이 사람들의 품에서 끙끙거리기 시작했다. 그때 먼 자연에서 시리도록 차가운 바람이 불어와 대대로 이곳에서 자라는 나무들에 달린 나뭇잎을 흔들어댔다.

"진짜 수탉이 없단 말이오?" 열성분자가 애통해하며 외쳤다.

"없다니까요." 열성분자 가까이에 침울하게 서 있던 한 아낙이 말했다.

열성분자는 주위의 영향에서 벗어나 다시 정신을 가다듬고 서둘러 사무실을 향해 발걸음을 옮겼고, 조직적으로 행동하는 다른 사람들도 그의 뒤를 따라 자리를 떴다. 치클린만 남아 수탉 하나 때문에 집단농장이 발전하지 못하고 제자리걸음을 하는 것이 아닐까 하고 고민에 빠졌다.

"도대체 어찌 된 일이오? 그럼 이제 오랫동안 수탉이 없겠네요?" 그가 말했다.

한 집단농장원이 무리 안에서 몸을 움찔했으나 의식이 부족해서인지 아니면 너무 비좁아 그랬는지 그냥 다시 그 안에 파묻혔다.

"거기 누가 움직인 거요? 이리 나오시오." 치클린이 그를 불러내려 했다.

작은 몸집의 노인 하나가 나왔다. 그는 털모자에 바지만 입고 있었는데, 윗도리는 빨아서 어디 울타리 같은 데 걸어두었기 때문이다. 그는 흡사 소똥 묻은 병아리 같은 것을 손에 들고 있다가 치클린에게 건넸다.

"동무, 보시오. 이 못난 잡종놈이 우리 집에서 태어나 우리가 이걸 한 사 년 전부터 키우고 있소."

"뭐요 그게? 수탉이오?"

"수닭이라면 수탉이지."

"그럼 일을 시키시오." 치클린은 그렇게 결론을 내리고 마을 소비에트를 향해 떠났다.

사람들이 열성분자가 사는 집에서 깃발을 가지고 나왔다. 열성분자는 앞에 나서지 않고 사람들의 뒤를 따랐다. 그는 서둘러 죽은 동료들과 영원한 이별을 하고 싶지 않았다. 치클린이 수탉이 나왔다는 소식을 전했을 때도 그는 그다지 놀라지 않았다. 열성분자는 자신의 지도 아래 선진적 선례들이 실현되고 수탉도 생기리라고 굳게 믿었다.

마을 소비에트에 온 열성분자는 죽은 자들 곁에서 처음에는 잠시 슬픔에 잠겼으나 새롭게 건설될 미래를 생각하고는 씩씩하게 웃으며 집단농장원들을 장례 행렬에 동원하라고 옆에 있던 사람들에게 지시했다. 그는 사유 재산을 공유화하는 이 밝은 발전적 시점에 모든 사람이 죽음의 엄숙함을 느껴보기를 원했다.

코즐로프의 왼팔이 탁자 아래로 늘어져 있고 죽은 몸 전체가 탁자 끝에 매달려 있어 금방이라도 툭 떨어질 것 같았다. 치클린이 코즐로프를 바로 눕히고 보니 죽은 자들이 아주 비좁게 누워 있었다. 이제 그들은 셋이 아니고 넷이었다. 치클린은 그 네번째 사람이 누군지 알 수 없었으므로 열성분자에게 이 또하나의 불행에 대해 해명해줄 것을 요청했다. 비록 그 네번째 사람이 프롤레타리아가 아니고 호흡을 멈추고 모로 누워 있는 초라한 농부였지만 말이다. 열성분자가 치클린에게 밝힌 바에 따르면, 이 농민 분자는 사프로노프와 코즐로프에게 치명적인 해를 가한 후 자신에 대한 조직적 움직임이 진행되고 있는 것을 알고 슬픔을 느낀 나머지, 스스로 여기로 와 죽은 자들 사이에 누워 몸소 숨을 끊은 자였다.

"어차피 삼십 분 후에 내가 그를 색출해냈을 거요." 열성분자가 말했다. "우리에게 이제 맹목적 요소란 완전히 사라졌기 때문에 숨을 데가 있을 리 만무하지. 그런데 여기 여분의 한 사람이 또 누워 있군."

"그는 내가 끝장내버렸소." 치클린이 밝혔다. "웬 놈이 나타나 때려

달라고 하길래 한 방 먹였는데 이자는 몸이 아주 허약했소."

"맞군그래. 내가 살인자가 하나라고 하자 사람들이 믿지 않았는데 둘이었군. 둘이라면 이미 부농 계급이고 조직이라 할 만하지."

장례를 마치자 집단농장 저편으로 해가 저물었고, 세상은 이내 텅비고 낯설어졌다. 아침이 밝아오는 쪽에서 짙은 먹구름이 땅 밑으로부터 올라왔다. 자정 무렵이 되면 먹구름은 여기 목초지까지 다가와 그 위에 무겁게 찬물을 뿌릴 것이다. 그쪽을 바라보며 집단농장원들은 한기를 느끼기 시작했고, 닭장의 암탉들은 긴 가을밤을 예감하며 길게 울음을 토해냈다. 곧이어 방랑자들의 발걸음으로 다져진 대지의 흙색으로 한결 더 짙어 보이는 어둠이 땅 위를 온통 뒤덮었다. 그러나 하늘 높은 곳에서 빛이 감돌고 있었다. 그곳을 지나는 노란 태양빛이 소리 없는 축축한 바람 속에 높이 머물러 있었고, 정적 속에 쓰러져가는 뜰 안의 마지막 잎사귀 위에도 비쳤다. 사람들은 집 안에 있으려고 하지 않았다. 집에 있으면 자꾸 상념이 밀려오고 기분이 우울해졌다. 그들은 마을의 공개된 장소를 여기저기 돌아다니며 사람들을 계속 만나려고 했다. 그 밖에도 그들은 먼 곳에서 축축한 공기를 뚫고 무슨 소리가 들려오지 않나 귀를 기울였다. 그 힘겨운 공간 속에서 위로를 전해주는 소리를 듣고자 했던 것이다. 열성분자는 이미 오래전에 위생 규칙을 준수하라는 지시를 구두로 내려놓았고, 이 때문에 사람들은 실내 공기를 오염시키지 않기 위해 항상 집 밖에 나와 있지 않을 수 없었다. 그래서 열성분자는 사무실에 틀어박혀 있더라도 창문 밖으로 대중의 움직임을 주시하며 쉽게 그들을 더 멀리 선도할 수 있었다.

열성분자도 흡사 장례(葬禮)의 빛과 같은 노란 저녁노을이 진 것을 보고, 다음날 아침 일찍 집단농장의 행군대에 별빛 행군을 지시하여 개인농들이 많이 사는 인근 마을을 돌도록 하고 민중 놀이마당도 열기로 마음먹었다.

중농 출신의 나이 많은 마을 소비에트 의장은 아무 일도 안 하고 있자니 불안해서 무슨 지시라도 받기 위해 열성분자에게 갔지만, 열성분자는 마을 소비에트는 활동가들이 거둔 후방의 승리를 강화하고 지배자가 된 빈농들을 착취인 부농들로부터 지켜야 한다는 말만 하고는 손을 저어 그를 물러가게 했다. 의장 노인은 감사하는 마음으로 불안감을 잠재우고 경비용 딱따기를 만들러 갔다.

밤이 두려웠던 보셰프는 밤이 되면 잠들지 못하고 의문에 빠져들었다. 생을 향한 그의 기본 감각은 이 지상의 필연적인 무언가를 쫓고 있었고, 생각이 빚어내는 어렴풋한 희망만이 존재 전체에 대한 불가지(不可知)로부터의 먼 훗날의 구원을 그에게 약속해주었다. 그는 치클린과 함께 막사로 가며 치클린은 눕자마자 잠이 들겠지만 자신은 집단농장을 뒤덮고 있는 이 어둠을 홀로 응시해야 하리라 생각하며 마음의 갈피를 잡지 못했다.

"치클린, 자네 오늘은 잠자지 말게. 난 무섭다네."

"무서워하지 말게. 자네를 무섭게 하는 놈이 있으면 말해. 내가 죽여버릴 테니."

"치클린 동무, 내가 무서워하는 것은 가슴 속의 의혹이네. 뭔지 정말 모르겠어. 저 멀리 아주 특별하고 값지고 실현할 수 없는 무언가가 있는 것 같아. 그래서 내 삶은 슬프다네."

"우리는 그것을 얻게 될 걸세. 보셰프, 그러니까 슬퍼하지 말게나."

"치클린 동무, 언제 말인가?"

"음, 그럼 이미 그것이 우리 수중에 있다고 여기게. 보게나, 이제 모든 것이 우리한테는 별게 아니잖아?"

집단농장의 외곽에 '조직의 집'이 있었다. 그곳에서 열성분자와 다른 선도적 빈농들이 대중에게 사기를 불어넣고 있었다. 그리고 여기에는 신분이 증명되지 않은 부농들과 여러 가지 이유로 벌금을 부과받은 집단농장원들도 살고 있었다. 그들 가운데 일부는 사소한 의심의 정서에 빠진 자들이었고, 다른 일부는 기뻐해야 할 순간에 울며 공유화되는 자기 농가의 말뚝에 입을 맞춘 자들이었으며, 일부는 그 밖의 다른 이유로 여기 머물고 있는 자들이었다. 그리고 마지막으로 한 노인이 있었는데, 그는 전에 타일 공장의 경비원이었던 자로서 우연히 이 '조직의 집'에 들어오게 되었다. 그는 어디론가 가고 있었는데, 얼굴 표정에 뭔가 적대성 같은 것이 느껴진다는 이유로 이곳에 잡혀 온 것이다.

보세프와 치클린은 '조직의 집' 복판에 있는 바위 위에 앉아 이곳 처마 밑에서 밤을 보낼 생각을 하고 있었다. 타일 공장에서 일하던 노인은 풀밭에 앉아 물도 없이 셔츠 밑으로 몸의 때를 벗겨내고 있다가 치클린을 기억하고 그에게로 다가왔다.

"무엇 때문에 여기 오게 된 거요?" 치클린이 그에게 물었다.

"지나가고 있는데 사람들이 멈추라고 하더군. 아마도 헛되이 사는 것 같으니 어디 한 번 보자는 거였겠지. 나는 아무 말 없이 그냥 가고 있었다고. 그런데 길을 막는 거야. '이봐, 거기 부농, 서봐' 하고 말이야. 그후로 여기서 감자로 만든 음식을 먹으며 살고 있네."

"노인은 어디서 사나 다 마찬가지잖아요?" 치클린이 말했다. "죽지만 않으면 말이오."

"자네 말이 꼭 맞네. 나는 적응하려고만 들면 어디든 잘 적응하지. 다만 처음엔 좀 힘들어해서 탈이지만. 여기 오니 글을 가르쳐주고 숫자도 깨우치게 만들더군. 나한테 계급의식이 투철한 멋진 노인이 될 거라 했어. 난 꼭 그렇게 될 걸세!"

노인은 밤새도록 떠들어댔을 것이다. 그런데 그때 코틀로반에서 돌아온 옐리세이가 치클린에게 프루셉스키의 편지를 전해주었다. 치클린은 '조직의 집' 표지판을 밝히는 등불 아래서 편지를 읽었다. 나스탸는 살아 있고 자체프는 매일 그녀를 수레에 태워 유치원에 데려다주며, 그녀는 유치원에서 소비에트 국가를 사랑하게 되었고 국가를 위해 재활용이 가능한 폐품을 수집하고 있다는 내용이었다. 프루셉스키는 자신에 대해서 코즐로프와 사프로노프가 죽게 되어 몹시 마음이 아프고, 자체프가 이 일로 닭똥 같은 눈물을 흘리며 울었다는 이야기도 썼다. 이어서 그는 다음과 같이 썼다.

'난 좀 힘든 상황에 처해 있네. 어떤 여인을 사랑하여 결혼을 하게 될 것 같은데 나는 사회적 중요성을 지닌 사람이 아니다보니 두렵네. 코틀로반이 완성되면 봄에 초석을 쌓게 될 걸세. 나스탸가 이제 비록 인쇄체로 쓰긴 하지만 글을 쓸 수 있게 되어 자네한테 이렇게 편지를 썼네.'

나스탸는 치클린에게 이런 편지를 보냈다.

'부농 계급을 철폐해주세요. 스탈린, 코즐로프, 사프로노프 만세! 치클린 아저씨, 스탈린은 레닌보다 한 방울만큼만 덜 훌륭하고, 부돈

니는 두 방울만큼 덜 훌륭해요. 빈농들의 집단농장에 안부 전해주세요. 부농들에게는 말고요.'

치클린은 이 편짓글을 오랫동안 혼자 되뇌었다. 그는 이 편지에 큰 감명을 받았지만, 슬픔을 드러내고 울기 위해 얼굴을 찌푸리는 법을 알지 못했다. 그는 곧 잠자리에 들었다.

'조직의 집'의 큰 건물에는 커다란 창고가 하나 있었고, 사람들은 추운 날씨 때문에 이 창고 바닥에서 잠을 잤다. 사오십 명가량의 사람들이 입을 벌리고 잠을 자며 위쪽으로 숨을 내쉬었고, 여러 사람들이 내쉬는 숨이 자욱하게 안개를 이룬 가운데 등불이 하나 낮은 천장 밑에 걸려 있었다. 거기에는 옐리세이도 누워 있었다. 그는 눈을 거의 다 뜬 채 잠들어 있었고 그의 눈은 깜빡거리지도 않고 줄곧 타는 등불을 응시했다. 치클린은 보셰프를 발견하고 그의 옆에 누워 더욱더 밝게 다가올 아침까지 잠이 들었다.

아침에 맨발의 집단농장 행군대가 '조직의 집' 마당에서 열을 지어 늘어섰다. 그들은 슬로건이 쓰여 있는 깃발을 손에 들고 등에는 음식 보따리를 메고 있었다. 그들은 집단농장의 선봉장인 열성분자를 기다리고 있었다. 왜 낯선 곳으로 가지 않으면 안 되는지 그에게서 그 이유를 듣기 위해서였다.

열성분자는 선도 요원들과 함께 '조직의 집'에 나타나 행군대를 오각형의 별 모양으로 정렬시키고 그 한가운데로 들어가 연설을 시작했다. 그는 행군대에게 연설을 하면서 주변 지역 빈농들에게 미래가 어차피 어둡다면 사회주의 체제로 가자고 호소하는 방법으로 집단농장의 본질을 보여주라고 말했다. 옐리세이는 가장 긴 깃발을 손에 들고 열성분자의 말을 다소곳이 경청한 후, 어디 가서 멈춰야 하는지도 모르면서 평소에 그가 내딛는 발걸음으로 앞을 향해 출발했다.

이날 아침에는 공기가 매우 축축했고 차가운 바람이 먼 공터에서 불어왔다. 열성분자는 이런 상황을 흘려버리지 않았다.

"이것은 조직화에 대한 역행이야!" 열성분자가 우울해하며 자연의 차가운 바람을 가리켜 이렇게 말했다.

길을 떠난 빈농과 중농 출신의 순례자들이 멀리 낯선 공간 속으로 사라졌다. 치클린은 맨발의 집단농장원들이 떠나가는 모습을 눈으로 좇았다. 그는 앞으로 어떤 일이 일어날지 알 수 없었고, 보셰프는 별 생각 없이 침묵을 지켰다. 저 멀리 인적 없는 경작지 위에 머물러 있던 큰 구름에서 벽이 막아서듯 비가 쏟아져 내려 길 떠난 사람들을 덮쳤다.

"저들은 어디로 가는 거요?" 해를 끼칠 수 있어 '조직의 집'에서 다른 사람들로부터 격리되어 있던 한 반(半)부농이 말했다. 열성분자가 그를 울타리 밖으로 나가지 못하게 했기 때문에 그는 울타리 너머로 말했다. "우리에게는 앞으로 십 년 동안 충분히 신을 수 있는 신발이 있는데, 저들은 맨발로 어디를 가는 거요?"

"한 방 먹여줘." 치클린이 보셰프에게 말했다.

보셰프는 반부농에게 다가가 그의 얼굴을 한 대 쳤다. 반부농은 더 이상 아무 반응을 보이기 않았다.

주변에서 펼쳐지는 삶을 여전히 이해할 수 없었던 보셰프는 치클린에게 다가갔다.

"치클린, 보게나. 집단농장원들이 맨발에 슬픈 모습으로 세상을 향해 떠나는 모습을 말이야."

"그들은 바로 맨발이기 때문에 떠나는 거야." 치클린이 말했다. "그들은 기뻐할 일이 없어. 집단농장이란 것도 결국 먹고사는 일이잖아?"

"예수 그리스도도 아마 슬픈 얼굴로 걸어다녔을 거야. 자연에는 시시하게 비가 내렸을 거고."

"자네는 생각하는 게 빈농이네그려." 치클린이 대답했다. "그리스도는 왜 그랬는지 모르지만 혼자 다녔는데 이곳의 사람들은 생존을 위해 무더기로 다니지 않나?"

그때 열성분자는 '조직의 집'에 있었다. 지난밤은 그로서는 무의미하게 지나갔다. 아무런 지시도 집단농장에 내려오지 않았던 것이다. 그는 머릿속에서 생각의 물꼬를 터놓았다. 그런데 생각은 실수에 대한 두려움으로 그를 이끌었다. 그는 제대로 못 보고 개인농의 농가에 큰 부가 쌓이는 것을 놓칠까 두려웠다. 동시에 그는 도가 넘치는 열성을 경계하기도 했다. 그래서 그는 오로지 말(馬)만 모두 공유화했지만, 그후에 외롭게 남은 젖소나 양, 가금류 때문에 마음을 졸이고 있었다. 왜냐하면 염소 한 마리도 통제할 수 없는 개인농의 수중에 들어가면 자본주의의 견인차가 될 수 있기 때문이다.

열성분자는 대중을 지도하고자 하는 욕구를 억누르며 집단농장 위에 가득 내린 정적 속에서 꼼짝 않고 서 있었고, 그의 조력자들은 이제 어디로 가야 할지 몰라 굳게 다문 그의 입술만 쳐다보고 있었다. 치클린과 보셰프는 '조직의 집'에서 나와 농기구의 상태를 검사하기 위해 농기구가 있는 곳을 찾으러 갔다.

그들은 얼마 가지 않아 걸음을 멈추었다. 길 오른편에서 아무도 없는데 문이 열리더니 그곳에서 순한 말들이 길 밖으로 나왔던 것이다. 말들은 한 무리를 이뤄 땅 위에서 자라고 있는 먹을 것을 향해 머리를 굽히지 않고 일정한 발걸음으로 길을 가더니 물이 고여 있는 골짜기 쪽으로 내려갔다. 말들은 정량대로 물을 마시고 나서 청결을 유지하기 위해 물속으로 잠시 들어가 있다가 뭍으로 나와, 대오와 결속을 흐뜨리지 않고 다시 돌아갔다. 그러나 첫번째 농가 옆에 이르자 말들은 흩어졌다. 어떤 놈은 초가지붕 옆에 멈춰 서서 지붕의 짚을 끌어내렸고, 어떤 놈은 머리를 낮춰 땅에 떨어진 보잘것없는 건초 묶음을 입에 물었다. 한편, 좀더 깐깐해 보이는 놈들은 농가 안으로 들어가 집같이 친숙한 곳에서 곡식의 묶음을 한 단씩 입에 물고 밖으로 나왔다.

말들은 모두 제 힘이 닿는 만큼 먹이를 물고 전에 나왔던 문 쪽으로 조심스럽게 먹이를 옮겼다.

그들 중 먼저 도착한 말들은 문 앞에 서서 남은 말들을 기다렸다. 곧 말이 모두 모이자 앞에 있던 말이 머리로 밀어 문을 활짝 열었고 먹이를 입에 문 말들이 전부 열을 지어 문 안으로 들어갔다. 마당에 이르러 말들은 입을 열었고 그들의 입에서 떨어진 먹이가 수북이 쌓였다. 이제 이 집단화된 가축들은 빙 둘러서서 천천히 먹이를 먹기 시작했다. 그렇게 그들은 인간이 돌보지 않아도 조직적으로 서로 잘 타협했다.

보셰프는 놀라워하며 문틈 사이로 이 동물들을 지켜보고 있었다. 그를 놀라게 한 것은 먹이를 먹는 가축들의 정신적 평온함이었다. 이 말들은 집단농장에서 살아가는 삶의 의미에 대해 확실한 신념을 갖고 있는 듯 보였지만, 그 자신은 혼자서 말보다도 더 형편없이 살며 고통에 빠져 있는 것이었다.

 말들이 모여 있는 마당 뒤로 가난한 농가 한 채가 있었다. 이 농가는 텃밭이나 담장도 없이 맨땅 위에 서 있었다. 농가로 들어간 치클린과 보셰프는 한 농부가 긴 의자 위에 엎드려 있는 것을 보았다. 그의 아내는 바닥을 청소하다가 손님들을 보고 머릿수건 끝으로 코를 훔쳤다. 그러자 그 순간 그녀의 눈에서 이미 이골이 난 듯한 눈물이 흘러내렸다.

 "무슨 일이오?" 치클린이 그녀에게 물었다.

 "오, 귀한 이들이여!" 여인은 그렇게 말하고 더 격하게 울기 시작했다.

 "얼른 눈물을 닦고 말 좀 해봐요." 치클린이 그녀를 타일렀다.

 "이 사람이 며칠째 저렇게 얼굴을 박고 누워 있기만 해요. 그리고 한다는 소리가 이래요. '마누라, 내 배에 음식을 채워줘. 이렇게 속이 텅 빈 채 누워 있으니 영혼이 몸에서 빠져나간 것 같아. 날아갈까 두려워. 내 옷 위에 뭐라도 올려놓아줘.' 그래서 저녁 무렵에 사모바르를 배 위에 얹고 묶어주었어요. 그런데 그 무언가는 언제 우리에게 나타난답니까?"

 치클린은 농부에게 다가가 그를 돌려 눕혔다. 그는 여위어 정말로 아주 가벼웠다. 돌처럼 굳은 듯한 그의 흐린 눈에는 두려운 기색조차도 나타나지 않았다. 치클린은 몸을 숙여 그에게 더 가까이 다가갔다.

 "당신 숨은 쉬고 있는 거요?"

 "기억날 때마다 한 번씩 쉬고 있소." 농부가 작은 소리로 대답했다.

 "숨 쉬는 것을 잊기라도 하면?"

 "그때는 죽는 거지."

"아마도 당신은 삶의 의미를 느끼지 못하고 있는 모양이오. 조금만 더 참고 견디시오." 보세프가 누워 있는 자에게 말했다.

집주인의 아내는 힐끔힐끔 주의 깊게 방문자들을 살펴보았고, 그 날카로운 시선으로 어느새 눈물은 싹 말라버렸다.

"동무들, 그는 모르는 것 없이 다 알고, 모든 것을 마음으로 꿰뚫어 보고 있어요. 말(馬)을 조직에 넣고 난 직후 그는 저렇게 자리에 누워 아무것도 하지 않기 시작했어요. 나는 울기라도 하지만 그는 그마저 도 할 수 없나봐요."

"그를 울게라도 하지 그래요? 그럼 그의 마음이 한결 편해질 거 요." 보세프가 충고했다.

"그 말을 하지 않은 게 아니에요. 어떻게 사람이 한 마디 말 없이 누워만 있느냐고 했지요. 국가가 당신을 보고 두려워할 거라고요. 나 로 말하면, 이건 정말 사실인데, 당신들이 참 좋은 사람들로 보여요. 나는 거리에 나가면 엉엉 울어요. 열성분자 동무는 판자때기 하나 놓 치는 법이 없을 정도로 눈썰미가 좋은 사람이라 나를 알아보고 이렇 게 말하지요. '아냐, 우시오. 더 크게 우시오. 새로운 삶의 태양이 솟 았소. 빛이 당신의 어두운 두 눈을 찌를 거요.' 그런데 그의 목소리가 높낮이가 없이 차분해서 나는 내가 앞으로 괜찮아질 것이라고 느끼지 요. 그래서 나는 마음껏 우는 겁니다."

"그런데, 당신의 남편은 성실한 마음을 잃고 산 지 그리 오래되지 않았지요?" 보세프가 물었다.

"내가 자기 아내란 사실을 알지 못하게 된 그때부터예요."

"말(馬)이 그의 영혼이었던 거지." 치클린이 말했다. "이제 잠시 빈

138

수레로 살게 내버려두시오. 바람이 불어 그를 날려버리겠지."

농부의 아내는 입을 열었으나 말을 하지 못한 채 그대로 입을 벌리고 있었다. 보셰프와 치클린이 문을 지나 사라져버렸기 때문이다.

다음 농가는 울타리에 둘러싸인 큰 텃밭 안에 있었다. 이 집에는 농부 한 사람이 빈 관 속에 누워 주위가 매우 소란스러운데도 마치 죽은 사람처럼 눈을 감고 있었다. 반쯤 죽은 듯한 이 사람의 머리 위에는 등불이 몇 주째 타고 있었다. 그는 관에 누워 있다가도 가끔씩 일어나 병에 든 기름을 등불에 부었다. 보셰프는 다 죽어가는 이 사람의 이마에 손을 대보고 그의 몸이 따뜻하다는 것을 느꼈다. 농부는 몸이 바깥부터 더 차가워지기를 바라며 계속 주변의 소리에 귀를 기울이고 숨소리를 죽였다. 그는 이를 악물어 몸속 깊이 공기가 들어가지 못하도록 했다.

"그의 몸이 이제 더 차가워졌소." 보셰프가 말했다.

농부는 자기 안의 어두운 힘을 모두 쏟아부어 생명의 내부 박동을 멈추려 했지만, 오랜 세월 쉬지 않고 달려온 속도로 생은 그의 내부에서 멈출 수 없었다. 누워 있는 자는 그런 가운데 잠시 생각에 잠겼다. '이 모진 놈, 나를 경배하는 힘, 내 너를 죽여주마. 그 전에 네가 알아서 죽는 게 좋을걸.'

"다시 몸이 따뜻해진 것 같아." 잠시 후 보셰프가 알아챘다.

"이 반(半)부농 분자가 이제 더이상 두려워하지 않는군." 치클린이 말했다.

농부의 심장이 영혼을 향해 좁은 목 쪽으로 올라가 거기서 움츠러들며 피부 표면으로 위험한 생의 열기를 내보냈다. 농부는 입을 크게 벌리고 죽음의 슬픔으로 소리를 지르기 시작했다. 그는 자신의 멀쩡한 뼈가 썩어서 먼지가 되고 혈기 왕성한 살은 썩어 고름이 되고, 눈(目)은 밝은 빛을 잃고 집은 영원히 고아 신세가 된다고 생각하니 그것들이 가여웠다.

"죽은 자는 소리를 내지 않는 법이지." 보셰프가 농부에게 말했다.

"소리 내지 않겠소." 누워 있는 자가 수긍하고 숨을 죽였다. 그는 정권의 마음에 들 수 있어 행복했다.

"차가워지는군." 보셰프가 농부의 목을 더듬으며 말했다.

"불을 끄게." 치클린이 말했다. "머리 위에 켜져 있는 등 때문에 저자가 눈이 부셔 눈을 찡그리는군. 혁명을 위해 절약할 생각이라곤 눈곱만치도 없다니까."

치클린과 보셰프는 집 밖으로 나와 그곳을 지나던 열성분자를 만났다. 그는 문화혁명 사업을 위해 농막에 들어선 도서실로 가고 있었다. 그러고 나서 그는 집단농장 밖에 있는 중산층 개인농들을 찾아가 가구(家口)를 울타리로 나누는 자본주의의 불합리성을 그들이 인식하도록 설득해야 했다.

농막 도서실에는 일찌감치 조직된 집단농장 소속 주부들과 처녀들이 서 있었다.

"안녕하세요, 열성분자 동무!" 그들이 다 같이 입을 모아 말했다.

"안녕하시오, 핵심 일꾼 여러분!" 열성분자가 생각에 잠긴 표정으로 대답하고 난 뒤 우두커니 서서는 뭔가 깊은 생각에 빠졌다. "자, 이제 '아'*를 반복해 연습합시다. 일단 내 이야기를 듣고 써보세요."

농막 도서실에는 의자 하나 없었기 때문에 아낙들은 바닥에 엎드려

회반죽 조각으로 작은 칠판에 글씨를 썼다. 치클린과 보셰프도 자모(字母)에 관한 지식을 보강하기 위해 바닥에 앉았다.

"'아'로 시작하는 낱말로는 어떤 것들이 있습니까?" 열성분자가 물었다.

행복한 표정의 한 소녀가 몸을 일으켜 무릎을 꿇고 자신의 활기찬 지혜를 뽐내며 아주 빨리 대답했다. "선봉대, 활동가, 과도한 찬양자, 선금, 극좌파, 반파쇼 투사입니다."

"정확히 잘 말했어요, 마카로브나." 열성분자가 그녀를 칭찬했다. "이 낱말들을 체계적으로 써보시오."

아낙들과 소녀들이 바닥에 계속 엎드려 울퉁불퉁한 회반죽 조각으로 열심히 글자들을 그리기 시작했다. 그사이에 열성분자는 창문 밖을 내다보며 앞으로 가야 할 먼 길에 대해 생각했다. 아니면 자신의 고독한 계급의식 때문에 괴로워하고 있었는지도 몰랐다.

"어째서 다들 경음 부호**를 쓴다지요?" 보셰프가 말했다.

열성분자가 자기 주위를 둘러보았다.

"왜냐하면 노선과 슬로건이 낱말로 표현되고, 경음 부호가 연음 부호보다 우리에게 더 유용하기 때문이지. 연음 부호는 폐지되어야 할

---

* 러시아어 알파벳의 첫 자 'а'로 '아'라고 읽는다.
** 러시아어의 자음은 딱딱한 소리의 경자음과 부드러운 소리의 연자음으로 구분된다. 경자음이 입 앞부분에서 나는 소리라면 연자음은 우리말의 구개음화된 소리와 비슷하게 입 뒷부분에서 나는 소리이다. 혁명 전까지는 한 낱말이 경자음으로 끝나면 경음 부호를 붙여 해당 자음이 경자음임을 나타냈지만, 혁명 직후 그런 경우에 경음 부호를 붙이지 않는 것으로 맞춤법이 개정되었다. 따라서 경음 부호를 낱말 뒤에 붙이는 것은 당시 개정된 맞춤법에 어긋나는 표기 방식이다.

대상이지만 경음 부호는 우리에게 없어선 안 되는 것이네. 경음 부호는 공식을 아주 단호하고 정확하게 만들어주지. 자, 모두 알겠소?"

"네, 알겠습니다." 모두가 대답했다.

"그럼 이제 '베'로 시작하는 개념들을 써보시오. 마카로브나, 한 번 말해보시오."

마카로브나는 몸을 일으켜 학문에 대한 어떤 확신을 갖고 대답했다.

"볼셰비키, 부르주아, 언덕, 상임 의장, 집단농장은 빈농들의 선(善)이다, 브라보-브라보, 레닌주의자들! 언덕과 볼셰비키 그리고 집단농장 뒤에는 경음 부호를 붙여야 합니다. 더구나 집단농장에는 약한 곳이 한두 군데가 아닙니다."

"관료주의는 잊었군요." 열성분자가 지적했다. "그럼 써보시오. 그리고 마카로브나, 교회에 가서 담뱃대에 불 좀 붙이겠소?"

"내가 다녀오겠네." 치클린이 말했다. "민중을 지혜로부터 떼놓지 말게나."

열성분자는 우엉 부스러기를 빻아 담뱃대에 가득 넣었고, 치클린은 그것을 들고 불을 붙이러 갔다. 교회는 마을 외곽에 있었다. 교회 너머로는 가을의 황량함과 자연의 영원한 융화가 이미 시작되고 있었다. 치클린은 이 가난한 정적과 저 멀리 진흙땅 속에 굳어 있는 버드나무를 바라보았으니 무엇이라고 딱히 반박할 말은 찾아내지 못했다.

교회 주변에는 기억에서 사라진 오래된 풀들이 자라고 있었고, 좁게 난 길이라든가 사람이 지나간 자취 같은 것은 발견할 수 없었다. 이는 사람들이 벌써 오래전부터 기도를 하러 교회에 가지 않는다는 것을 뜻했다. 치클린은 명아주와 우엉 덤불을 헤치고 교회 건물로 다가가 현관 안으로 들어갔다. 서늘한 현관 안에는 아무도 없었고 참새 한 마리만 몸을 웅크린 채 구석에서 살고 있었다. 그러나 참새는 치클린을 보고도 놀라지 않고 조용히 그를 바라볼 뿐이었다. 참새는 가을의 어둠 속에 죽을 채비를 하고 있는 듯했다.

교회 안에는 많은 촛불이 타고 있었다. 돔 밑의 천장까지 실내 전체가 눈에 잘 들어올 만큼 슬픈 침묵의 밀랍에서 나오는 빛이 환히 비쳤다. 성인들의 티 없는 얼굴이 무관심한 표정으로 죽은 공기를 응시하고 있었다. 그들은 그 고요한 세계의 주민들처럼 보였다. 그러나 교회는 텅 비어 있었다.

치클린은 가까이에 있는 촛불로 담뱃대에 불을 붙였다. 그런데 앞의 설교대에서 누군가가 담배를 피우고 있는 모습이 그의 눈에 들어왔다. 그래서 자세히 보니 실제로 한 사나이가 설교대 계단에 앉아 담배를 피우고 있었다. 치클린은 그에게로 다가갔다.

"열성분자 동무가 보낸 사람이오?" 담배를 피우던 자가 물었다.

"웬 상관이오?"

"그냥 담뱃대를 보고 하는 말이오."

"그런데 당신은 누구요?"

"신부였지. 그런데 지금은 내 영혼으로부터 분리되어 폭스트로트 풍의 머리를 하고 있소이다. 한 번 보시오."

신부는 모자를 벗어 소녀처럼 자른 머리를 치클린에게 보여주었다.

"볼만하지 않은가요? 아무튼 사람들은 나를 믿지 않소. 사람들은 내가 몰래 신앙생활을 하고 있고 빈농들에게는 명백히 짐승만도 못한 놈이라고 말한다오. 무신론 단체에 받아들여지기 위해서는 경력을 더 쌓아야 하오."

"그런 몰골을 하고 어떻게 경력을 쌓겠다는 말이오?" 치클린이 물었다.

신부는 슬픔을 가슴에 쓸어담고 기꺼이 대답했다.

"나는 초를 팔고 있소. 보다시피 실내에 온통 촛불이 켜져 있지 않소? 단체에 돈이 쌓이고, 열성분자는 그 돈으로 트랙터를 산다오."

"거짓말하지 마시오. 기도하는 사람들이 하나도 없지 않소?"

"여기 기도하는 사람들이 있을 수 없지. 사람들은 기도 대신 단지 초를 사서 고아 신세가 된 신에게 바치고 얼른 사라지지요."

치클린은 분노가 치밀어 깊이 숨을 몰아쉬고 신부에게 다시 물었다.

"사람들이 여기서 성호를 긋지 않는 이유가 뭐냐? 이 개 같은 인간아!"

신부는 예의를 갖추기 위해 치클린 앞에 똑바로 서서 정확하게 말했다.

"동무, 성호를 긋는 것은 금지되어 있소. 성호를 긋는 사람은 내가 속기로 기도인 명단에 올려놓지……"

"어서 더 말해봐!" 치클린이 다그쳤다.

"작업반 동무, 내가 말을 끊은 게 아니라 단지 속도가 느려 그런 거요. 좀 침착해주시오. 나는 매일 자정 무렵 손수 민든 십자기로 성호를 그은 자들이나, 하늘의 힘 앞에 허리를 숙인 자들이나, 고위급 신부들에게 숭배의 예를 표한 자들의 이름이 적힌 명단을 몸소 열성분자 동무에게 가져갑니다."

"이리 가까이 와봐." 치클린이 말했다.

신부가 얼른 설교대 위에서 내려왔다.

"가증스러운 놈, 눈 감아!"

신부는 눈을 감고 알랑거리는 듯한 상냥한 표정을 지었다. 치클린은 몸도 움직이지 않고 신부의 광대뼈에 정신 차리라는 의미의 일격을 가했다. 신부는 눈을 떴다가 다시 감았지만, 치클린이 혹시라도 저항한다고 생각할까봐 쓰러지지는 않았다.

"살고 싶나?" 치클린이 물었다.

"동무, 난 살 가치가 없소." 신부가 이성적으로 말했다. "나는 더이상 창조의 매력을 느끼지 못하오. 나는 신에게 버림받았고, 신은 인간에게……"

신부는 마지막 말을 마치고 폭스트로트 풍의 머리를 땅바닥에 대고 자신의 수호천사에게 기도를 하기 시작했다.

마을에서는 호각 소리가 길게 울려퍼지고 이어서 말들이 울어대기 시작했다.

신부는 기도하던 손을 멈추고 그 신호의 의미에 대해 생각했다.

"설립자들의 모임이 있나보군요." 그가 침착하게 말했다.

치클린은 교회에서 나와 풀 속으로 들어갔다. 한 아낙네가 자기 뒤에 꺾여 있는 명아주 풀대를 세우며 교회로 가고 있었다. 그녀는 치클린을 보고 놀라 그에게 초 값 5코페이카*를 건넸다.

---

* 100코페이카가 1루블에 해당함.

몰려든 사람들로 '조직의 집'이 북새통을 이뤘다. 조직된 집단농장원들뿐 아니라, 아직 의식 수준이 낮거나 부농의 생활 방식을 유지하면서 집단농장에 들어오지 않은 개인농들도 왔다.

열성분자는 높은 현관 위에 올라 저녁의 축축한 땅 위를 분주하게 움직이는 대중을 슬픈 표정으로 묵묵히 바라보고 있었다. 그는 말은 하지 않았지만, 어차피 대지는 텅 비고 불안을 자아냈기 때문에 거친 빵을 먹으면서 보이지도 않는 미래를 향해 기꺼이 돌진해 나아가는 빈농들을 사랑하고 있었다. 열성분자는 남몰래 도시에서 만든 사탕을 무산자 아이들에게 나누어주었고, 농촌 경제에 공산주의가 실현되는 날이 오면 결혼을 할 방침도 세우고 있었다. 그때가 되면 더 좋은 여자들이 나타나리라는 생각 때문이었다. 그때 누구네 아이인지 모를 어떤 작은 아이가 그의 곁에 서서 그의 얼굴을 올려보고 있었다.

"왜 그렇게 보는 거냐?" 열성분자가 물었다. "사탕 하나 줄까?"

소년은 사탕을 받았지만 먹을 것만으로는 뭔가 부족한 듯 보였다.

"아저씨는 가장 똑똑한 사람인데 어째서 챙 모자를 쓰지 않았나요?"

열성분자는 말없이 아이의 머리를 쓰다듬었다. 아이는 놀라며 돌처럼 딱딱한 사탕을 깨물었다. 사탕은 깨진 얼음처럼 반짝거렸으며, 그 안에는 딱딱함 외에는 아무것도 들어 있지 않았다. 소년은 사탕 반쪽을 열성분자에게 돌려주었다.

"아저씨가 먹어요. 사탕 안에 잼이 들어 있지 않네요. 전면 집단화라 그런지 우리에겐 기쁨이 조금밖에 없어요."

열성분자는 무언가 꿰뚫어보는 듯한 웃음을 지었고, 이 소년이 어른이 되어 농촌 출신 열성분자들의 노력으로 사회주의가 달성되면 소년은 그 밝은 빛 속에서 그를 기억하리라고 생각했다.

보셰프와 굳은 신념을 가진 세 명의 농부가 통나무를 가져와 '조직의 집' 입구에 쌓았다. 그 전에 열성분자가 그 일을 그들에게 지시했던 것이다.

치클린도 그들을 따라 골짜기 근처에서 통나무를 들어 '조직의 집'으로 옮겼다. 그는 공동의 솥에 이로움이 더해지면 주변에 슬픔이 사라지리라 생각했다.

"시민 여러분, 이제 어떻게 할까요?" 열성분자가 자기 앞에 있는 민중이란 물질을 향해 말했다. "다시 자본주의의 씨를 뿌리겠습니까, 아니면 생각을 고쳐먹겠습니까?"

조직된 자들은 땅에 앉아 느긋하게 수염을 쓰다듬으며 담배를 피웠다. 수염은 왜 그런지 최근 반년 사이에 눈에 띄게 숱이 줄어들었다. 조직되지 않은 자들은 무의미한 영혼을 이겨내며 서 있었고, 열성분자의 한 조력자는 영혼이 없고 오직 재산 욕심만 있다고 그들을 훈계하고 있었다. 그들은 이제 재산을 잃으면 자신들은 어떻게 될지 알 수 없었다. 어떤 이들은 고개를 숙이고 자기 가슴을 두드리며 거기서 무슨 말인가 들려오기를 기다렸지만 심장은 마치 텅 빈 듯 힘없이 슬프게 뛰면서 아무 대답도 해주지 않았다. 서 있는 자들은 잠시도 자신들의 시야에서 열성분자를 놓치지 않았다. 현관 가까이에 서 있는 자들은 자신들의 준비된 마음을 열성분자가 봐주기를 원하며 눈도 깜빡거리지 않고 이 지도자를 쳐다보고 있었다.

그 무렵 치클린과 보셰프는 이미 통나무를 모두 옮기고 뭔가 큰 물건을 만들기 위해 통나무의 양 끝을 쳐내고 있었다. 자연에는 그 전날과 마찬가지로 해가 없었고, 축축하게 젖은 벌판 위로는 우울한 저녁이 때 이르게 찾아왔다. 정적은 눈에 보이는 온 세상으로 퍼져나갔다. 다만 치클린의 도끼 소리만이 정적을 깨며 울렸고, 인근의 방앗간과 울타리에서 삐걱대는 낡은 소리가 그의 도끼 소리에 답했다.

"방법이 없군!" 위에서 열성분자가 애써 참으며 말했다. "계속 이렇게 자본주의와 공산주의 사이에 머물겠다는 말이오? 이제 움직여야 할 때가 디가 있소. 우리 기역에서는 14차 총회가 진행중이오."

"열성분자 동무, 중농들에게 조금만 더 머물 수 있도록 해주시오." 뒤에 서 있던 농부들이 부탁했다. "우린 곧 익숙해질 겁니다. 우리에게 중요한 것은 습관이오. 습관으로 굳어지면 우리는 어떤 것이라도 잘 견뎌낼 것이오."

"그럼 빈농들이 앉아 있는 동안 서 있도록 하시오." 열성분자가 허락해주었다. "어차피 치클린 동무가 아직 통나무 조립을 다 마치지 못했으니까."

"열성분자 동무, 통나무를 왜 이어붙이는 거요?" 뒤에 있던 중농 하나가 물었다.

"아, 계급 철폐를 위해 뗏목을 조직하는 거요. 내일 부농 부문이 강을 타고 바다로 멀리, 더 멀리 나갈 수 있도록……"

열성분자는 기도인 명단, 그리고 계급과 계층 명단을 꺼내 쪽마다 표시를 하기 시작했다. 그는 여러 색이 들어 있는 연필로 파란 표시 혹은 빨간 표시를 하거나, 마지막 결정을 내려 표시를 하기 전에 숨을 깊이 몰아쉬며 생각에 잠기기도 했다. 서 있던 농부들은 입을 벌린 채 여린 영혼을 아파하며 열성분자의 연필에 주목하였다. 영혼이 괴롭기 시작하면서 마지막 남은 재산으로부터 모습을 드러낸 것이었다. 치클린과 보세프는 도끼를 두 자루씩 쥐고 통나무를 다듬었다. 통나무들이 서로 붙어 위 표면에 넓은 공간을 만들어냈다.

가까이 있던 한 중농이 현관에 머리를 기대고 잠시 마음을 가다듬고 서 있었다.

"열성분자 동무, 동무!"

"똑똑히 말해보시오." 열성분자가 자기 일을 하다가 그 중농에게 말했다.

"마지막 남은 하룻밤 동안이라도 우리가 실컷 슬퍼할 수 있게 해주시오. 그러고 나면 앞으로 오랫동안 당신과 행복하게 살 수 있을 겁니다."

열성분자는 잠깐 생각에 잠겼다.

"하룻밤이라…… 그건 너무 긴데. 우리 주위의 온 지역이 속도 내기에 열을 올리고 있소. 그럼 뗏목이 만들어질 때까지만 슬퍼하도록 하시오."

"좋소. 뗏목이 준비될 때까지만이라도 그렇게 할 수 있다면 그것도 기쁨이지." 중농은 그렇게 말하고 마지막 슬픔의 시간을 촌각이라도 아끼기 위해 곧바로 울기 시작했다. '조직의 집' 울타리 밖에 있던 아낙네들도 깊이 묻어둔 목소리를 일제히 터뜨리며 목청껏 울기 시작했다. 그 소리에 치클린과 보세프는 도끼로 나무를 다듬던 일을 멈췄다. 조직된 빈농 출신 농장원들은 자기들은 슬퍼하지 않아도 된다는 데 흡족해하며 땅에서 일어나 자신들의 소중한 공유 재산을 둘러보러 갔다.

"잠시라도 얼굴을 좀 돌려주시오." 중농 두 명이 열성분자에게 사정했다. "당신이 우리 눈에 띄지 않게 해주시오."

열성분자는 현관을 떠나 사무실로 향했다. 그곳에서 그는 전면 집단화 사업의 오차 없는 수행과 뗏목을 이용한 부농 계급 척결에 대한 보고서를 열정적으로 작성하기 시작했다. 그런데 열성분자는 '부농'이라는 낱말 다음에 쉼표를 찍을 수 없었는데, 그것은 지령문에 쉼표가 없었기 때문이다. 이어서 그는 그곳의 활동가들로 하여금 간단없이 일하게 하고, 중요한 의미를 지니는 기본 전진 노선을 정확히 세우도록 하기 위해 지역 본부에 새로운 투쟁 운동을 지시해줄 것을 요청했는데, 열성분자는 또한 지역 본부가 전체 회람용 서류에서 자신을 지역 전체의 상부구조에서 제일 이념에 충실한 인물로 지목해주기를 기대하고 있었다. 그러나 이러한 기대는 그의 내부에서 곧 사그라들었다.

왜냐하면 이전에 곡식 조달이 끝나고 난 후 그가 자신을 현 단계에서 마을의 가장 현명한 인물이라고 선언한 일이 있었는데, 이 말을 들은 한 농부가 그럼 자기는 여편네라고 선언했던 것이 머릿속에 떠올랐기 때문이다.

사무실 문이 활짝 열리고 고통의 소리가 마을에서 문 안으로 밀려들었다. 안으로 들어온 사람은 옷에 묻은 물기를 닦고 나서 말했다.

"열성분자 동무, 눈이 내리기 시작했고 찬바람이 불고 있소."

"눈이야 올 테면 오라고 하시오, 그게 우리와 무슨 상관이오?"

"아무 상관 없지요. 무슨 일이 닥치더라도 우리는 이겨낼 테니까요." 새로 도착한 늙수그레한 빈농이 전적으로 동의를 표했다.

그는 항상 자신이 이 세상에 살아 있다는 사실에 놀라움을 감추지 못했다. 왜냐하면 밭에서 거둔 채소와 빈농에게 주어지는 장려금 외에 그가 가진 것이라곤 아무것도 없었고 결코 더 높은 곳에 있는 만족스런 생활에 이를 수 없었기 때문이다.

"지도자 동무, 나를 좀 안심시켜주시오. 편하게 살기 위해 집단농장에 가입을 해야 하는 건가 아니면 기다려야 하는 거요?"

"가입하시오. 그러지 않으면 바다로 보내주겠소."

"빈농이 두려워할 곳은 없소. 나는 오래전에 벌써 가입을 했을 텐데. 다만 조야*를 뿌리기가 두려웠을 뿐이오."

"조야라니? 콩이라면 우리 정부의 공식 곡물인데."

"그 흉물 같은 계집 말이오."

---

* 여기서 농부는 러시아어로 콩을 뜻하는 '소야'를 잘못 알아들어 러시아 여자 이름 '조야'로 오해하고 있다.

"아, 그럼 뿌리면 안 되지. 이제 당신 심리 상태를 참작해주겠소."

"그렇게 해주시오."

열성분자는 이 빈농을 집단농장에 가입시키고 나서 그에게 가입 증서와 함께 집단농장에는 조야를 받지 않을 것이라고 확약하는 증서를 써주어야 했다. 그러면서 그는 이 확약 증서에 맞는 양식을 새로 만들어야 했는데, 이 빈농이 그 증서를 꼭 받고 나서 가겠다고 끝내 고집을 부렸기 때문이다.

그때 바깥에는 차가운 눈발이 갈수록 거세지고 있었다. 대지는 눈 때문에 한층 온순해졌지만, 중농들의 심리 상태에서 비롯되는 소음이 완전한 고요가 밀려오는 것을 방해하고 있었다. 늙은 농부인 이반 세묘노비치 크레스티닌은 자기네 과수원에 서 있는 어린 나무들에 입을 맞추더니 그것들을 뿌리째 대지에서 뽑았고, 그의 아내는 앙상한 나뭇가지를 바라보며 서글피 울었다.

"할멈, 울지 마." 크레스티닌이 말했다. "당신은 집단농장에서 농부들의 창녀가 될 테지만 이 나무들은 내 살과 같다고. 지금 당장은 고통스럽더라도 공유화로 포로가 되어 지겹게 사는 것보단 낫지."

크레스티닌의 부인은 남편의 말을 듣고 땅바닥에 누워 뒹굴기 시작했다. 한편, 노처녀라고 할 수도 없고 과부라고 할 수도 없는 한 여자기 기리를 뻐어다니며 치큰린이 자기를 좋으로 쓰려 했다고 수도사의 목소리 같은 선동적인 음성으로 외쳤다. 그녀는 크레스티닌의 부인이 땅에 뒹굴고 있는 모습을 보고 자기도 땅에 누워 나사(羅紗) 양말을 신은 발로 발버둥을 쳤다.

밤이 마을 전체를 뒤덮고 눈(雪)은 공기를 불투명하고 답답하게 만들어 가슴이 막힐 듯했다. 그러나 그럼에도 아낙네들은 모두 함께 사방에서 울부짖었고, 그렇게 슬픔에 익숙해져가며 울음소리를 그치지 않았다. 개와 신경이 예민한 작은 동물들도 이 고통스런 울부짖음을 뒤에서 떠받쳤고, 집단농장은 마치 공중 목욕탕 탈의실과 같이 소음과 불안에 휩싸여 있었다. 그리고 중농과 부농 남자들은 활짝 열린 문 옆에서 울고 있는 부인네들의 보호를 받으며 마당과 헛간에서 조용히 일을 하고 있었다. 공유화되지 않고 남은 말들은 쓰러지지 않도록 외양간 칸막이 안에 단단히 묶여 슬프게 잠을 자고 있었다. 왜냐하면 다른 말들이 이미 선 채로 죽어 있었기 때문이다. 집단농장 가입을 앞두고 부유한 농부들은 말에게 먹이를 주지 않았다. 그것은 자기 몸은 어쩔 수 없이 공유화되더라도 가축까지 데려가 그것들이 슬픔을 겪게 하고 싶지 않았기 때문이다.

"우리를 먹여 살렸던 녀석아, 살아 있는 거냐?"

말은 이제 영영 그 예민했던 머리를 떨어뜨리고 우리 안에서 잠을 자고 있었다. 한쪽 눈은 맥없이 감겨 있었고, 다른 한쪽 눈은 힘없이 어둠을 응시하고 있었다. 말들의 호흡이 멈춘 우리는 차갑게 얼어 있었고, 눈은 우리 안으로 날아 들어가서 암말의 머리에 쌓인 채 녹지 않고 그대로 있었다. 주인은 성냥을 끄고 말 목을 끌어안은 채 밭을 갈 때 말 머리에서 나던 땀 냄새를 기억하면서 고아가 된 심정으로 서 있었다.

"죽은 거냐? 괜찮아. 나도 곧 죽을 테니. 우리 모두에게 평화가 찾아올 거야."

개가 사람이 있는지도 모르고 우리 안으로 들어와 말 뒷다리의 냄새를 맡았다. 이어 개는 한 번 울부짖더니 주둥이를 말 뒷다리에 밀어넣고는 고기를 뜯기 시작했다. 말의 두 눈이 어둠 속에서 흰 빛을 드러냈다. 말은 고통을 느낌으로써 살아 있음을 잊지 않고 두 눈으로 앞을 보며 한 발을 내디뎠다.

"너는 집단농장에 들어갈 셈이냐? 그럼 가거라. 나는 기다리겠다." 농가의 주인이 말했다.

그는 구석에서 건초 한 단을 집어 말의 입으로 가져갔다. 암말의 눈 주위가 어두워졌고, 그렇게 말은 마지막 시선을 거두었지만 여전히 풀 냄새를 느끼고 있었던 것이 틀림없다. 콧구멍이 벌렁거리고 비록 씹을 수는 없었지만 입이 벌어졌던 것이다. 고통과 먹이를 향해 두 번에 걸쳐 돌아올 수 있었던 말의 생명은 시간이 갈수록 점점 줄어들었고, 콧구멍은 이제 더는 건초 쪽으로 움직이지 않았다. 그러나 개 두 마리가 새로 와서 무심하게 뒷다리를 물어뜯고 있었지만 말은 여전히 살아 있었다. 말의 생명은 먼 가난 속에서 점점 작아지고 가늘어져갔으며 피로조차 느낄 수 없었다.

눈이 겨울을 나기 위해 차가운 땅 위에 내려앉았다. 이 평화로운 장막이 다가오는 밤을 맞아 대지 위로 펼쳐지고 있었다. 다만 축사 주변으로는 눈이 녹아 땅이 검은색을 띠었다. 젖소와 양의 따뜻한 피가 울타리 밖으로 흘러나와 여름의 땅이 맨몸으로 드러났기 때문이다. 농부들은 마지막 숨을 쉬는 농기구들을 모두 처리하고 나서 그 고기를 먹기 시작했고 식구들도 먹도록 했다. 짧은 시간에 성찬을 하듯 급하게 고기를 먹었지만 먹고 싶어 했던 사람은 아무도 없었다. 다만 자기 혈육같이 애지중지하던 가축의 살을 제 몸 속에 감추어 공유화되지 않도록 가축을 지켜내려 했던 것이다. 그리고 일부 셈이 빠른 농부들은 이미 오래전에 고기를 많이 먹고 몸이 불어 마치 이동 창고와도 같이 무겁게 걸었다. 그리고 어떤 사람들은 먹은 것을 계속 게워냈지만, 가축과 도저히 헤어질 수 없어 몸에 아무런 도움이 되지 않으리란 것을 알면서도 뼈만 앙상히 남을 때까지 고기를 먹어치웠다. 자기 소유의 가축을 모두 먹어치웠든 집단농장에 옥살이를 보냈든, 사람들은 모두 빈 관 속에 누워 울타리 안의 편안함을 느끼며 좁은 농가에서 살 듯 그렇게 지내고 있었다.

그날 밤 치클린은 뗏목 작업을 멈췄다. 보세프도 이념을 잃고 몸이 너무 허약해져 도끼를 들 수도 없자 눈밭에 누웠다. 진리는 이 세상에 없거나 아니면 원래 어떤 식물이나 뛰어난 미물 안에 들어 있었는데, 떠돌아다니는 거지가 그 식물을 먹었거나 땅바닥을 기어가는 미물을 밟아버린 후에 가을날 계곡 녘에서 죽었고 바람이 불어와 그의 몸을 흔적도 없이 날려버렸을 수도 있었다.

열성분자가 '조직의 집' 쪽에서 바라보니 뗏목이 여태 완성되어 있지 않았다. 그런데 그는 다음날 아침 최종 보고서가 들어 있는 소포를 지역 본부에 보내야 했기 때문에 즉시 호각을 불어 설립자 총회를 소집했다. 사람들이 그 소리를 듣고 밖으로 나왔고, 아직 조직되지 않은 부류는 '조직의 집' 마당에 모습을 드러냈다. 부인네들은 이제 울음을 멈춰 얼굴에 눈물기가 사라졌고, 남자들도 영원히 조직될 각오를 단단히 하고 망각 속에 빠져 있었다. 사람들은 서로 몸을 가까이하고 말 없이 한 무리의 중농이 되어 열성분자가 손에 등을 들고 있는 현관 쪽을 바라보았다. 열성분자는 자기가 들고 있는 등불에서 비치는 빛 때문에 사람들의 얼굴에 생긴 자질구레한 것들을 볼 수 없었지만, 사람들은 그를 잘 관찰할 수 있었다.

"준비됐습니까?" 열성분자가 물었다.

"좀 기다리시오." 치클린이 그에게 말했다. "미래의 생이 오기 전에 서로 작별 인사를 나눌 시간을 주시오."

사람들은 이미 모든 준비를 마쳤지만, 그 가운데 한 사람이 정적을 깨고 말했다.

"우리에게 잠시만 시간을 더 주시오."

마지막으로 이렇게 말하고 나서 그 사람은 옆에 있던 사람을 껴안고는 그에게 세 번 키스를 하고 작별을 고했다.

"예고르 세묘니치, 잘 가게. 그리고 날 용서하게나."

"용서라니 무슨, 니카노르 페트로비치! 자네가 나를 용서하게."

사람들은 저마다 그때까지는 남의 몸이었을 뿐인 서로의 몸을 껴안으며 일일이 키스를 나누기 시작했고, 그 모든 입술이 슬픔 속에 우의의 정으로 차례로 키스를 나눴다.

"안녕, 다리야 아줌마. 내가 전에 아줌마네 곡간에 불 지른 거 용서하세요."

"하느님이 용서하실 게다, 알료샤. 이제 그 곡간은 어차피 내 것이 아니란다."

많은 사람들이 서로 입술을 맞대며 한동안 그런 감정에 휩싸여 있었던 것은 새로 생긴 친지를 영원히 기억하기 위해서였다. 그들은 여태 서로 상대를 기억하지도 동정하지도 않으며 살아왔던 것이다.

"좋아, 스테판, 이제 형제의 우의를 나누세."

"잘 가게, 예고르. 우린 잔인한 마음으로 살아왔지만 양심에 부끄러움을 남기지 말고 죽세나."

사람들은 키스를 하고 나서는 허리를 굽혀 서로 절을 했고, 다시 허리를 폈을 때는 마음이 가볍고 텅 빈 듯한 느낌이 들었다.

"열성분자 동무, 이제 준비가 다 끝났소. 우리를 모두 같은 난(欄)에 올려주시오. 그러면 부농이 누구인지 말해주겠소."

그러나 열성분자는 그 전에 이미 주민들을 집단농장 행과 뗏목 행으로 구분해두었다.

"우리 안의 각성된 의식이 말을 시작한 것인가?" 그가 말했다. "그러니까 열성분자들의 집단 활동이 비로소 반향을 낳은 것일까? 이것이 바로 밝은 미래세계로 가는 정확한 노선이오!"

그때 치클린은 높은 현관에 올라 열성분자가 손에 들고 있던 등불을 껐다. 밤이었지만 금방 내린 눈으로 석유등을 켜지 않아도 밝았기 때문이다.

"동무들, 이제 다들 괜찮나요?" 치클린이 물었다.

"그렇소." '조직의 집'에 있던 사람들이 모두 말했다. "이제 우리는 아무것도 느낄 수 없소. 우리 안에 남은 것이라곤 먼지밖에 없소."

사람들과 떨어져 한쪽 편에 누워 있던 보셰프는 자신의 삶 속에 진리의 평화를 품지 못했기 때문에 잠들 수가 없었다. 그래서 그는 눈밭에서 일어나 사람들 속으로 들어갔다.

"안녕하시오?" 그가 기뻐하며 집단농장원들에게 말했다.

"여러분도 이제 나처럼 되었소. 나도 아무것도 아니라오."

"안녕하시오?" 집단농장원들 모두가 한 사람에게 기쁨의 인사를 보냈다.

치클린은 사람들이 모두 함께 밑에 서 있는데 혼자 덩그러니 현관 위에 있을 수는 없었다. 그가 밑으로 내려가 울타리를 만드는 재료로 모닥불을 피우자 모두 그리로 모여 불을 쬐며 몸을 녹이기 시작했다.

흐린 밤이 사람들 위에 머물러 있었고 사람들은 아무 말도 하지 않았다. 이웃 마을의 개가 마치 영원 속에 머물고 있는 듯 여느 때처럼 짖는 소리만 들릴 뿐이었다.

제일 먼저 눈을 뜬 사람은 치클린이었다. 뭔가 굉장히 중요한 생각이 머리를 스쳐갔기 때문이었다. 하지만 그는 눈을 뜨자 이내 모두 잊어버리고 말았다. 그의 곁에는 옐리세이가 나스탸를 안고 서 있었다. 그는 치클린을 깨우지나 않을까 두려워하며 소녀를 안고 두 시간 동안 그렇게 서 있었다. 소녀는 그의 진실하고 따뜻한 품에 안겨 편안히 잠에 빠져들었다.

"아이를 괴롭히지는 않았겠지?" 치클린이 물었다.

"어찌 감히." 옐리세이가 말했다.

나스탸는 눈을 떠 치클린을 보고는 그에 대한 오랜 그리움에 울음을 터뜨렸다. 그녀는 이 세상의 모든 것이 진실하며 영원하다고 여겼고, 치클린이 떠난다면 이 세상 어디에서도 다시 그를 찾지 못하게 되리라고 생각했다. 나스탸는 막사에서 잠을 자다 꿈속에서 여러 번 치클린을 보았고, 그가 없이 아침을 맞기 두려워 심지어 잠을 자지 않으려고 했다.

치클린은 소녀를 받아 두 팔에 안았다.

"별일 없었지?"

"없었어요." 나스탸가 말했다. "아저씨는 스탈린에게 바칠 집단농장을 완성했나요? 집단농장을 보여줘요."

치클린은 자리에서 일어나 나스탸의 머리를 자기 목에 기대게 하고 부농을 척결하기 위해 발걸음을 옮겼다.

"자체프가 너를 괴롭히지는 않았니?"

"어떻게 그가 나를 괴롭히겠어요? 나는 사회주의에 남고 그는 곧 죽을 텐데요."

"암 그렇고말고. 절대 못 괴롭히지." 치클린은 그렇게 말하고 사람들이 많이 모여 있는 쪽으로 관심을 돌렸다.

다른 곳에서 온 낯선 사람들이 '조직의 집' 여기저기에 몇 명씩 혹은 꽤 많이 군집을 이룬 채 모여 있었다. 하지만 집단농장원들은 이제 다 타버린 지난밤의 모닥불 가에서 서로 몸에 기대고 아직 잠을 자고 있었다. 집단농장 안의 거리에도 이곳 사람들이 아닌 낯선 얼굴들이 보였다. 그들은 엘리세이와 집단농장 행군대기 자신들을 이곳으로 이끌며 그들에게 약속해준 기쁨을 기다리면서 말없이 서 있었다. 어떤 자들은 엘리세이를 둘러싸고 이렇게 물어보았다.

"집단농장의 혜택이란 게 뭐요? 우리가 괜히 여기 온 게 아닌지 모르겠네. 오랫동안 헤매야 하는 건 아니오?"

"당신들을 이리 데려온 열성분자는 알고 있을 거요." 옐리세이가 대답했다.

"이곳의 열성분자는 아직 잠이나 자고 있는 게 틀림없어."

"열성분자는 잠을 잘 수 없소이다." 옐리세이가 말했다.

열성분자는 조력자들과 함께 현관 앞에 나와 있었고, 그의 곁에는 프루솁스키의 모습도 보였다. 한편, 자체프는 그들을 따라 위로 올라가고 있었다. 프루솁스키를 집단농장으로 보낸 이는 파시킨이었다. 그 전날 옐리세이가 코틀로반 옆을 지나가다 자체프에게 죽을 얻어먹었는데 아는 것이 없어 아무 말도 하지 못했기 때문이다. 파시킨은 이를 알고 프루솁스키를 문화혁명 요원으로서 이곳에 보내기로 급히 결정한 것이었다. 조직된 사람들은 지혜가 없는 삶을 살아서는 안 된다고 생각했기 때문이다. 자체프는 자기 희망에 따라서 그리고 상이군인 자격으로서 여기 온 것이었다. 그들은 이렇게 하여 셋이서 나스탸를 안고 여기 오게 된 것이다. 그들을 제외한 농부들은 옐리세이가 집단농장에 같이 가서 기쁨을 나누자고 해서 온 자들이었다.

"가서 빨리 뗏목을 완성하게." 치클린이 프루솁스키에게 말했다. "나는 곧 다시 자네들에게 합류하겠네."

옐리세이는 가장 억눌려 살아왔던 고용농을 치클린에게 보여주기 위해 그와 함께 길을 나섰다. 그 고용농은 아주 먼 옛날부터 부유한 고용주의 집에서 한 푼도 못 받고 일했고, 지금은 집단농장의 대장간에서 단조공으로 일하며 2등급 대장장이 자격으로 식량과 따뜻한 식사를 제공받고 있었다. 그러나 이 단조공은 집단농장의 정식 회원으로 등록되지 못하고 피고용인으로서 인정받고 있었다. 노조의 노선을

이끌고 있는 자들은 지역 전체를 통틀어 한 명밖에 없는 이 공식 고용
농에 대한 보고를 접하고 안절부절못했다. 특히 파시킨은 자기 지역
에서 알려지지 않은 이 마지막 프롤레타리아에 대해 슬픔을 감추지
못하며 되도록 빨리 그를 억압에서 해방시켜주고자 했다.

자동차 한 대가 대장간 옆에 정차해 그 자리에서 가솔린을 태우고
있었다. 이제 막 아내와 함께 여기 온 파시킨이 차에서 내렸다. 그가
이곳에 온 것은 여기 남아 있는 그 고용농을 필사적으로 찾아내어 그
의 삶을 개선해주고, 회원들에 대한 봉사를 게을리한 죄를 물어 노조
지역위원회를 해산하기 위해서였다. 그러나 그때까지 치클린과 엘리
세이는 대장간에 도착하지 못했고, 파시킨은 벌써 대장간에서 나와
이제 무슨 일을 해야 할지 모르겠다는 듯 고개를 숙인 채 차를 타고
되돌아갔다. 파시킨 동무의 아내는 그동안 한 번도 차에서 내리지 않
았는데 그녀는 다른 여자들, 그러니까 남편의 권력을 흠모하고 그의
굳건한 지도력을 남편이 자신들에게 줄 수 있는 사랑의 힘이라 여기
고 있는 여자들로부터 사랑하는 사람을 지키는 일에만 몰두하고 있
었다.

치클린은 나스탸를 안고 대장간 안으로 들어섰다. 엘리세이는 밖에
남아 있었다. 대장장이 한 사람이 풀무로 도가니에 바람을 넣고, 곰이
모루 위의 달궈진 띠강(鋼)을 사람이 쓰는 해머로 내리치고 있었다.

"미시, 빨리 빨리. 우리는 돌격대야!" 대장장이가 말했다.

그렇게 하지 않더라도 곰은 너무나 열심히 일한 나머지 쇠에서 불
똥이 튀어 털에서 탄내가 났지만, 그것도 모르고 오로지 공익을 위해
일만 할 뿐이었다.

"좋아, 이제 좀 쉬자." 대장장이가 말했다.

곰은 두드리기를 멈추고 잠시 물러났으며 목이 말라 물을 반 양동이나 마셨다. 이어 프롤레타리아답게 지친 자신의 얼굴을 한 번 훔치더니 앞발에 침을 퉤 뱉고 다시 단조 작업에 달려들었다. 이번에는 대장장이가 집단농장 근처에 사는 한 개인농의 편자를 벼리는 일을 그에게 시켰다.

"미시, 이 일도 얼른 끝내야 해. 저녁때 주인이 오기로 했거든. 나중에 우리 한 잔 하자고." 대장장이는 보드카 술통을 뜻하듯 자기 목을 손으로 가리켰다. 곰은 나중에 다가올 기쁨을 이해하고 한층 더 열심히 편자를 만들기 시작했다. "어이, 거기 인간, 무슨 일인가?" 대장장이가 치클린에게 물었다.

"부농 색출을 위해 저 단조공을 잠시 좀 데려갔으면 하네. 들리는 바로는 그가 프롤레타리아 경력이 대단하다고 하던데."

대장장이는 잠시 무언가를 생각하더니 말했다.

"자네 이 문제에 대해 열성분자와 상의는 했는가? 대장간에도 재정 계획이라는 게 있어. 자네가 그 계획을 망가뜨리기라도 하겠단 말인가?"

"충분히 상의하고 나서 하는 말이네." 치클린이 대답했다. "만일 그 계획이 망가지기라도 하면 내가 와서 다시 복구해주지. 자네 아라라트 산이라고 들어봤나? 내가 삽으로 한 곳에 흙을 쌓아올리면 족히 그 산 높이만큼 쌓을 수가 있네."

"그럼 데리고 가게." 대장장이가 곰을 가리켜 말했다. "우선 '조직의 집'으로 가서 종을 쳐 곰이 점심시간이 된 줄 알게 해야 하네. 그렇게 하지 않으면 움직이려 하지 않을 걸세. 규율을 철저히 따르거든."

옐리세이가 태평스럽게 '조직의 집'으로 가고 있는 동안 곰은 네 개의 편자를 만들고 그것도 모자라 일을 더 시켜달라고 요구했다. 그러자 대장장이는 나중에 탄을 만들 생각으로 땔감을 가져오도록 곰을 보냈고 곰은 적당히 한 더미 골라 바자를 가져왔다. 나스탸는 털이 여기저기 검게 그을린 곰을 보고 곰이 부르주아 편이 아니라 우리 편이라서 좋다고 즐거워했다.

"그도 스탈린을 위해 고생을 하고 있는 게 맞지요?" 나스탸가 말했다.

"암 그렇고말고!" 치클린이 대답했다.

"동물들도 느낌이라는 게 있나봐요." 나스탸가 말했다.

종소리가 울리자 곰은 거의 자동적으로 즉시 일손을 놓았다. 바자를 잘게 자르고 있던 곰은 허리를 펴고 힘차게 한 번 숨을 몰아쉬었다. 마치 '이제 끝이다'라고 말하는 듯했다. 그는 물이 든 통에 앞발을 담가 깨끗이 씻은 뒤 먹이를 받으러 나섰다. 대장장이가 곰에게 치클린을 가리키자 그는 가볍게 몸을 일으켜 뒷발로 서서 조용히 인간의 뒤를 따랐다. 나스탸는 곰의 어깨를 건드려보았다. 그러자 그도 앞발로 그녀를 살짝 건드리고 크게 하품을 한 번 했다. 그때 곰의 입에서 이전에 먹은 음식 냄새가 났다

"치클린 아저씨, 봐요. 곰의 머리가 온통 허옇게 세었어요."

"사람들과 살며 슬픔을 많이 느껴서 그렇게 된 거야."

곰은 소녀가 다시 자기를 봐주기를 기다렸다가 그녀에게 한쪽 눈을 찡긋했다. 나스탸가 웃자 단조공은 자기 배를 두드렸고, 배에서 우르

링거리는 소리가 나자 나스탸가 더 큰 소리로 웃었다. 하지만 곰은 아이에게 눈길을 주지 않았다.

어떤 농가 옆을 지날 때 마치 벌판을 지날 때처럼 찬 기운이 느껴졌지만, 다른 농가 옆을 지날 때는 따뜻한 기운이 느껴졌다. 마당에는 내장을 드러낸 채 썩어가는 젖소와 말들이 누워 있었다. 오랜 세월 햇빛 아래 살며 축적된 생의 열기가 공기 중으로, 공동의 겨울 공간 밖으로 나오고 있었다. 치클린과 단조공은 많은 농가 옆을 지나왔지만, 어떻게 된 일인지 부농을 척결한 모습은 어디서도 발견할 수 없었다.

여태까지는 높은 곳에서 조금씩 떨어지던 눈발이 이제는 연이어 더 세차게 내리기 시작했다. 그리고 지나가던 바람이 눈보라를 일으켰는데, 이것은 겨울이 자리를 잡기 시작할 때면 흔히 나타나는 현상이었다. 그러나 치클린과 곰은 세차게 내리치는 눈 속을 곧은 길을 가듯 똑바로 가로질러 걸어갔다. 왜냐하면 치클린으로서는 자연의 분위기를 고려한다는 것이 불가능했기 때문이다. 다만 그는 나스탸만은 추위로부터 지키기 위해 품속 깊숙이 감추었다. 그는 그녀의 머리만 밖으로 나오게 했는데, 그녀가 어두운 온기 속에서 지루해하지 않도록 하기 위해서였다. 소녀는 곰의 행동을 하나도 놓치지 않고 눈여겨보았다. 그녀는 동물도 노동자 계급에 속한다는 사실이 마음에 들었고, 곰은 어릴 때 여름날 숲속에서 엄마를 따라 먹을 것을 같이 찾아다녔던 잊어버린 누이를 보듯 그녀를 바라보았다. 곰은 나스탸를 기쁘게 해주려고 뭔가 줍거나 꺾어 그녀에게 선물로 줄 것이 없을까 하고 주위를 둘러보았다. 그러나 주위에는 진흙과 짚으로 만든 흙집과 바자울뿐이었고 조금이라도 기쁨을 줄 만한 것이라곤 찾아볼 수 없었다.

바로 그때 눈보라 속을 응시하던 단조공이 뭔가 작은 것을 잽싸게 낚아채 움켜쥔 앞발을 나스탸의 얼굴 앞에 내밀었다. 나스탸는 곰의 앞발 위에 있는 파리를 집어들었다. 그녀는 이 계절에 파리가 있을 수 없고 벌써 늦여름에 다 죽었으리라 생각했다. 거리에서 곰이 파리를 뒤쫓기 시작했다. 파리는 떨어지는 눈발과 섞이며 떼를 지어 날고 있었다.

"이 겨울에 웬 파리들이죠?" 나스탸가 물었다.

"부농들 때문이란다, 우리 귀염둥이." 치클린이 말했다.

나스탸는 곰이 선물한 살찐 부농같이 생긴 파리의 숨통을 손으로 끊은 후 말했다.

"아저씨, 부농 계급을 모두 죽이세요. 그렇게 하지 않으면 파리가 여름이 아니라 겨울에 살게 될 거예요. 그럼 새들이 무얼 먹겠어요?"

갑자기 곰이 튼튼하게 지어진 깨끗한 농가 앞에서 걸음을 멈추고 울부짖으며 파리와 소녀는 까맣게 잊고 더이상 움직이려 들지 않았다. 그때 어떤 아낙의 얼굴이 창유리에 나타나더니 마치 오래전부터 참아온 듯한 그녀의 눈물이 유리를 타고 흘러내렸다. 곰이 아낙네를 향해 입을 쫙 벌리고 더욱더 사납게 울부짖자 그녀는 집 안으로 모습을 감추었다.

"부농이군." 치클린이 그렇게 말하고 농가로 들어서며 문을 밀었다. 곰도 소유권의 경계를 넘어 마당 안으로 들어섰다. 치클린과 단조공은 우선 눈에 잘 띄지 않는 곳을 골라 둘러보았다. 겨가 깔려 있는 창고에는 네 마리 혹은 그 이상의 양이 도살되어 널브러져 있었다. 곰이 그 가운데 한 마리를 발로 건드리자 파리 떼가 날아올랐다. 파리들은

166

열이 나는 양고기 주름 사이에 머물며 기름기를 충분히 섭취하고는 배가 불러 추위도 전혀 느끼지 못한 채 눈 사이를 날아다녔다.

온기가 창고에서 밖으로 흘러나오고 있었다. 도살된 고기의 틈 사이는 마치 여름의 썩어가는 이탄지(泥炭地)처럼 온도가 높아서 파리가 살기에 충분하였다. 치클린은 창고 안에 있자니 무척이나 괴로웠다. 마치 목욕탕용 난로를 켜둔 것만 같았다. 나스탸는 냄새 때문에 눈을 찡그리며 어째서 집단농장에는 겨울에도 따뜻하고 사계절의 구분이 없는 걸까 생각했다. 텅 빈 가을 들판에 더이상 새들의 노랫소리가 들리지 않았을 때 프루셉스키가 그녀에게 사계절에 대해 들려준 적이 있다.

창고에서 나온 단조공은 농가로 들어가 현관에서 사납게 한 번 으르렁거리고는 오래된 커다란 트렁크 하나를 현관 밖으로 집어던졌다. 그러자 트렁크에서 재봉용 실타래가 쏟아져나왔다.

치클린은 농가 안에서 아낙네와 어린애를 보았다. 어린아이는 유아용 변기 위에서 힘을 주고 있었고, 아이의 어머니는 마치 그녀에게서 모든 물질이 밑으로 흘러나간 듯 방 한가운데에 주저앉아 꼼짝 않고 있었다. 그녀는 아무 소리도 지르지 못하고 그저 입을 딱 벌린 채 숨을 쉬려고 애쓰고 있었다.

"여보, 여보!" 슬픔으로 밀려든 무력감 때문에 몸을 움직일 수도 없었던 그녀는 그저 이렇게 남편을 부르기 시작했다.

"왜 그러오?" 페치카가 있는 곳에서 목소리가 들려왔다. 이어 바싹 마른 관이 삐걱 하고 소리를 내더니 거기서 집주인이 나왔다.

"황제들이 왔어요." 부인이 천천히 말했다. "와서 만나봐요. 오, 불쌍한 사람!"

"여기서 나가시오!" 치클린이 가족 모두에게 지시했다.

단조공이 어린아이의 귀를 건드리자 아이가 소스라치게 놀라며 변기에서 일어나 도망쳤다. 그러자 곰은 시험 삼아 뭔지 모르지만 나지막한 용기 위에 앉아보았다.

소년은 셔츠만 입은 채 변기 위에 앉아 있는 곰을 고민에 찬 표정으로 바라보았다.

"아저씨, 변기 도로 줘요." 아이가 변기를 달라고 했지만 단조공은 불편한 자세 때문에 용을 쓰며 아이에게 낮은 소리로 으르렁댔다.

"여기서 떠나시오." 치클린이 부농 가족에게 말했다.

곰은 변기에서 일어나지 않은 채 입으로 소리를 냈다. 그때 부농이 말했다.

"주인 나리들, 소리 지르지 마시오. 우리가 알아서 떠나리다."

단조공은 지난날에 이 남자의 땅에서 그루터기를 뽑는 일을 할 때 그가 저녁에만 먹을 것을 주었기 때문에 아무 말도 못하고 배를 곯며 풀을 뜯어먹던 기억을 떠올렸다. 그가 준 것이라고는 돼지가 먹다 남긴 게 고작이었다. 그리고 종종 돼지가 구유 속에 누워 자다가 곰이 먹을 몫을 다 먹어치웠다. 곰은 그런 기억을 떠올리며 변기에서 일어나 주인 남자를 대충 잡아 힘껏 안았다. 그러자 그동안 쌓인 기름과 땀이 그의 몸에서 흘러나왔다. 곰은 주인 남자의 얼굴에 대고 여러 가지 목소리로 으르렁댔는데, 우선 분노가 끓었고 그간 인간의 말도 많이 들어온 터라 거의 말을 하는 것 같았다.

부농은 곰이 자신을 풀어주기를 기다렸다가 겉옷을 걸치지도 않고 거리로 나와서는 자기 집 창문 옆을 지나 사라졌다. 그의 부인은 그제야 그를 따라 한달음에 밖으로 나왔고 아이만 홀로 집 안에 남겨졌다. 아이는 슬픔 속에 망설이며 잠시 서 있더니 바닥에서 변기를 들고 아버지와 어머니의 뒤를 쫓아 밖으로 뛰어나왔다.

"아주 교활한 아이군." 나스탸가 변기를 들고 뛰어나간 아이를 두고 말했다.

그다음에도 부농들이 적잖이 쏟아져나왔다. 세 집을 지나자 곰은 여기 자기 계급의 적이 있다는 표시로 다시 으르렁댔다. 치클린은 나스탸를 단조공에게 맡기고 혼자 농가 안으로 들어갔다.

"무슨 일이오?" 상냥하고 침착한 표정의 남자가 물었다.

"여기서 나가시오." 치클린이 대답했다.

"뭐 내가 기분 나쁘게 한 것이라도 있소?"

"우리에게는 집단농장이 필요하오. 집단농장에 훼방을 놓으려 하지 마시오."

주인 남자는 마음속의 이야기라도 털어놓을 듯이 천천히 생각에 잠겼다.

"집단농장은 당신들과 어울리지 않소."

"여기서 나가, 이 뱀 같은 놈아!"

"좋소. 당신들은 온 나라를 집단농장으로 만들려 하는데, 그러고 나면 온 나라가 하나의 개인농이 될 거요."

치클린은 숨이 막힐 것 같아 문으로 달려가서는 자유를 보기 위해 문을 열어젖혔다. 그는 예전에 감옥에 있을 때 왜 자신을 가두었는지 도무지 이해할 수가 없어 가슴을 옥죄는 고통에, 잠긴 감옥 문에 몸을 부딪치며 크게 소리친 적이 있었다. 그가 이 사려 깊은 남자를 피했던 것은 노동자 계급만이 느낄 수 있는 짧은 순간의 슬픔에 그가 개입하지 못하게 하기 위해서였다.

"이것은 네놈과 상관없는 일이야. 우리는 필요하면 왕도 임명할 수 있고 단숨에 쫓아낼 수도 있어. 그러니 어서 꺼져버려!"

치클린은 남자를 뒤집어 안은 채 밖으로 데리고 나와 눈 속에 처박아버렸다. 이 남자는 욕심 때문에 결혼도 하지 않고 재산을 모으는 일과 든든한 존재의 행복에 자신의 온몸을 소모해왔다. 하지만 이제 그는 무슨 느낌을 가져야 할지 알 수 없었다.

"그래, 철폐는 된 거요?" 그가 눈구덩이 속에서 말했다. "보시오. 오늘은 내가 이렇게 사라지지만, 내일은 당신들이 사라지게 될 거요. 오직 당신들 우두머리만 사회주의에 도달하게 될 테니 두고 보시오."

다시 네 집을 더 지나자 단조공이 또 증오에 찬 목소리로 으르렁대기 시작했다. 손에 블린*을 든 불쌍한 거주자가 그 집에서 뛰어나왔다. 그러나 곰은 예전에 그가 방아를 돌리다 너무 지쳐 잠시 멈췄을 때 이 사람이 자신에게 나무뿌리로 호되게 매질을 했다는 것을 알고 있었다. 그 사람은 세금을 내지 않으려고 자기 방앗간에서 바람 대신 곰에게 일을 시켰지만, 자신은 언제나 고용농 흉내를 내며 푸념을 그치시 않고 아내와 이불을 뒤집어쓰고 음식을 먹던 자였다. 이 방앗간 주인은 아내가 임신을 하자 제 손으로 유산을 시키기도 했다. 그것은 오래전에 도시로 보내 공산주의자로 만들었던 큰아들만 사랑했기 때

---

* 밀가루 반죽을 얇고 동그랗게 만들어 기름에 부쳐 먹는 음식으로 우리의 전(煎)과 비슷하다. 주로 야채나 버섯 등을 넣어 말아서 먹는다.

문이다.

"미시, 이거 먹어." 그가 단조공을 보자 블린을 건넸다.

곰은 구운 블린을 마치 장갑처럼 앞발에 감아 그것으로 부농의 귀를 세게 내리쳤다. 그러자 그는 뭐라고 중얼거리더니 쓰러졌다.

"어서 고용농들의 땅을 비우고 나가!" 치클린이 누워 있는 자에게 말했다. "집단농장에서 멀리 사라져. 더이상 이 세상에서 살 생각일랑 하지 마라!"

부농은 잠시 누워 있다가 정신을 차렸다.

"당신이 실제로 어떤 권위 있는 인물임을 증명하는 서류를 보여주시오."

"내가 누구든 그게 너와 무슨 상관인데?" 치클린이 말했다. "나는 아무도 아니야. 우리 당이 그런 인물이라면 인물이지."

"그럼 그 당이라도 좀 보여주시오. 보고 싶소."

치클린은 인색하게 미소를 지었다.

"보는 것으로는 당을 알 수 없지. 나도 당을 겨우 느낄 수 있을 뿐이거든. 자, 이제 뗏목으로 가라, 자본주의 짐승놈아!"

"그를 바다로 보내요. 오늘은 여기, 내일은 저기 멀리…… 그렇게 하는 게 좋겠죠?" 나스탸가 말했다. "짐승들과 살면 지루하니까요."

이어서 치클린과 단조공은 고용농의 살로 배를 채운 여섯 집을 더 해방시키고 '조직의 집'으로 돌아왔다. 그곳에는 부농으로부터 정화된 대중이 무언가를 기다리고 있었다.

열성분자는 그곳에 온 부농들과 계급 대장을 비교하고 나서 한치의 오차 없이 정확히 들어맞자 치클린과 단조공이 일을 제대로 한 것에 대해 기뻐했다. 치클린도 열성분자를 높이 평가했다.

"자넨 높은 수준의 정치의식을 갖고 있네." 그가 말했다. "계급에 대한 감각이 가히 동물적이야."

아무 말도 할 수 없었던 곰은 혼자 우두커니 서 있더니 파리 떼가 붕붕대며 날아다니는 눈 속을 가로질러 대장간 쪽으로 갔다. 그러나 나스탸만은 떠나가는 그의 모습을 뒤쫓으며 햇볕에 검게 그을린 이 노인을 가엾게 생각했다.

프루솁스키는 통나무 뗏목을 마지막으로 손질하고 이제 준비가 끝났다는 뜻으로 사람들을 바라보았다.

"이 답답한 사람아!" 자체프가 그에게 말했다. "구경꾼처럼 뭘 그리 멍하니 보고 있어? 힘 좀 내라고. 이를테면 악수라도 해야 모금함에 돈이 쌓일 게 아닌가? 자네는 이들이 실제로 살아 있는 인간들이라고 생각하나? 아뿔싸! 이 사람들은 그저 거죽에 불과해. 인간에 도달하자면 한참을 더 가야 해. 그래서 내가 이렇게 괴로워하는 거야."

열성분자의 말에 부농들은 몸을 숙이고 강골짜기를 향해 뗏목을 옮기기 시작했다. 자체프는 부농들이 강을 타고 바다로 잘 떠나갈 수 있도록 하기 위해 그들 뒤를 따랐다. 그리고 그는 사회주의가 도래한 후 나스탸는 시집갈 때 지참금으로 사회주의를 받게 되겠지만, 자신은 낡은 편견에 지나지 않아 곧 묵세 되리라는 한층 더 깅힌 확신 속에 마음을 달래려 했다.

172

먼 곳으로 부농들을 철폐하고 나서 자체프는 마음이 진정되지 않고 왠지 불편했다. 그는 눈 내리는 강을 따라 뗏목이 원활히 떠내려가는 모습과 차가운 대지를 가로질러 먼 심연으로 흐르는 어두운 빛의 죽은 물이 저녁바람에 흔들리는 모습을 오랫동안 바라보았다. 그는 가슴이 갑갑하고 슬퍼졌다. 처량한 상이군인들은 사회주의에 필요하지 않기 때문에 그들 역시 먼 정적 속으로 철폐되지 않으리란 법이 없었다.

부농들은 뗏목에서 자체프가 있는 쪽만을 바라보았다. 그들은 고향과 고향에 남은 최후의 행복한 사람을 영원토록 마음에 새기고 싶었다.

곧 부농들을 실은 뗏목이 강이 굽은 곳에서 나무 덤불을 돌기 시작했고, 그렇게 적대 계급의 모습이 자체프의 시야에서 사라져갔다.

"이런 기생충 같은 것들, 잘 가라!" 자체프가 강을 향해 소리쳤다.

"자-알-있-게!" 바다로 떠나는 부농들이 화답했다.

'조직의 집'에서는 전진을 호소하는 음악이 흥겹게 울려퍼지기 시작했다. 자체프는 집단농장에서 벌어지는 축하 행사에 가기 위해 서둘러 진흙탕 위를 기었다. 물론 그는 거기서 환호하며 즐거워할 사람들이라고는 나스탸와 유년의 아이들을 빼면 모두 제국주의에 참여했던 자들뿐이라는 것을 잘 알고 있었다.

열성분자가 '조직의 집' 현관에 설치해둔 확성기에서 대원정 행진곡이 울려나왔고 집단농장원 모두가 주변 마을에서 도보로 온 손님들과 함께 즐겁게 발을 굴렀다. 집단농장 농부들은 깨끗이 씻기라도 한 듯 얼굴이 환하게 빛났다. 그들은 이제 아쉬워할 게 하나도 없었지만, 아무것도 알 수 없고 싸늘한 느낌만 들어 영혼이 텅 빈 것 같았다. 음악이 바뀌자 옐리세이가 한가운데로 나와 발을 구르며 춤을 추기 시작했다. 춤을 추는 그는 더이상 몸을 움츠리지도 흰 눈을 껌뻑거리지도 않았다. 그는 마치 축(軸)처럼 뼈와 몸통을 정확히 움직이며 서 있는 사람들 사이를 혼자 걸어 나갔다. 농부들이 코를 씩씩거리며 서로 상대의 주위를 번갈아 돌기 시작했고, 한편으로는 부인들도 흥겹게 팔을 들어올리고 치마 속에 감춰진 다리를 움직이기 시작했다. 손님들은 메고 있던 보따리를 집어던지고 큰 소리로 이곳 처녀들을 부르는가 하면 신나게 몸을 흔들며 낮은 자세로 쏜살같이 달리기도 했고, 자기 자신에 대한 손님 대접으로 집단농장원인 여자 친구에게 키스를 하기도 했다. 라디오에서 나오는 음악은 점점 더 인생을 흥분 상태로 몰고 갔다. 얌전한 농부들이 만족감에 젖어 목청 높여 소리를 질렀고 앞에 나서기를 좋아하는 사람들은 축일의 속도를 전면적으로 끌어올렸다. 그리고 심지어 집단화된 말들도 인간들의 행복한 함성을 듣고 하나씩 '조직의 집'으로 모여 울어대기 시작했다.

눈바람이 잦아들었다. 희미한 달이 강풍과 먹구름이 사라진 먼 하늘에 나타났다. 그 하늘은 너무나도 황량해 영원한 자유를 허락했고, 또한 너무나도 을씨년스러워 그 자유에는 반드시 우정이 필요했다.

이 하늘 아래, 여기저기 육식 파리의 똥이 떨어진 하얀 눈 위에서 사람들은 동료애를 나누며 환호하고 있었다. 이미 적지 않은 세월 동안 이 세상에서 살아왔건만 사람들은 자기가 누군지 잊고 일어나 발을 굴렀다.

"어이, 에스에스에르샤*, 그대는 우리의 어머니로세!"

모두가 잊고 있던 한 남자가 빠른 몸동작으로 자기 배와 뺨과 입을 두드리며 기쁘게 소리쳤다. "여러분, 여기 우리의 왕국이며 국가인 이 여자를 중심으로 원을 돕시다. 이 여자는 미혼이라오."

"처녀요, 과부요?" 인근 마을에서 온 손님이 춤을 추며 물었다.

"처녀지." 몸을 움직이고 있던 남자가 말했다. "애교가 안 보여?"

"애교 한 번 부려보라고 해." 방문객이 맞장구쳤다. "한 번 놀아보라고. 나중에 우리가 얌전한 부인으로 만들어줄 테니. 멋지겠는걸!"

나스탸는 치클린의 팔에서 내려 빠르게 움직이는 남자들과 함께 발을 굴렀다. 그녀는 꼭 그렇게 해보고 싶었다. 자체프는 지나가는 데

---

* 소비에트사회주의 공화국의 러시아어 약자 '에스에스에르(SSR)'에 여성을 뜻하는 접미사 '샤'를 붙여 만든 말이다. '어머니 러시아'라는 말처럼 나라를 여성에 비유하고 있으며, 작품 안에서 소련 혹은 소련 여성이라는 이중의 의미를 지닌다.

방해가 되자 다리를 쳐 사람들을 넘어뜨리면서 그들 사이를 뚫고 나갔다. 그는 소련 처녀를 시집 보내려고 하는 방문객의 옆구리에 일격을 가했다. 감히 그런 생각을 하지 못하도록 하기 위해서였다.

"돼먹지 않은 생각은 하지도 마! 강을 타고 떠나고 싶은 거야? 뗏목 한 번 타보겠느냐고?"

손님은 자체프가 나타나자 몹시 놀랐다.

"상이군인 동무, 더이상 아무 생각 않겠소. 이제 소리 죽여 말하지요."

치클린은 많은 사람들이 즐거워하는 모습을 오랫동안 바라보며 선(善)의 평화를 가슴 속 깊이 느껴보았다. 높은 현관에 서서 그는 먼 공간 위에 떠 있는 순결한 달과 스러진 슬픈 빛, 다소곳이 잠에 빠져 있는 세상을 보았다. 너무도 큰 노동과 고통을 바쳐 이 세계를 지었으나 사람들은 삶의 두려움을 잊기 위해서 그런 사실을 망각했다.

"나스탸, 오랫동안 몸을 차게 내버려두면 안 돼. 이리 오렴." 치클린이 아이를 불렀다.

"조금도 춥지 않아요. 사람들이 모두 숨을 쉬고 있잖아요?" 나스탸가 다정하게 어르는 자체프에게서 달아나며 말했다.

"손을 비벼. 정말로 얼겠다. 공기는 커다란데 너는 작지 않니?"

"벌써 비볐어요. 좀 기민히 있으꼬요."

라디오에서 연주되던 곡이 갑자기 그쳤다. 사람들은 열성분자가 지시를 내릴 때까지 멈출 수가 없었다. 열성분자가 말했다. "다음 방송이 나올 때까지 멈추시오."

프루셉스키는 이내 라디오를 수리했다. 그러나 라디오에서는 음악이 아니라 사람의 이야기가 흘러나왔다.

"공지사항을 전달합니다. 버드나무 껍질을 준비해주십시오."

그때 라디오가 다시 멈췄다. 이 공지사항을 들은 열성분자는 버드나무 모으기 캠페인을 잊지 않고 머릿속에 담아두려고 생각에 잠겼다. 그는 이전에 관목의 날을 조직하는 것을 잊어버렸을 때처럼 온 지역에 태만한 사람으로 알려지는 것을 피하고 싶었다. 그 실수로 이제 집단농장에는 나뭇가지 하나 남아 있지 않았다. 프루셉스키는 다시 라디오를 고치기 시작했다. 기사가 추위에 곱은 손으로 꼼꼼히 기계를 만지고 있는 동안 적지 않은 시간이 흘렀다. 그러나 제대로 작업이 되지 않았다. 왜냐하면 그는 라디오가 빈농들에게 위안을 가져다줄지, 그리고 어디선가 다정스런 목소리가 그에게 들려올지 확신할 수 없었기 때문이다.

열성분자는 그사이에 한껏 고조된 집단농장의 분위기가 다시 가라앉지 않을까 걱정스러웠다. 그것을 막으려고 그가 자기 입술로 음악을 연주하기 시작하자 집단농장원들이 입술로 연주하는 이 음악에 맞춰 다시 춤을 추기 시작했다. 밀려온 정적 속에 숨을 죽이고 있던 옐리세이도 다시 발을 구르며 춤을 추기 시작했고, 마당에 모여 있던 사람들도 아직 뭔지 제대로 감이 잡히지는 않았지만 어느덧 반드시 필요하게 된 행복으로 다시 웅성대기 시작했다.

열성분자가 너무 오래 입술 연주를 한 나머지 목이 쉬었음에도 사람들이 가만히 있지 않고 계속해서 몸을 움직이자 치클린이 말했다.

"여러분, 이제 뭔가 느껴집니까?"

"네, 그렇소." 집단농장원들이 대답했다.

"뭐가 느껴지는데요?"

"모두 다요. 다만 나 자신만 느껴지지 않는군요."

치클린은 이 의견과 희망에 대해 잠시 생각해보고는 언젠가 젊었을 때 나뭇가지 아래에서 처녀들과 어울려 춤을 추었을 때처럼 춤을 추기 위해 현관 아래로 내려갔다.

"열성분자, 좀더 신중하게 불어보게. 기쁨과 아쉬움이 반씩 섞이도록 말일세."

열성분자는 입술 피리를 더 크게 불었고, 프루셉스키도 자기를 도와 입술로 곡을 연주하게 했다.

사람들 무리에 낀 치클린은 자신의 남은 생에 대해 모두 잊고 열심히 발을 굴렀고, 그러자 그의 발밑에 있던 눈이 모두 사라지고 젖은 땅이 다 말라버렸다. 옐리세이는 치클린 옆으로 다가가 행복에 대한 열성에서는 그에게 뒤지지 않으려고 힘껏 노력했지만 잘되지 않았다. 치클린은 점점 더 그에게 눈이 갔고 춤출 기력을 잃으면서 제자리에 멈춰 섰다. 옐리세이는 그것도 모르고 발을 계속 굴렀고 이제 얼어붙은 듯한 눈을 깜빡거리지도 않았다. 치클린은 어떻게 해야 그를 멈추게 할지 몰랐지만 우선 그를 붙들었다. 그러자 넋이 나가 몸을 가눌 수 없었던 그는 치클린의 가슴에 쓰러졌고 치클린은 그를 땅에 내려놓았다. 옐리세이는 텅 빈 시선으로 앞을 바라보며 가끔씩 숨을 내쉬었다. 마치 바람이 그의 몸을 뚫고 지나가며 생의 따뜻한 느낌을 어디론가 싣고 가버린 것 같았다.

"어디 안 좋은가?" 치클린이 물었다.

"아니, 괜찮소." 옐리세이가 겨우 대답했다.

치클린은 옐리세이가 아무것도 보지 않고 자기 자신에 대해서도 잊을 수 있도록 모자로 그의 눈을 덮어주었다. 열성분자는 얼마간 더 소리를 내다가 잠잠해졌다. 입술이 부풀어올랐고 무엇보다 호흡의 긴장으로 마음이 아파왔기 때문이다. 그러나 사람들은 여전히 공동의 춤사위를 그치지 않았다. 그들은 이미 일정한 기쁨의 템포에 매우 익숙해져 기억 속에서 반복되는 음악에 따라 발을 구르고 있었다. '좀더 기뻐하도록 해!' 치클린은 그렇게 혼잣말을 하고 나서 생각에 빠졌다.

그는 그곳을 벗어나 자체프에게로 갔다. 자체프는 울타리 밑에 자리를 잡고 나스탸를 자기 가슴과 배의 열로 따뜻하게 해주고 있었다. 상이군인은 아이가 자신의 몸에서 나는 열을 모두 이용할 수 있도록 셔츠를 걷어 올렸다. 소녀는 깊이 잠을 자고 있었고, 자체프는 잠이 들면 잊기 마련인 사변적 이념이 아니라 자기 곁에서 숨을 쉬고 있는 미래의 미지의 인간을 자신이 보살피며 따뜻하게 해주고 있다는 사실에 만족을 느꼈다.

"그런데 보셰프는 어디 갔지?" 치클린이 시끄럽게 춤을 추고 있는 집단농장원들을 피해 상이군인에게 몸을 기울이며 물었다.

"어디서 잠이나 자고 있겠지." 자체프가 말했다. "그런 놈들은 결코 쉽게 죽지 않는 법이거든."

"아니네. 그는 잠들지 못한 지가 오래됐어." 치클린이 말했다.

"자기 삶이 헛되다는 걸 아니까 잠을 못 자는가보군." 상이군인이 말했다.

자정이 가까이 다가온 듯했다. 달이 울타리와 오래된 조용한 마을 위로 높이 솟아 있었고, 죽은 엉겅퀴 풀들이 살짝 내려앉아 얼어붙은 눈에 덮인 채 빛나고 있었다. 길 잃은 파리 한 마리가 얼어붙은 엉겅퀴 풀 위에 내려앉으려고 하다가 마치 태양 아래 종달새처럼 달빛 비치는 높은 곳에서 앵앵거리더니 다른 곳으로 날아가버렸다.

집단농장원들은 무겁게 발을 구르며 춤을 멈추지 않은 채 힘없는 목소리로 서서히 노래를 부르기 시작했다. 그 노래 속에 들어 있는 말은 잘 알아들을 수 없었지만, 그 가운데 슬픈 행복에 대한 부분과 방랑자의 멜로디는 또렷이 들렸다.

"자체프, 얼른 멈추도록 해!" 치클린이 말했다. "다들 너무 기뻐서 숨이 넘어간 것 같네. 계속 춤만 추고 있잖아."

자체프는 나스탸와 함께 '조직의 집'으로 가서 그곳에 그녀를 눕혀놓고 다시 돌아왔다.

"이봐, 조직된 사람들! 춤은 이제 됐소. 이제 그만하면 충분히 기뻐한 거야, 짐승 같은 놈들!"

그러나 춤추는 데 정신이 팔린 집단농장원들은 자체프의 말을 듣지 않고 자신들을 노래의 막으로 덮으며 무겁게 발을 계속 굴렀다.

"맞고 싶은 거야? 좋아, 따끔한 맛을 보여주지."

자체프는 현관 아래로 내려가 부산스러운 다리들 사이로 들어가서는 사람들의 아랫도리를 아무렇게나 잡아 휴식을 취할 수 있도록 땅바닥에 집어던졌다. 사람들은 마치 빈 바지처럼 허물어졌다. 자체프는 아무래도 그들이 그냥 나가떨어져 자신의 손맛을 느끼지 못하고 잠잠해진 것 같아 아쉬울 따름이었다.

자체프는 집단농장원들을 모두 눕혀 재운 다음 더 움직이는 사람이 없나 둘러보고 여태 흔들거리고 있던 한 사람의 머리를 자신의 잘려나간 다리로 힘껏 때려 그 사람이 잠을 잘 수 있도록 했다. 말들은 그것을 보고 '조직의 집'에서 뒷걸음질치기 시작하더니 거리로 나와 자신들이 살던 공동 축사 쪽으로 쏜살같이 달려갔다.

"보셰프는 어디 간 거지?" 치클린은 걱정스러웠다. "이 소(小) 프롤레타리아가 먼 곳에서 뭘 찾고 있는 걸까?"

치클린은 보셰프를 기다리다가 자정이 지나자 직접 그를 찾으러 나섰다. 그는 마을의 텅 빈 거리를 모두 훑어보았지만 아무도 눈에 띄지 않았다. 다만 대장간에서 곰이 달빛 비치는 변두리 쪽을 향해 코를 고는 소리와 대장장이가 기침하는 소리가 드문드문 들릴 뿐이었다.

정적이 내려 사방은 아름다웠다. 치클린은 뭔지 알 수 없는 생각에 길을 가다가 멈춰 섰다. 곰은 내일의 노동을 준비하고 삶을 새롭게 느끼기 위해 여느 때처럼 얌전하게 코를 골며 힘을 비축하고 있었다. 그는 이제 자기를 괴롭히던 부농들을 더는 보지 않을 것이며 자신의 삶을 즐길 수 있을 것이다. 이제 그는 전보다 더 정성스럽게 편자와 바퀴의 쇠를 두드릴 것이다. 그는 말없이 유용한 물건을 만들며 소박한 행복을 누리는 평범한 사람들을 좋아했고, 그런 사람들을 이 마을에 남게 한 미지의 세력이 세상에 존재하는 한 그렇게 열심히 일할 것이다. 삶의 모든 올바른 의미와 온 세계를 아우르는 완전한 행복은 땅을 파는 프롤레타리아 계급의 가슴 속에 있는 것이 틀림없었다. 단조공과 치클린의 심장이 희망 속에 숨쉬고 그들의 노동하는 손이 믿음 속에 인내하기 위해서는 그렇게 되어야만 했다.

치클린은 어느 집의 문이 열려 있는 것을 보고 걱정스러워 가서 닫고는 아무 일이 없는지 거리를 둘러보았다. 그는 길에 농민의 외투가

버려져 있는 것을 발견하고 그것을 가까운 농가 입구에 갖다놓았다. 노동이 선(善)이라는 것을 보여주기 위해 외투는 보존될 필요가 있었다.

순진한 희망을 품고 보세프를 찾으러 간 치클린은 허리를 굽혀가며 집집마다 뒤뜰을 살피고 다녔다. 그는 울타리를 넘고 여러 집의 진흙 담 옆을 지나 기울어져가는 말뚝들을 바로 세우고는 무너질 듯한 담에서 끝없이 펼쳐진 텅 빈 겨울이 시작되는 광경을 바라보았다. 그런 타인의 세상에서 나스탸는 쉽게 얼어죽을 수도 있는데, 이곳이 쉽게 몸이 어는 아이들을 위한 땅이 아니기 때문이다. 비록 박해로 머리가 백발이 되고 말았지만 오로지 곰만이 이곳에서 제 삶을 견뎌낼 수 있었다. '내가 아직 태어나지도 않았을 적부터 너는 이미 이곳에 누워 있었다. 미동도 없는 내 가여운 것아! 이는 네가 벌써 오래전부터 인내하고 있음을 보여주는 거지. 가서 몸을 데우자꾸나!' 가까운 곳에서 보세프, 그러니까 사람의 목소리가 들렸다.

치클린은 비스듬히 머리를 돌려 보세프를 보았다. 보세프는 나무 뒤에서 허리를 굽히고 벌써 가득 들어차 있는 보따리에 뭔가를 집어넣었다.

"자네 보세프인가?"

"그래." 그는 대답하고 목부분을 묶은 후 보따리를 등에 짊어졌다.

그들은 밤을 보내기 위해 함께 '조직의 집'으로 향했다. 멀리 달은 이미 더 낮게 기울었고 마을에는 검은 그림자가 드리워져 있었다. 만물은 정적 속에 잠겨 있고 추위 때문에 한결 조밀해진 강물만이 마을 강변에서 출렁이고 있었다.

집단농장원들은 '조직의 집'에서 꿈쩍도 않고 자고 있었다. 그들은 자체프에 의해 팽개쳐진 모습 그대로 불편한 상태로 잠을 자고 있었다. 옐리세이의 얼굴은 치클린의 모자로 덮여 있었는데 치클린은 모자에 대해 까맣게 잊고 있었다. '조직의 집'에서는 아직 안전등이 타고 있었다. 이 등 하나가 불이 나간 온 마을을 비추고 있었다. 등 옆에 앉은 열성분자는 머리를 쓰는 작업에 몰두해 있었다. 그는 일람표를 만들어 표 안에 빈농과 중농의 복지에 관한 자료를 모두 집어넣으려 했다. 그렇게 함으로써 그것이 하나의 토대로서 영원한 형식과 경험이 되기를 바랐다.

"내 재산도 적어넣으시오." 보셰프가 보따리를 풀어헤치며 부탁했다.

그는 마을을 돌아다니며 보잘것없고 버려진 온갖 물건들과 알려지지 않은 것들, 기억에서 사라진 것들을 주워모았다. 그것은 사회주의적 보상을 위해서였다. 닳고 낡았지만 질긴 이 물건들은 예전에 언젠가 피가 도는 고용농의 살에 닿았을 것이다. 그리고 이 물건들에는 아무 의미도 의식하지 못한 채 소모되어 대지의 보리 짚단 아래 어디선가 아무 영광도 없이 죽어간 등 굽은 인생의 무게가 영원히 아로새겨져 있었다. 보셰프는 모든 것을 다 알지는 못했지만, 자신과 같이 진리를 지니지 못하고 살아가다 결국 마지막 승리를 보지 못한 채 죽은 잃어버린 사람들의 물질적인 흔적을 보따리 속에 부지런히 주워모았다. 이제 그는 그렇게 소멸된 노동자들을 권력과 미래의 면전에 제시하였다. 그는 인간의 영원한 의미를 조직함으로써 말없이 땅속 깊이 누워 있는 사람들을 위한 보복을 완수하고자 했다.

열성분자는 보세프가 가져온 물건들의 목록을 만들기 시작했다. 그는 이를 위해 문서 가장자리에 표 하나를 새로 그려넣어 '부농 계급에 의해 소멸된 프롤레타리아 명단과 상속인 없는 그들의 유품 목록'이라는 이름을 붙였다. 열성분자가 기록한 것은 사람을 대신하는 그 존재의 흔적들이었다. 그것은 낡은 짚신과 목동의 주석 귀고리, 삼베 바지의 한쪽 가랑이, 노동을 했지만 아무것도 가지지 못한 몸들이 지녔던 여러 가지 물건이었다.

그때 바닥에서 나스탸와 잠을 자고 있던 자체프가 무심결에 소녀를 깨우고 말았다.

"얼굴 돌려요. 이런 바보 같은 이라고. 이도 안 닦나봐." 나스탸가 문 쪽에서 들어오는 추위를 막아주고 있던 상이군인에게 말했다. "그러니까 부르주아들이 다리를 자른 게 아니겠어요? 이도 몽땅 뽑히고 싶어요?"

자체프는 놀라 입을 꾹 다물고 코로 공기를 내뿜기 시작했다. 소녀는 기지개를 한 번 켜고 머리에 둘렀던 따뜻한 목도리를 고쳐 맸지만 정신이 말똥말똥해져 다시 잠들 수가 없었다.

"그건 재활용품이에요?" 그녀가 보세프의 보따리를 보고 말했다.

"아니." 치클린이 말했다. "네 장난감이란다. 일어나서 골라봐."

나스탸는 벌떡 일어나 몸을 풀기 위해 제자리걸음을 몇 번 하더니 자세를 낮췄다가 기록을 마친 물건들 위로 뛰어내렸다. 그러면서 한껏 다리를 벌려 물건들을 감쌌다. 치클린은 소녀가 마음에 드는 물건들을 잘 고를 수 있도록 책상 위에 있던 등을 바닥을 향해 비춰주었다. 물론 열성분자는 어둠 속에서도 실수 하나 없이 기록을 마쳤다.

잠시 후 열성분자는 서류 한 장을 바닥에 내려놓았다. 친지도 없이 죽어간 고용농들이 모은 재산을 모두 맡았으며 그것을 미래를 위해 사용할 것이라는 서면 확인을 아이로부터 받기 위해서였다. 나스탸는 천천히 낫과 망치를 서류에 그려넣고 다시 돌려주었다.

치클린은 솜을 누벼 만든 조끼와 신발을 벗은 후 양말만 신은 채 바닥을 걸어다녔다. 그는 편안하고 기분이 좋았다. 이제 이 세상 어디에도 나스탸에게서 그녀 몫의 삶을 빼앗아갈 자는 없으며, 강물이 바다의 소용돌이로 흘러가 뗏목을 타고 떠나간 자들이 단조공 미하일을 괴롭히기 위해 돌아올 수 없었기 때문이다. 그리고 짚신과 주석 귀고리만을 남긴 이름 없는 자들이 영원히 땅속에서 슬퍼하지 않아도 되기 때문이었다. 그러나 그들은 다시 일어날 수도 없었다.

"프루솁스키!" 치클린이 말했다.

"왜 그러나?" 기사가 대답했다. 그는 한쪽 구석에서 등을 벽에 기대고 앉아 무심히 졸고 있었다.

그의 누이는 오랫동안 그에게 편지를 쓰지 않았다. 만약 그녀가 죽었다면 그는 그녀의 아이들에게 음식을 만들어주기 위해 떠날 생각이었다. 그는 영혼이 모두 스러질 때까지 자신을 혹사시켜 아무런 느낌도 없이 살아가는 노인이 되어 죽고자 했다. 사실 그렇게 한다고 해봐야 지금 바로 죽는 것과 다를 바 없겠지만 그 편이 더 슬플 것이다. 그가 누이를 대신해 살기로 결심하고 떠난다면 지금은 이미 존재하지 않을 것이 거의 확실한, 젊은 날 그의 곁을 스쳐간 여자를 기억하는 것이 한층 더 애끓고 오래갈 것이 틀림없었다. 프루솁스키는 마음이 들떠 있던 그 젊은 여자를 생각하며 이미 죽었다면 모두가 잊었을 것이고 살아 있다면 아이들에게 양배추 수프를 끓여주고 있을 그 여자가 이 세상에, 아니 비록 그의 은밀한 감정 속에서만이라도 좀더 머물러 있기를 소망했다.

"프루솁스키! 최고의 과학적 성과라면 이미 죽어 썩은 사람도 되살릴 수 있겠나, 없겠나?"

"불가능하지." 프루솁스키가 말했다.

"거짓말하지 마." 자체프가 눈을 지그시 감은 채 그를 나무랐다. "마르크시즘은 무엇이든지 할 수 있어. 그렇다면 무엇 때문에 레닌이 모스크바에 멀쩡히 누워 있겠어? 그는 부활하기를 바라며 과학을 기다리고 있는 거야."

"그렇게 되면 좋겠어요." 나스탸가 말했다. "다시 일어나 그는 노인으로 살아가게 될 거예요. 스탈린이 부르주아를 모두 추방했기 때문에 레닌도 좋아할 거예요."

"내가 레닌에게 일을 찾아주겠어." 자체프가 말했다. "누가 더 얻어맞아야 하는지 그에게 일러주겠어. 내 눈에는 누가 나쁜 놈인지 금방 보이거든."

"아저씨는 바보예요. 그저 보기만 하잖아요. 일은 하지 않고." 나스탸가 고용농들이 남긴 물건을 뒤지며 말했다. "보셰프 아저씨, 그렇지 않나요?"

보셰프는 벌써 빈 보따리를 뒤집어쓰고 누워 있었다. 그는 자신의 온몸을 바람직스럽지 못한 생의 저 먼 곳으로 이끄는 자신의 무의미한 심장 박동에 귀 기울이고 있었다.

"모르지." 보셰프가 나스탸에게 대답했다. "밤낮으로 일만 하다가 더이상 일을 못하게 되고 그제야 모든 것을 알게 되면, 그때는 녹초가 되어 죽음을 맞는 거지. 소녀야, 크지 말거라. 크고 나면 슬픔을 피할 수 없어."

나스탸는 여전히 불만스러웠다.

"죽어야 하는 것은 오직 부농들뿐이고 아저씨는 바보예요. 자체프 아저씨, 다시 날 지켜줘요. 잠이 와요."

"이리 오렴." 자체프가 말했다. "그 부농 끄나풀놈한테서 내게 와. 그놈이 좀 맞고 싶은 모양이다. 내가 내일 손 좀 봐줄게."

모두들 침묵을 지키며 힘겹게 밤을 이어가고 있었다. 오직 열성분 자만이 쉬지 않고 뭔가를 쓰고 있었다. 그의 명료한 이성 앞에 점점 더 큰 성과들이 펼쳐졌고, 그래서 그는 혼자 애태우며 중얼거렸다. '소극적인 악마야, 너는 연방에 피해를 주고 있는 거야. 너는 이 지역 전체를 집단화로 이끌 수도 있지만 집단농장 한 곳에서 수선을 피우고 있지. 이제는 주민들을 긴 열차에 가득 실어 사회주의를 향해 보내야 할 때지만 너는 여전히 하찮은 규모에 매달리고 있어. 답답하군.'

달빛 비치는 순결한 정적으로부터 누군가의 손이 조용히 문을 두드렸다. 그 손이 내는 소리에서는 아직 남아 있는 두려움의 흔적이 들리는 듯했다.

"회의중이 아니니 들어오시오." 열성분자가 말했다.

"네, 그럼……" 누군가가 들어오지 않고 문 저쪽에서 대답했다. "나는 당신이 뭔가 생각에 잠겨 있을 거라고 생각했습니다."

"얼른 들어와. 성질 돋우지 말고." 자체프가 말했다.

들어온 사람은 엘리세이였다. 그는 몸속의 피 때문에 눈이 어두워져 땅바닥에 누워서도 푹 잘 수 있었고, 조직된 상태에 익숙해지면서 몸도 더 강인해졌다.

"저기 대장간에서 곰이 망치를 두드리고 으르렁대며 노래를 하고 있습니다. 그래서 농장원들이 모두 잠을 깼습니다. 당신 없이는 무서워 못 견디겠어요."

"당장 조치를 취해야겠군." 열성분자가 단호하게 말했다.

"내가 다녀오겠네." 치클린이 말했다. "자네는 여기에 앉아 쓰는 일이나 잘하게. 자네 일은 머리를 쓰는 것이니까."

"내가 바보인 한은 그렇겠지." 자체프가 열성분자에게 경고조로 말했다. "그러나 우리는 머지않아 모든 사람이 열성을 갖도록 만들 걸세. 고생은 대중만 하고 아이들은 잘 자라도록 해야 해."

치클린은 대장간으로 향했다. 그의 머리 위에 머물러 있는 밤은 어마어마하게 크고 서늘했다. 눈이 하얗게 뒤덮인 대지 위로는 무욕의 별들이 빛나고 단조공의 망치 소리가 널리 울려퍼지고 있었다. 곰은 애타게 기다리는 별들 아래서 잠드는 것이 부끄러웠던지 정성껏 별들에게 답을 보내고 있는 듯했다. '곰은 정직한 프롤레타리아 노인이야.' 치클린은 머릿속으로 곰에게 경의를 표했다. 이어 단조공이 끝소리를 길게 빼며 기분좋게 으르렁거렸다. 곰은 그렇게 어떤 행복한 노래를 큰 소리로 전했다.

대장간은 밝은 대지와 달빛 비치는 밤을 향해 활짝 열려 있었다. 화로 속에는 불이 활활 타고 있었다. 대장장이가 바닥에 누워 풀무 끈을 당기며 불을 지피고 있었다. 기분이 들뜬 단조공은 뜨겁게 달궈진 쇠바퀴를 버리며 큰 입으로는 노래를 불렀다.

"그것 참, 통 잠을 못 자게 하는군." 대장장이가 투덜댔다. "일어나 으르렁대길래 화로를 켜주니까 망치질을 하질 않겠소. 항상 얌전했는 데 이제 보니 완전히 미친 것 같군."

"왜 그런 거요?" 치클린이 물었다.

"누가 알겠소? 어제 어딜 다녀오더니 연신 발을 구르며 뭐라고 기 분좋게 계속 흥얼거리더군요. 어디서 잘 얻어먹기라도 한 모양이오. 그리고 열성분자 밑에 있는 어떤 자가 이곳을 지나가며 울타리에 헝 겊 조각을 붙이고 간 다음에는 그것을 뚫어지게 보며 뭔가를 생각하 는 것 같았소. 이제 더이상 부농은 없다지만, 그 대신 붉은 슬로건이 이렇게 걸려 있군. 보아하니 뭔가가 그의 머릿속에 들어가 거기 머물 러 있는 것 같소."

"아무튼 당신은 가서 자시오. 불은 내가 지킬 테니." 치클린이 말 했다.

그는 곰이 집단농장에서 쓸 쇠바퀴를 만들 수 있도록 줄을 잡고 화 로에 바람을 넣기 시작했다.

아침이 다가오자 어제 이곳에 온 사람들이 마을 밖으로 흩어지기 시작했다. 집단농장원들은 아무 데도 갈 곳이 없자 '조직의 집'에서 몸을 일으켜 단조공이 일하는 소리가 들려오는 대장간 쪽으로 움직이기 시작했다. 프루셉스키와 보셰프도 사람들과 함께 대장간으로 가서 치클린이 곰을 돕는 것을 보았다. 대장간 옆 울타리에는 이런 슬로건이 적힌 기(旗)가 걸려 있었다. '당을 위하여, 당에 대한 충성을 위하여, 쁘롤레타리아에게 미래로 니기는 출구를 뚫어준 돌격 노동을 위하여.'

단조공은 지칠 때면 밖으로 나와 몸을 식히기 위해 눈을 한 줌 주워 먹고는 타격의 빈도를 더욱 높여 철의 부드러운 몸에 다시 망치를 실었다. 이제 단조공은 노래를 부르지 않았다. 그는 노동의 열의를 위해 자신의 맹렬한 무언의 기쁨을 쏟아부었고, 집단농장의 농민들은 점차 그에게 동정심을 느끼게 되어 쇠바퀴를 더 단단하게 만들 수 있도록 망치 소리가 날 때마다 함께 환호를 보냈다. 가만히 보고 있던 옐리세이가 단조공에게 조언을 했다.

"미시, 좀 살살 치라고. 그럼 쇠바퀴가 더 단단해져 부서지지 않을 거야. 너는 나쁜 놈을 패기라도 하듯 쇠를 두드리는데 쇠도 재산이라고. 그런 식으로 다루면 안 돼."

그러나 곰은 입을 크게 벌려 옐리세이에게 겁을 주었고, 옐리세이는 쇠를 불쌍히 여기며 저만치 물러섰다. 그런데 다른 농부들도 잘못을 더는 참을 수 없었다.

"이놈아, 좀 살살 쳐!" 그들이 소리 지르기 시작했다. "공동 재산을 못 쓰게 만들지 마. 이제 모든 재산이 고아 꼴이 되어 아무도 아끼려 들지 않는다니까. 이 악마 같은 놈아, 살살 좀 쳐."

"왜 그렇게 후려 패는 거야? 그게 개인농의 것인 줄 알아?"

"이런 악마 같은 놈, 더이상 안 해도 좋으니 물러나서 열 좀 식혀. 털북숭이 꼭두각시야!"

"그놈을 집단농장에서 제명하시오. 다른 방법이 없겠어. 안 그랬다가는 더 큰 손해를 볼 게 불 보듯 뻔해."

그러나 치클린은 계속 화로에 바람을 넣었고 단조공은 불에 밀리지 않으려고 평생의 적을 만난 듯이 쇠를 내리쳤다. 마치 이 세상에 부농이 없다면 존재하는 것은 곰 이외에는 아무것도 없다는 듯이.

"이것 큰일이군." 집단농장원들이 한숨을 지었다.

"큰일이고말고. 이제 모든 게 다 거덜나겠어. 쇠라는 쇠는 다 구멍

투성이가 될 거고."

"이게 천벌이란 거야…… 하지만 그냥 내버려둬. 뭐라고 하면 곧바로 빈농, 프롤레타리아, 산업화 어쩌고 할 게 뻔해."

"그건 약과지. 만약 저놈이 간부라도 되면 우리 모두에게 좋을 게 없어."

"간부인들 뭐 별거 있겠어? 만약 지도원이든가 파시킨 동무라도 오는 날이면 그때는 정말 혼쭐나는 줄 알라고."

"그런데 별일 없을 거라면 쓴맛 좀 보여줘도 되지 않을까?"

"자네 미쳤나? 이봐, 저놈은 조합원이야. 얼마 전에 파시킨 동무가 저놈을 보러 특별히 온 적도 있어. 그도 고용농 없이는 심심하거든."

엘리세이는 말수는 적었지만 속으로는 다른 어떤 사람보다도 더 마음 아파했다. 농가를 갖고 있었을 때 그는 곧잘 밤을 새웠다. 혹시 가축 중에 어떤 놈이 죽지나 않을까, 말이 물을 너무 많이 마신다거나 과식을 하지 않을까, 소가 기분이 상하지 않을까 항상 노심초사했다. 그런데 이제 집단농장 전체, 이 세계 전체를 그가 보살펴야 했다. 그는 다른 사람에게 좀처럼 기대를 걸지 않았기 때문이다. 그는 재산에 대한 두려움 때문에 지레 배가 아파왔다.

"우리 모두 다 말라죽겠군." 혁명 기간 내내 침묵을 지켜왔던 한 중농이 말했다. "진에는 자기 가족민을 긱정했는데, 이세 모든 사람을 다 돌봐야 한다고. 그런 부담 때문에 우리 모두 큰 고통을 당할 거야."

보셰프는 동물이 마치 제 주변에서 삶의 의미를 느끼듯이 열심히 일하는 데 반해 자신은 멀뚱히 서서 미래로 나가는 출구를 뚫지 못한다는 사실이 슬펐다. 아마도 미래에는 뭔가가 실제로 나타날 것만 같았다. 그 무렵 치클린은 풀무 일을 마치고 곰과 함께 써레의 이빨을 만들기 시작했다. 두 노동자는 자기들을 지켜보는 사람들이나 주변의 모든 상황에 전혀 개의치 않고 양심에 따라 할 일을 계속할 뿐이었다. 단조공은 써레의 이빨을 망치로 벼렸고 치클린은 그것을 물에 넣어 불렸다. 하지만 그는 지나치게 뜨거워지는 것을 막기 위해 써레의 이빨을 얼마 동안 물에 담가야 하는지 정확히 알지 못했다.

"써레 이빨이 돌에 부딪히면 어쩔 셈이오?" 옐리세이가 끙끙거리며 말했다. "단단한 데 부딪히면 이빨이 금세 부러질 거요."

"이 멍청이, 당장 물에서 쇠를 꺼내!" 집단농장원들이 소리쳤다. "재료를 좀 힘들게 하지 말라고."

치클린은 지쳐 녹초가 된 쇠를 물에서 꺼냈다. 그러나 직접 대장간에 들어간 옐리세이가 치클린에게서 집게를 빼앗아 자신의 두 손으로 써레의 이빨을 불리기 시작했다. 조직된 다른 농부들도 대장간 안으로 뛰어들어가 이제 마음 편히 쇠붙이들을 다루기 시작했다. 그들은 손실보다 이득이 너무도 간절할 때 생기는 치밀한 의욕으로 일에 매달렸다. '잊지 말고 이 대장간에 흰색 칠을 해야겠어.' 옐리세이는 일을 하다가 느긋하게 생각했다. '온통 검은색으로 변해버렸어. 그런데 이것이 과연 주인이 있는 시설인가!'

"내게 끈을 당기는 일을 맡겨주시오." 보셰프가 옐리세이에게 부탁했다. "화로 안으로 공기가 충분히 들어가지 못하는 것 같소."

"좋소. 그렇게 하시오." 옐리세이가 말했다. "대신 너무 세게 당기지 마시오. 요즘 끈 값이 많이 올랐소. 게다가 집단농장의 주머니 형편으로는 풀무를 새로 살 수 없소."

"조심해서 하겠소." 보세프가 끈을 당겼다 놓았다 하기 시작했다. 곧 그는 노동의 인내 속에서 어느덧 자신을 잊었다.

겨울날의 아침이 다가오고 여느 때와 같은 빛이 온 지역으로 퍼져 나갔다. '조직의 집'에서는 아직도 등불이 타고 있었다. 그것을 본 옐리세이가 석유를 아끼기 위해 가서 불을 껐다.

농가에서 잠을 자고 있던 처녀들과 아이들이 깨어났다. 대체로 그들은 아버지의 불안에 크게 신경 쓰지 않았다. 아버지의 고통은 그들의 관심사가 아니었다. 그들은 무언가 먼 것에 대한 사랑에 빠져 괴로워하는 듯 마을에서 마치 이방인처럼 살았다. 그들은 언젠가는 찾아올 테지만 아직은 아무 대답 없는 행복에 대한 느낌에 기대어 살며 크게 힘들이지 않고 가정의 곤궁함을 이겨냈다. 아침부터 대부분의 처녀들과 성장하는 세대는 모두 다 도서실로 쓰는 농가로 나가 거기 머물며 아무것도 먹지 않고 하루 종일 글쓰기와 읽기, 셈을 배우고 우정을 몸에 익혔으며 기대하는 무언가를 머릿속에 그렸다. 집단농장원들이 대장간에서 수선을 피우고 있는 동안에도 프루솁스키는 홀로 울타리 옆에 서서 도통 움직이지 않았다. 그는 자신이 무엇 때문에 이 마을에 보내졌는지, 어떻게 대중 속에 묻혀 잊힌 채 살아가야 할지 알 수 없었다. 그는 이 지상에 머물 마지막 날을 정확히 정해두기로 마음먹고 수첩을 꺼내 어느 저마한 겨울날의 늦은 지녁 시간을 적어넣었다. 모두들 잠들고 얼어붙은 대지가 공사장에서 들리는 온갖 소음에서 벗어나 정적에 잠길 때 그는 어디에 머물러 있든 얼굴을 위로 하고 반듯이 누워 호흡을 멈출 것이다. 어떠한 건축물도, 어떤 기쁨도, 어떤 다정한 친구도, 별을 정복하는 일이라도 그의 정신적 빈곤을 채워

줄 수는 없었다. 그는 우월감과 육체적 사랑을 떠난 우정이라는 것의
헛됨을 느낄 뿐이었고, 구리 광석이 묻혀 있고 역시 인민경제최고소
비에트*를 필요로 할 수밖에 없는 아주 먼 별의 지루함을 느낄 뿐이었
다. 그의 모든 감정과 욕구, 옛 슬픔이 이성 안에서 만나 자신들의 기
원(起源)에 이르고 순진한 희망을 되돌릴 수 없이 깨뜨리며 자신을
의식하는 것 같았다. 그러나 감정의 기원은 계속 생이 꿈틀대는 자리
로 남았다. 죽고 나면 발도 한 번 들여놓지 못한 채 존재의 이 유일하
게 행복하고 진실한 자리를 영원히 잃을 수 있는 것이다. 생을 요동치
게 하고 희망을 향해 손 내밀게 하며 자기 자신도 잊게 하는 인상이
없다면, 맙소사, 어떻게 되는 것인가?

집단농장에서 프루셉스키는 두 손으로 얼굴을 감쌌다. 이성이라는
것이 모든 감정의 종합으로서, 불안한 운동의 모든 흐름이 진정되고
고요해지는 장소라면 불안과 움직임은 어디에서 유래하는가? 그는
이것을 알 수 없었다. 그가 알고 있는 것은 이성의 열정은 죽음을 향
한 끌림이며, 이것이 그의 유일한 감정이라는 사실이었다. 그리고 그
때 그는 순환의 고리를 닫게 될 것이며 감정의 기원으로, 다시는 반
복되지 않은 만남이 이루어졌던 여름날의 저녁으로 돌아가게 될 것
이다.

"동무! 문화혁명에 참여하기 위해 우리에게 온 거예요?"

프루셉스키가 눈에서 손을 떼냈다. 그의 옆을 지나 처녀들과 소년,
소녀들이 농막 도서실로 가고 있었다. 한 처녀가 그의 발 앞에 서 있

---

* 인민위원회 산하 기관으로 소련의 산업과 금융 전체를 관할했으며, 1917년에 설립되
어 1932년까지 존속함.

었다. 그녀는 펠트 장화를 신고 믿음으로 가득 찬 머리에 초라한 머릿수건을 두르고 있었다. 그녀는 놀라움이 어린 사랑의 눈으로 그를 바라보았는데, 그녀로서는 이 사람 속에 감춰진 지식의 힘을 알 수 없었기 때문이다. 그녀는 그에게, 이 은발의 낯선 사람에게 신실하고 영원한 사랑을 바치고 그의 아이를 낳는 데 동의할 수 있었고, 그가 그녀로 하여금 이 세상을 알게 하고 거기에 참여할 수 있게 가르쳐준다면 자기 몸을 매일매일 혹사할 각오가 되어 있었다. 그녀에게는 젊음도 행복도 전혀 중요하지 않았다. 그녀는 질주하는 뜨거운 움직임이 자기 주변에 있음을 느꼈고, 앞을 향해 나아가는 보편적인 생의 바람이 그녀의 마음을 흥분시켰다. 그러나 그녀는 기쁨의 언어를 한 마디도 말할 수 없었으므로 지금 여기 서서 그 언어에 대해, 온 세상을 머리로 느끼는 방법에 대해 배우려고 기사에게 가르침을 청하고 있는 것이었다. 그녀는 그렇게 함으로써 이 세상이 빛나도록 돕고자 했다. 처녀는 이 학식 높은 자가 자신과 함께 갈지 가지 않을지 몰라 다시 열성분자와 공부할 각오를 하고 우두커니 그를 바라보고 있었다.

"당신과 함께 가겠소." 프루솁스키가 말했다.

처녀는 너무 기뻐 환성을 지르려고 했으나 프루솁스키의 심기를 불편하게 할까봐 그렇게 하지 않았다.

"갑시다." 프루솁스키가 말했다.

기사가 길을 모를 리 없었지만 처녀는 앞장서서 그에게 길을 안내했다. 그녀는 감사의 표시를 하고 싶었으나 그를 뒤따르는 남자에게 선물로 줄 만한 것이 아무것도 없었다.

집단농장원들은 대장간에 있는 석탄을 모두 때고, 유용한 물건들을 만드는 데 쇠를 다 썼으며 농기구들을 남김없이 모두 수리했다. 그들은 노동이 끝나 아쉬워하는 한편, 이제 집단농장이 손해를 보게 되지 않을까 걱정스러워하며 대장간을 떠났다. 단조공은 이미 녹초가 되어 있었다. 목이 말라 눈(雪)을 먹으러 밖으로 빠져나온 그는 입 안의 눈이 다 녹을 동안 꾸벅꾸벅 졸았는데, 그러다 몸을 가누지 못하고 그대로 쓰러져 꼼짝 않고 누워 있었다.

집단농장원들은 울타리 앞에 줄지어 앉아 마을을 둘러보았고, 가만히 앉아 있는 농부들 밑에서 눈이 녹기 시작했다. 일을 멈춘 보셰프는 한자리에서 또다시 문득 생각에 잠겼다.

"정신 차리게!" 치클린이 그에게 말했다. "곰 옆에 누워 모두 잊게

나."

"치클린 동무, 진실은 결코 망각될 수 없는 법이야."

치클린은 보셰프를 안아서 자고 있는 단조공 옆에 내려놓았다.

"조용히 누워 있게." 그가 보셰프에게 말했다. "곰은 숨을 쉬지만 자네는 숨을 쉴 수 없네. 프롤레타리아는 참고 있지만 자네는 두려워하고 있어. 이 몹쓸 인간아!"

보셰프는 단조공에게 기대어 몸을 따뜻하게 한 후 잠이 들었다.

그때 지역 본부에서 온 사람이 부들부들 몸을 떠는 말을 타고 거리로 들어섰다.

"열성분자는 어디 있소?" 그는 속도를 줄이지 않고 말을 계속 몰며 앉아 있는 집단농장원들에게 물었다.

"곧장 가시오." 집단농장원들이 길을 가르쳐주었다. "오른쪽으로도 왼쪽으로도 방향을 틀지 말고 곧장."

"알았소." 말을 탄 사람이 저만치 멀어져가며 소리쳤다. 지령이 든 가방이 그의 넓적다리를 연신 때렸다.

얼마 후 말을 탄 바로 그 사람이 열성분자가 교부서에 서명한 잉크가 빨리 마르도록 허공에 교부서를 흔들며 급하게 온 길을 되돌아갔다. 살이 통통하게 찐 말은 눈을 쓸고 땅을 헤치며 금세 멀리 사라져갔다.

"이런 관료놈, 좋은 말을 완전히 망쳐놓았군." 집단농장원들이 말했다. "눈 뜨고 못 봐주겠어."

치클린은 대장간에서 철제 보습을 하나 구해다가 아이에게 장난감으로 주었다. 그는 말을 하지 않더라도 그녀가 그에게 큰 기쁨이 되고 있다는 것을 알 수 있도록 자주 이런저런 물건을 그녀에게 가져다주었다.

자체프는 이미 오래전에 잠을 깼다. 하지만 나스탸는 피곤한 입을 조금 벌리고 아무것도 모른 채 슬픈 잠에 빠져 있었다.

치클린은 전날 아이를 본 이후로 혹시 아이가 어디 다치지는 않았는지, 몸이 성한지 주의 깊게 살펴보았다. 그러나 아이는 아무렇지도 않았고, 다만 아이들 특유의 몸속 기운 때문에 얼굴이 그을었을 뿐이었다. 그때 열성분자의 눈물 방울이 지령서 위에 떨어졌고, 치클린은 그것을 놓치지 않았다. 전날 밤 이후로 이 지도자는 책상 앞에 꼼짝 않고 앉아 있었다. 그는 흐뭇한 마음으로 구역의 기수(騎手) 편에 적대 계급 청산에 관한 최종 보고서를 보냈고, 이 보고서로 그간의 활동 성과를 결산하고자 했다. 그러나 다시 새로운 지령이 내려왔는데, 어떤 이유 때문인지 지령문에는 구역과 관구의 장(長)을 거쳐 주(州)의 서명까지 들어 있었고, 과잉 실천과 과속, 과도한 열성, 정확한 당노선의 예리한 날 위에서 그 좌우 경사면으로 거듭 미끄러지는 경향과 같은 바람직하지 못한 현상들이 지적되어 있었다. 그 밖에 중농들에 대해 각별히 경계심을 기울이라는 지시가 있었다. 중농들이 집단농장에 우르르 몰려 들어갔다면 이러한 일반적 사실은 부농 지지 세력의 교사에 의한 비밀스런 기도가 아니겠느냐는 것이다. '우리 모두 격랑을 일으키는 소용돌이처럼 집단농장으로 들어가 지도부의 기반을 쓸어버리자. 그러고 나면 진이 빠진 권력이 우리를 통제할 수 없게 될 것이다'라는 게 그들의 속마음이란 것이다.

지령문은 다음과 같이 끝을 맺고 있었다. "도위원회가 입수한 최신

정보에 따르면 집단농장 '기본 노선'의 열성분자는 우파 기회주의의 좌편향적 늪에 빠져 있다는 것이다. 지역 공동체의 조직자가 고작 상위 조직에 묻는다는 것이 집단농장과 코뮌 이상의 뭔가 더욱 높고 빛나는 것이 있느냐는 것이다. 역사의 저 먼 곳을 향하여, 전 세계적인 비가시적 시간의 정상(頂上)을 향하여 전진하는 지역의 중농과 빈농 대중을 그리로 이끌기 위해서라는 것이다. 이 동무는 그러한 조직이 있다면 그 사례 규약을 보내주고 양식(樣式), 깃털 펜, 잉크 2리터도 동봉해달라고 요청했다. 그는 집단농장에 대한 중농들의 진솔하고, 기본적으로 건강한 지향을 자기가 악용하고 있다는 것을 깨닫지 못하고 있는 것이다. 그런 동무야말로 해당분자이며 프롤레타리아의 적이므로 즉시 지도부에서 영원히 추방되어야 한다는 점에 동의하지 않을 수 없다."

여기서 열성분자의 쇠약한 심장이 심하게 떨렸고, 그는 주(州)에서 내려온 문서를 앞에 두고 울기 시작했다.

"이 악당아, 왜 그래?" 자체프가 물었다.

그러나 열성분자는 대답하지 않았다. 과연 최근에 그는 한 번이라도 기쁨을 느껴본 적이 있는가? 마음껏 먹거나 깊이 잠을 자본 적이 있으며 빈농 출신 처녀라도 한 명 사랑해본 적이 있었던가? 그는 언제나 꿈속은 걷는 듯했고, 심장은 과중한 업무에 눌려 가끔스로 뛰었을 뿐이다. 그는 오직 자기 바깥에서만 행복을 조직하려 했고, 장차 구역 본부에서 중책을 맡으려고 노력했다.

"대답해, 이 기생충아! 한 대 맞을 테야?" 자체프가 다시 말했다. "이 뱀 같은 놈이 우리 공화국에 해를 입힌 게 틀림없어."

자체프는 책상 위의 지령문을 빼앗아 바닥에 놓고 직접 검토하기 시작했다.

"엄마한테 가고 싶어!" 잠이 깬 나스탸가 말했다.

치클린은 슬퍼하는 소녀에게 다가가 몸을 숙였다.

"아가야, 엄마는 죽었어. 이제 내가 있잖니?"

"무엇 때문에 나를 사계절이 모두 있는 곳으로 이리저리 데리고 다니는 거예요? 내 살 밑에서 얼마나 끔찍하게 열이 올라오는지 만져보세요. 셔츠 좀 벗겨줘요. 그냥 두면 타버릴 거예요. 다 타버려 몸이 낫고 난 다음 입을 게 없으면 어떻게 해요?"

치클린은 나스탸의 온몸을 만져보았다. 아이의 몸은 뜨거웠고 땀에 흠뻑 젖어 있었으며 가엾게도 뼈가 삐죽 밖으로 솟아 있었다. 그녀가 살기 위해서는 주변 세계가 얼마나 온화하고 고요해야 하는가?

"뭘 좀 덮어주세요. 잠을 자고 싶어요. 자는 동안 모든 것을 잊을래요. 아프다는 건 슬픈 일이잖아요?"

치클린은 겉옷을 모두 벗고 자체프와 열성분자의 솜으로 만든 재킷도 빼앗아 이 모든 따뜻한 물질로 나스탸를 감쌌다. 그녀는 눈을 감고 있었고, 따뜻하게 잠이 들자 마치 시원한 공기 속을 날아가듯 편안해졌다. 그동안 나스탸는 키가 조금 컸고 점점 어머니를 닮아갔다. 소녀는 치클린의 딸일 수도 있었고, 그녀의 어머니도 그렇게 되기를 원했지만, 설사 그랬다 하더라도 그녀가 더 착했거나 더 똑똑했을 가능성은 거의 없었다. 소녀를 수태시킨 사람은 치클린과 같은 노동자였을 것이고, 따라서 아이의 살은 결국 같은 계급의 솥에서 나온 것이다. 누군가가 죽은 여자의 애무에 희열을 느꼈다면, 그 애무는 아이에게 어떤 자격을 부여하는 것도 아니었고 인간성을 부여하지도 않았다.

"나는 그가 나쁜 놈이란 것을 처음부터 알고 있었네. 정말 개자식이지." 자체프가 열성분자에 대해 이렇게 규정했다. "그런데 자네 이 조합원을 어떻게 처리할 거지?"

"거기 뭐라고 써 있는데?" 치클린이 물었다.

"그들과 동의하지 않을 수 없다고 써 있네."

"그럼 한 번 동의하지 않는 게 어떨지?" 열성분자가 눈에 눈물을 가득 담고 말했다.

"원래 혁명이란 것이 쉬운 일은 아니거든." 자체프는 씁쓸한 표정을 지었다. "오 나의 더없는 최고의 악당이여, 그대 어디 있느뇨? 이리 와서 이 불구의 전사에게 주먹 한 방 받아보지."

열성분자는 어떤 개념과 더불어 문득 외로움을 느끼고 아무런 보상도 없이 국가와 미래 세대에게 물자를 쓰고 싶지 않아 나스탸가 덮고 있는 자신의 재킷을 도로 가져갔다. 자신을 추방하겠다면 대중 스스로 몸을 데우라는 뜻이었다. 그는 재킷을 손에 들고 '조직의 집' 한가운데에 섰다. 생에 대한 미련도 없이 그는 그저 굵게 방울져 흘러내리는 눈물에 온몸을 적시며 자본주의가 회귀할지도 모른다는 두려움에 깊이 빠져 있었다.

"왜 어린아이에게서 옷을 가져간 거지?" 치클린이 물었다. "얼어 죽게 하고 싶나?"

"내가 알 게 뭔데?" 열성분자가 말했다.

자체프는 치클린을 보고 충고했다.

"대장간에서 가져온 쇳덩어리를 들게."

202

"무슨 소리!" 치클린이 대답했다. "나는 평생 죽은 무기로 사람을 건드린 적이 없네. 그럼 어떻게 정의를 느끼겠나?"

이어 치클린은 아이들이 얼지 않고 희망 속에 살아갈 수 있도록 열성분자의 가슴에 조용히 주먹을 한 방 안겼다. 몸 안에서 뼈가 으스러지는 듯한 소리가 나지막이 들리더니 열성분자가 곧바로 바닥에 고꾸라졌다. 치클린은 뭔가 꼭 취해야 할 이득을 얻어낸 듯이 만족스런 표정으로 그를 바라보았다. 재킷은 열성분자의 손을 떠나 아무도 덮어주지 못한 채 땅에 떨어져 있었다.

"그를 덮어주게!" 치클린이 자체프에게 말했다. "이제 몸 좀 데우라고 해."

자체프는 이내 열성분자에게 재킷을 덮어주면서 상태가 어떤지, 괜찮은지 몸을 더듬어보았다.

"어때, 살아 있나?" 치클린이 물었다.

"그저 그래. 이도 저도 아니야." 자체프는 이 모든 것에 만족스러워하며 대답했다. "치클린 동무, 어찌 되든 상관없네. 자네 주먹은 당을 대신했으나 자네는 아무 관련도 없네."

"열이 심한 아이에게서 옷을 빼앗지만 않았어도……" 치클린이 화를 내며 말했다. "차를 끓여 몸을 녹일 수도 있었는데."

마을에서는 바람 소리도 없이 갑자기 눈보라가 일어났다. 무슨 연유인지 알아보려고 자체프가 창문을 열어젖히니 집단농장원들이 위생을 위해 눈을 치우고 있었다. 농부들은 눈밭이 파리의 배설물로 더럽혀지는 것이 싫었다. 그들은 더 깨끗한 겨울을 원했다.

'조직의 집'에서 작업을 마친 집단농장원들은 더이상 일할 생각이 없었다. 그들은 처마 밑에 웅크리고 앉아 이제 그들의 삶은 어떻게 되는 것일까 걱정하고 있었다. 사람들은 벌써 오랫동안 아무것도 먹지 않았지만 전혀 시장기를 느끼지 못했는데, 며칠 전부터 위가 고기로 가득 채워져 있었기 때문이다. 집단농장에 내린 조용한 우수와 열성 분자의 부재를 틈타, 타일 공장에서 온 노인과 '조직의 집'에 감금되어 있던 그 밖의 애매한 분자들이 뒤뜰의 가축 우리와 여기저기 숨어 있는 생의 장애물을 피해 자신들의 본업을 찾아 멀리 떠났다.

치클린과 자체프는 나스탸를 더 잘 보호하기 위해 그녀의 양 옆에 가까이 붙었다. 소녀는 몸 밖으로 나가지 않는 열 때문에 몸이 온통 거무스레하고 맥이 없어 보였지만 슬프게도 의식만은 또렷이 깨어 있었다.

"나 엄마한테 갈래." 그녀가 눈을 감은 채 말했다.

"엄마는 이제 없단다." 자체프가 기쁨이 사라진 표정으로 말했다. "살아 있는 모든 것은 죽는단다. 뼈만 남게 되지."

"엄마의 뼈를 가져다줘요." 나스탸가 졸랐다. "집단농장에서 우는 게 누구죠?"

치클린은 귀를 기울였다. 하지만 사방이 조용했다. 아무도 울지 않았고 울 이유도 없었다. 날은 이미 중반에 이르렀고 창백한 태양이 관구의 흐늘 높은 곳에서 빛나고 있었다. 멀리 지평선을 따라 한 무리의 사람들이 마을들 사이에 열리는 어떤 알 수 없는 회의에 참석하기 위해 이동하고 있었다. 소음을 일으킬 만한 것이라곤 아무것도 없었다. 치클린은 현관 밖으로 나갔다. 의식의 흔적이 없는 낮은 신음 소리가 고요한 집단농장 위로 울려퍼지고 다시 반복되었다. 소리는 어느 한

쪽에서 시작되어 인적 없는 먼 곳으로 퍼져나갔고, 그 소리에는 원망 같은 것이 섞여 있지 않았다.

"누구요?" 치클린이 그 불만분자가 들을 수 있도록 높은 현관에서 온 마을을 향해 외쳤다.

"단조공이 우는 소리요." 처마 밑에 앉아 있던 집단농장원들이 대답했다. "그는 밤에 노래를 흥얼거리며 으르렁댄다오."

사실 곰이 아니고는 이제 울 사람이 아무도 없었다. 아마도 땅에 입을 박고 자신의 슬픔이 무엇인지도 모르면서 땅속 깊은 곳을 향해 슬피 울부짖고 있는 것 같았다.

"뭣 때문인지 몰라도 곰이 슬퍼하고 있구나." 치클린이 방으로 돌아와 나스챠에게 말했다.

"그를 불러줘요. 나도 슬프거든요." 나스챠가 졸랐다. "엄마한테 날 데려다줘요. 여기는 너무 덥다고요."

"그래, 곧 그렇게 하마, 나스챠. 자체프, 가서 곰을 데려오게. 어차피 그는 여기서 할 일이 없어. 자재가 없거든."

그러나 모습을 감췄던 자체프가 금세 다시 돌아왔다. 곰이 보셰프와 함께 '조직의 집'으로 오고 있었기 때문이다. 보셰프는 마치 병자를 부축하듯 곰의 앞발을 붙들고 있었고, 단조공은 보셰프 곁에서 슬픈 발걸음을 옮기고 있었다.

'조직의 집'으로 들어온 단조공은 누워 있는 열성분자에게 다가가 냄새를 한 번 맡아보더니 무덤덤하게 구석으로 가 앉았다.

"진리가 없다는 것을 보여줄 증인으로 그를 데려왔네." 보셰프가 말했다. "그는 오로지 일만 할 수 있을 뿐, 잠시라도 쉬면 생각을 하게 되고 어느새 지루함에 빠진다네. 이제 그를 사물로 존재하도록 하세. 사회주의를 영원히 기념하기 위해 말일세. 내가 모두 대접하겠네."

"미래의 짐승을 대접하라고." 자체프가 동의했다. "그놈을 위해 싸구려 음식을 아껴둬."

보셰프는 몸을 숙여 미래의 보복을 위해 필요한 물건들을 자기 보따리에 챙겨넣기 시작했다. 그 물건들은 나스탸가 꺼내놓은 것들이었다. 치클린이 나스탸를 일으켜 팔에 안자 그녀는 낙엽처럼 바싹 마른 말없는 눈을 떴다. 소녀는 창문 너머로 서로 몸을 가까이 붙이고 깊은 망각 속에 빠진 채 처마 밑에 누워 있는 집단농장 농부들을 바라보았다.

"보셰프 아저씨, 곰도 데려가서 재활용품으로 쓸 거예요?" 나스탸가 조바심을 냈다.

"그럼 어쩌겠니? 나는 죽은 것들도 소중히 여기는데 그는 불쌍한 존재잖니?"

"그럼 저들은요?" 나스탸는 병들어 양의 다리처럼 가늘어진 팔을 뻗은 채 마당에 누워 있는 집단농장원들을 가리켰다.

보셰프는 사무적으로 마당 한쪽을 바라보더니 다시 눈을 돌려 진리를 그리워하는 자신의 머리를 더욱 낮추었다.

열성분가는 생가에 빠져 있는 보셰프가 그의 몸 위로 허리를 숙여 생의 온갖 손실에 대한 호기심으로 그를 살짝 흔들 때까지 계속 바닥에 누워 꼼짝도 하지 않은 채 침묵을 지켰다. 그러나 그는 숨을 죽이고 있는 것인지 아니면 이미 죽은 것인지 보셰프에게 어떤 반응도 보이지 않았다. 그러자 보셰프는 그 사람 옆에 주저앉아 자신의 슬픈 의식 깊은 곳으로 물러나 앉은 그의 숨겨진 눈먼 얼굴을 오랫동안 지켜보았다.

곰은 잠시 침묵을 지키더니 다시 슬프게 울기 시작했고, 집단농장원들은 곰의 목소리가 나는 쪽을 향해 '조직의 집' 건물 안으로 들어왔다.

"활동가 동무들, 우리는 이제 어떻게 살아야 하는 겁니까?" 집단농장원들이 물었다. "우리를 불쌍히 여기시오. 이제 인내가 한계에 이르렀소. 우리 농기구는 쓸 만하며 씨앗도 깨끗하고 지금은 겨울 농사 때요. 그런데 아무런 느낌이 없소. 어떻게 좀 해보시오."

"여기 당신들을 가엾게 여겨줄 자가 없소." 치클린이 말했다. "당신들의 불쌍한 지도자는 거기 여전히 계속 누워만 있고요."

집단농장원들은 엎드려 있는 열성분자를 무심히 바라보았다. 그들은 그에 대한 연민도 없었지만 그런 그를 보고 기뻐하지도 않았다. 열성분자는 언제나 정확하고 옳은 말만 했고 그의 말은 언제나 교시에 따른 것이었다. 그러나 그 자신은 얼마나 혐오감을 불러일으켰는가 하면, 온 마을 사람들이 그의 일을 덜어주려고 언젠가 그를 장가 보내려고 했을 때 외모가 가장 초라한 아낙이나 처녀들조차 슬피 울 정도였다.

"그는 죽었소." 보셰프가 땅에서 일어서며 모두에게 전했다. "그는 모든 것을 알고 있었지만 역시나 죽고 말았소."

"아직 숨을 쉬는 것 같네만." 자체프가 반신반의하며 말했다. "다시 한번 잘 좀 보게. 아직 우리한테는 매운맛을 못 봤단 말이야. 내가 지금이라도 손 좀 봐주겠어."

보셰프는 열성분자의 몸 가까이 다시 다가갔다. 사실 한때 그의 몸은 마치 온 세계의 진리와 삶의 모든 의미가 그 어느 곳도 아닌 자기 안에 자리잡고 있다는 듯이 흉포하게 행동했다. 그러나 그런 그의 몸으로부터 지금 보셰프에게 전해진 것은 지혜의 고통과 존재의 격렬한 흐름 속에 빠진 무의식 그리고 맹목적으로 따르는 분자의 순종뿐이었다.

"이 짐승 같은 놈!" 보셰프가 이 무언의 몸뚱이를 향해 낮게 말했다. "바로 그래서 내가 결코 의미를 알 수 없었던 게로군. 이 메마른 영혼아, 너는 나만이 아니라 전 계급을 모두 빨아 마셨고, 그 때문에 우리는 말없는 덤불처럼 아무것도 모른 채 길을 헤매고 있는 거다."

보셰프는 열성분자의 이마에 일격을 가했다. 그의 죽음을 확실히 해두고 자신의 의식적인 행복을 위해서 말이다.

아직 보셰프는 비록 지혜의 원초적 힘을 말로 표현하거나 행동으로 옮길 수는 없었지만 그것을 완전히 느낄 수 있었고, 그에 따라 두 발로 일어나 집단농장원들을 향해 말했다.

"지금부터는 내가 당신들을 위하여 슬퍼하겠습니다."

"부탁하오." 집단농장원들이 한 목소리로 외쳤다.

보셰프는 공간을 향해 '조직의 집' 문을 활짝 열어젖혔고, 심장이 차가운 공기로, 대기의 온갖 서기러운 들길을 극복하는 진정한 기쁨으로 고동치는 저 툭 트여 있는 먼 곳에서 살고 싶은 욕구를 느꼈다.

"시체를 멀리 치우시오." 보셰프가 지시했다.

"어디로 치우란 말이오?" 집단농장원들이 물었다. "음악도 없이 그를 매장할 순 없소. 라디오라도 틀어주시오."

"부농을 철폐할 때처럼 그를 강에 띄워 바다로 보냅시다." 자체프는 문득 그런 생각이 떠올랐다.

"그렇게 하면 되겠군!" 집단농장원들이 그의 말에 동의했다. "아직 강은 흐르고 있으니."

몇 사람이 열성분자의 시신을 높이 들어올려 강변으로 가져갔다. 치클린은 계속 나스탸를 안고 있었다. 그는 아이와 함께 코틀로반으로 가려 했지만 현재 벌어지는 여러 상황 때문에 계속 발이 묶여 있던 것이다.

"내 온몸에서 즙이 빠져나갔어요." 나스탸가 말했다. "이 멍청한 늙은이 같으니라고, 빨리 나를 엄마에게 데려다줘요. 지루해 못 살겠어요."

"그래, 아가, 이제 가자. 내가 안고 뛰어서 널 데려다줄게. 옐리세이, 프루솁스키에게 가서 말하게. 우리는 이곳을 떠나고 보셰프가 여기 남아 사람들을 돌볼 거라고. 아이가 병이 났다고."

프루솁스키에게 갔던 옐리세이가 혼자 되돌아왔다. 프루솁스키가 오지 않으려고 했기 때문이다. 그는 이곳의 모든 젊은이들을 처음부터 끝까지 가르쳐야겠으며 그렇게 하지 않으면 앞으로 그들이 죽음을 면치 못할 것인데 그에겐 그들이 가엾다고 말했다.

"그럼 여기 남으라고 해." 치클린은 프루솁스키의 의견을 받아들였다. "무사히 잘 있어야 할 텐데."

다리가 잘린 자체프는 빨리 걸을 수 없었고 그저 기어갈 수 있을 뿐이었다. 그래서 치클린은 옐리세이에게 나스탸를 맡기고 자신은 자체프를 안았다. 그렇게 그들은 겨울 길을 따라 서둘러 코틀로반으로 떠났다.

"곰 미시카를 잘 돌봐주세요." 나스탸가 고개를 돌리며 말했다. "좀 이따가 그를 찾아 놀러 올 거예요."

"걱정 마, 귀여운 아가씨." 집단농장원들이 약속했다.

저녁이 다가오자 길을 걷던 일행은 멀리 도시에 전깃불이 켜져 있는 모습을 보았다. 치클린에게 안겨 있던 자체프는 불편했던지 집단 농장에서 말(馬)을 빌릴 것을 잘못 했다고 말했다.

"걸어가는 게 더 빠를 거요." 옐리세이가 자체프에게 대꾸했다. "우리 말들은 이미 사람 태우는 일에서 멀어진 지 오래되었소. 오랫동안 서 있기만 해서요. 발이 부어, 두 발로 걸으며 할 수 있는 일이라곤 먹을 것 훔치는 일밖에 없지요."

일행이 도착하자 코틀로반은 눈으로 가득 차 있었고 텅 빈 막사는 어두웠다. 치클린은 자체프를 땅에 내려놓고 나스탸의 몸을 데워주려고 모닥불을 피울 준비를 했지만 나스탸가 그에게 말했다.

"엄마의 뼈를 가져다줘요. 내가 원하는 것은 그거예요."

치클린은 자체프와 옐리세이에게 불을 피우라고 말하고 자신은 뼈를 가지러 타일 공장의 은신처로 향했다. 아직 죽은 여인을 그곳에서 멀리 옮겨두지 않았을 것 같았다.

치클린은 언젠가 프루셉스키와 함께 오기도 했던 공장 지하 실로 내려가 고인을 지키기 위해 자신이 입구 앞에 쌓아둔 돌더미를 오랫동안 치워야 했다. 치클린은 성냥을 가지고 있지 않았으므로 손으로 더듬어 여인을 찾아내야 했다. 처음에는 살아 있을 때와 다름없이 생기가 남아 있는 그녀의 머리카락이 손에 잡혔다. 그러고 나서는 머리부터 발끝까지 뼈가 손에 들어왔다. 그녀는 다만 살이 없어지고 물기가 모두 말랐을 뿐, 아직 아무 데도 상한 곳 없이 멀쩡했다. 뼈를 모두 가져가기란 쉬운 일이 아니었다. 더욱이 뼈를 잇는 연골은 오래전에 말라 있었다. 그래서 그는 뼈를 하나하나 떼어내 보따리에 넣듯 자신의 셔츠 안에 담았다. 뼈를 모두 담고도 셔츠에 자리가 많이 남았다. 그만큼 여인은 죽고 나서 작아진 것이었다.

나스탸는 어머니의 뼈를 보고 몹시 기뻐했다. 그녀는 뼈를 하나하나 가슴에 안아 입을 맞추었고, 걸레로 잘 닦아 순서대로 바닥에 내려놓았다.

치클린은 소녀의 맞은편에 자리를 잡고 앉아 빛과 열을 내기 위해 모닥불을 지피고, 자체프를 보내 누군가로부터 우유를 좀 얻어오도록 했다. 옐리세이는 막사의 문지방 위에 걸터앉아 밝게 빛나는 옆 도시를 오랫동안 바라보았다. 도시에서는 무언가가 계속 시끄러운 소리를 냈고 압박해오는 전체적인 불안 속에 규칙적으로 흔들리고 있었다. 곧 옐리세이는 아무것도 먹지 않은 채 모로 누워 잠이 들었다.

많은 사람들이 막사 옆을 지나갔지만 병든 나스탸를 찾는 사람은 아무도 없었다. 왜냐하면 모두 고개를 숙이고 줄곧 전면 집단화에 대해서 생각하고 있었기 때문이다.

이따금 불현듯 정적이 밀려와 나스탸가 죽은 뼈를 만지는 소리만 들렸지만, 이내 다시 저 멀리 열차 기적이 울리고 말뚝 박는 기계가 길게 증기를 뽑는 소리가 들리는가 하면 돌격 작업반이 뭔가 무거운 것과 씨름하며 지르는 함성이 들려왔다. 주변에서는 끊임없이 사회의 이익이 쌓여가고 있었다.

"치클린 아저씨, 어째서 나는 항상 이성을 느끼고 그것을 절대 잊지 못하는 것일까요?" 나스탸가 놀라며 말했다.

"아가야, 나도 모르겠구나. 아마도 네가 좋은 것을 전혀 보지 못했기 때문이 아닐까?"

"그리고 왜 도시에서는 밤에 잠을 자지 않고 일을 하는 거예요?"

"다 너를 걱정해서 그런 거지."

"그런데 나는 이렇게 아파서 누워 있네요. 치클린 아저씨, 엄마 뼈를 가까이 가져다줘요. 안고 자려고요. 나는 지금 아주 슬퍼요."

치클린은 뼈를 나스탸의 배 가까이 가져다놓고 재킷 두 벌로 그녀를 따뜻하게 감싸주었다. 그리고 그녀를 떠나며 말했다. "자거라. 그러면 이성을 잊을 수 있을 게다."

쇠약해진 나스탸는 갑자기 몸을 약간 일으키더니 허리를 숙이고 있던 치클린의 수염에 입을 맞추었다. 나스탸는 그녀의 어머니가 그랬듯이 예고 없이 먼저 다른 사람에게 입 맞추는 법을 알고 있었다.

치클린은 다시 한번 반복된 생의 행복에 어리둥절해하며 아이의 몸 위에서 조용히 숨을 내쉬었다. 그러나 곧 그는 열이 펄펄 끓는 작은 몸에 대해 다시 걱정하기 시작했다.

바람으로부터 나스탸를 지키고 온몸을 따뜻하게 해주기 위해 치클린은 문지방에 앉아 있던 옐리세이를 들어 아이 옆에 내려놓았다

"여기 누워 있게." 치클린은 잠결에 겁을 집어먹은 옐리세이에게 말했다. "아이를 팔로 감싸 안고 자주 숨을 불어넣어주게."

옐리세이는 치클린이 말한 대로 했고, 치클린은 한쪽 구석으로 물러나 팔꿈치로 턱을 괴고 엎드려 도시의 시설물들에서 들려오는 불안

한 소음을 졸리는 머리로 주의 깊게 듣고 있었다.

자정 무렵 자체프가 모습을 나타냈다. 그는 크림 한 병과 피로그* 두 개를 들고 왔다. 그 이상은 가져올 수 없었는데, 신흥 부르주아들이 하나같이 집에 없고 어디 다른 곳에서 사치를 부리고 있었기 때문이다. 동분서주하며 완전히 지쳐버린 자체프는 결국 자신의 가장 든든한 저장고인 파시킨 동무에게 벌금을 물리기로 마음먹었다. 그렇지만 파시킨도 집에 없었다. 그는 그때 아내와 함께 극장에 있었다. 그래서 자체프는 어쩔 수 없이 공연장까지 가게 되었고, 어두운 무대 위에서 괴로워하는 어떤 분자들에게 모든 관심이 집중되어 있을 때 파시킨을 극장 안 간이식당으로 불러내라고 큰 소리로 외치며 예술의 진행을 중단시켰다. 파시킨은 곧 밖으로 나와 아무 말 없이 자체프에게 식당 음식을 사주고 다시 감동 속에 빠져들기 위해 공연장 안으로 서둘러 사라졌다.

"내일 다시 파시킨에게 다녀와야겠군." 자체프는 막사 한구석에서 조용히 말했다. "여기 난로를 설치해달라고 해야겠어. 나무로 만든 이따위 것을 타고는 결코 사회주의에 이를 수 없지."

치클린은 아침 일찍 일어났다. 추위로 몸이 얼어붙은 그는 나스탸에게 다가가 그녀에게 귀를 기울였다. 희미하게 날이 밝았고 주위는 조용했다. 다만 자체프가 잠을 자면서 불안한 마음을 드러내며 뭐라고 투덜댈 뿐이었다.

"이 중농놈아, 거기서 숨을 쉬고 있는 거냐?" 치클린이 옐리세이에

---

* 러시아인들의 대표적인 음식으로 고기, 야채 등 다양한 고물을 넣은 밀가루 반죽을 구워 만든다.

게 말했다.

"치클린 동무, 그래요. 숨 쉬고 있어요. 숨을 안 쉬면 어떻게 해요? 밤새도록 아이를 따뜻하게 해주고 있다고요."

"그래?"

"그런데 치클린 동무, 아이가 숨을 쉬지 않습니다. 왜 그런지 몸이 얼음장같이 차가워요."

치클린이 천천히 바닥에서 일어나 잠시 우두커니 서 있다가 자체프가 누워 있는 쪽으로 가서 상이군인이 크림과 피로그를 못 쓰게 만들지는 않았는지 살펴보고, 빗자루를 찾아 사람이 없는 동안 수북이 쌓인 갖가지 쓰레기를 쓸어내며 온 막사를 청소했다.

빗자루를 제자리에 갖다놓자 치클린은 이제 땅을 파고 싶은 마음이 들었다. 그는 버려진 채 예비용 농기구를 보관하고 있던 창고의 자물쇠를 뜯어내고 거기서 삽 한 자루를 꺼내 천천히 코틀로반 쪽으로 향했다. 그가 땅을 파려고 하자 땅은 벌써 꽁꽁 얼어 있었다. 그는 별수없이 흙을 잘게 쪼개 얼마간의 죽은 조각들로 만들어 멀리 파냈다. 흙은 깊이 들어갈수록 부드럽고 따뜻했다. 치클린은 쇠 삽으로 흙을 쪼개며 땅속으로 들어갔다. 곧 그는 거의 자신의 키만큼 땅 밑의 정적 속으로 몸을 감췄지만 지쳐 그대로 주저앉을 수는 없었다. 이제 그는 좁은 구멍을 넓히기 위해 구덩이의 옆면을 무너뜨리기 시작했다. 삽이 천연 암반 위로 세게 떨어지며 구부러지자, 치클린은 삽을 손잡이째 대낮의 표면 위로 집어던지고 튀어나온 진흙 더미에 머리를 기댔다.

그는 그렇게 함으로써 자신의 이성을 빨리 잊으려고 했지만, 그의 이성은 나스탸가 죽었다는 사실을 되뇌었다.

"다른 삽을 가지고 와야겠어." 치클린은 그렇게 말하고 구덩이 밖으로 기어나왔다.

막사에 돌아온 그는 자신의 이성을 믿고 싶지 않아 나스탸에게 다가가 그녀의 머리를 만져보았다. 이어서 그는 옐리세이의 이마에 손을 얹어 온기를 느끼고 그가 살아 있다는 것을 확인했다.

"어째서 아이는 차가운데 자네는 뜨거운 거지?" 치클린은 물었으나 대답이 들리지 않았다. 그의 이성이 망각에 빠졌기 때문이다.

치클린은 오랫동안 땅바닥에 주저앉아 있었다. 잠이 깬 자체프도 손에 크림 한 병과 피로그 두 개를 꼭 쥐고 치클린 옆에 앉아 자리를 지켰다. 밤새도록 소녀에게 숨을 불어넣느라 지친 옐리세이는 그녀 곁에서 잠이 들었다가 전부터 알고 있던 집단화된 말들의 울음소리를 듣고서 잠을 깼다.

보셰프가 막사로 들어왔고, 메드베데프*와 집단농장원들 모두가 그를 따라 들어왔다. 말은 밖에 남아 기다리도록 했다.

"자네 뭐야?" 자체프가 보셰프를 보고 말했다. "왜 집단농장을 팽개치고 온 거야? 우리 연방이 전멸했으면 좋겠어? 아니면 전(全) 프롤레타리아에게 한 대 맞고 싶은 거야? 그렇다면 이리 와. 계급의 이름으로 한 대 먹여주지."

그러나 보셰프는 그 전에 말이 있는 곳으로 나왔으므로 자체프의 이야기를 끝까지 듣지 못했다. 그는 나스탸에게 선물하려고 특별히

---

* 여기서 곰은 미하일 또는 '메드베데프'라고 불린다. 러시아인 성(姓) 가운데 하나인 메드베데프는 원래 러시아어로 곰을 뜻하는 '메드베디'에서 유래되었다.

고른 재활용품을 한 보따리 가져왔다. 이것들은 어디서도 살 수 없는 희귀한 장난감들로 잊힌 사람에 대한 영원한 기억이기도 했다. 나스 탸는 보세프를 보고 있었지만 전혀 즐거워하지 않았고, 보세프는 아 무 말 없이 열려 있는 그녀의 입술과 피로에 지친 냉담한 몸을 보며 그녀를 살짝 건드려보았다. 그리고 그는 침묵 속에 빠진 이 아이 앞에 서 당황한 채 서 있었다. 그는 공산주의가 아이들의 느낌 속에, 또렷 한 인상 속에 있지 않다면 이 세상 천지 어디에 있다는 것인지 도무지 알 수 없었다. 진리가 곧 기쁨이며 약동인 작고 순진한 아이가 없다면 삶의 의미와 전 세계의 기원에 관한 진리가 무엇 때문에 그에게 필요 하단 말인가?

보세프는 소녀가 비록 시간의 흐름 속에 때로 아픔을 겪을지라도 아무 탈 없이 건강하고 생활을 위한 능력을 갖출 수만 있다면, 자신은 아무것도 몰라도 되고, 모든 희망을 포기한 채 헛된 이성의 어지러운 열망 속에 살아도 된다고 동의할 수 있었다. 그는 나스탸를 팔에 안고 그녀의 벌어진 입에 입을 맞추었고, 그가 지금껏 찾아온 것 이상의 무 언가를 발견하고는 행복에 대한 열망으로 그녀를 품에 꼭 껴안았다.

"어째서 집단농장원들을 여기 데려온 거야? 내 다시 한번 묻겠네." 자체프가 손에서 크림도 피로그도 놓지 않고 보세프를 향해 물었다.

"농부들이 프롤레타리아로 등록되기를 바란다네." 보세프가 내납 했다. "그래서 그들을 재활용품 자격으로 데려왔어."

"그럼 등록시키게." 치클린이 땅에 앉은 채 말했다. "이제 코틀로반 을 더 넓고 더 깊게 파야겠어. 그래서 막사나 흙집에 사는 사람들을 모두 우리 집으로 데려와야겠어. 모든 권력과 프루셉스키를 여기로 부르게. 나는 땅을 파러 가겠네."

치클린은 쇠몽둥이와 새 삽을 들고 천천히 코틀로반의 맞은편 가장 자리로 향했다. 그는 거기서 다시 미동도 없는 땅을 파들어가기 시작했다. 왜냐하면 그는 울 수가 없었기 때문이다. 그는 지칠 겨를도 없이 밤이 올 때까지, 그리고 밤이 새도록 파고 또 팠다. 노동을 하는 그의 몸 속에서 뼈가 으스러지는 소리가 들릴 때까지 그는 멈추지 않았다. 그제야 그는 작업을 멈추고 주위를 둘러보았다. 집단농장원들이 그를 뒤따라와서 쉼없이 땅을 파고 있었다. 모든 빈농과 중농들이 온 생의 정성을 바쳐 일하고 있었다. 마치 코틀로반의 심연 속에서 영원의 구원을 얻기라도 하려는 듯이……

말들도 가만히 서 있지 않았다. 집단농장원들이 말을 타고 초석을 들어 옮겼고, 곰도 초석을 끌며 힘에 겨워 쩍 하고 입을 벌렸다.

오직 자체프만 아무 일에도 참여하지 않고 비애에 잠긴 눈으로 모든 작업을 바라보고 있었다.

"자네 무슨 관리라도 되나? 왜 가만히 앉아 있는 거야?" 막사로 돌아가며 치클린이 그에게 물었다. "삽이라도 좀 갈면 어떨까."

"니키타, 난 할 수 없어. 나는 이제 공산주의를 믿지 않네." 자체프가 이 두번째 날 아침에 대답했다.

"어째서, 이놈아?"

"자네도 알다시피 나는 제국주의의 불구자일 뿐이고 공산주의는 아이들의 사업이야. 그래서 내가 나스탸를 좋아했던 거고. 이제 세상과 작별하며 파시킨을 죽이러 가네."

그렇게 기어서 도시로 떠난 자체프는 그후로 다시는 코틀로반으로 돌아오지 않았다.

정오 무렵 치클린은 나스탸를 위해 특별한 무덤을 파기 시작했다. 그는 열다섯 시간 동안 쉬지 않고 벌레도 나무뿌리도 열기나 추위도 들어가지 못할 만큼, 지표면에서 들려오는 생의 소음이 아이의 평온을 깨뜨리지 못할 만큼 깊게 무덤을 팠다. 그는 단단한 바위를 도려내 시신을 안장할 자리를 마련하고 특별히 지붕 모양의 돌판을 만들어 무덤의 엄청난 흙 무게가 소녀를 누르지 못하도록 했다.

잠시 쉰 치클린은 나스탸를 들어안아 조심스럽게 바위 안에 내려놓고 흙으로 덮었다. 이미 밤이 깊어 집단농장원들은 모두 막사에서 자고 있었는데 단조공만이 움직임을 감지하고 잠을 깼다. 치클린은 곰에게 나스탸를 살짝 건드려 작별인사를 하도록 했다.

———

나스탸와 같이 에스에스에르샤가 끝내 죽음을 맞을 것인가, 아니면 어엿한 인간으로, 새로운 역사적 사회로 성장할 것인가? 이런 불안한 마음이 작가가 이 작품을 집필할 때 작품의 주제를 낳은 것이다. 작가는 소녀의 죽음을 통해 사회주의 세대의 파멸을 그림으로써 실수를 저질렀을 수도 있으나, 그것이 실수라면 이 실수는 사랑하는 무언가에 대한 지나친 염려에서 비롯되었을 것이다. 그 무언가가 얼마나 중요한가 하면, 그것을 잃는다는 것은 과거뿐 아니라 미래 모두가 허물어지는 것과 마찬가지일 정도이다.[*]

———

[*] 이 단락은 작가가 직접 쓴 짧은 에필로그임.

시대의 역설로서의 코틀로반

1980년대 후반 고르바초프의 페레스트로이카는 러시아 사회를 송두리째 바꿔놓는 사회정치적 격변을 불러왔을 뿐 아니라 러시아 문화의 지형 자체를 변화시켰다. 사람들은 이제 새로운 눈으로 세상과 역사, 자기 자신을 바라보기 시작했으며, 이러한 변화에 가장 민감하게 반응한 것은 문학이었다. 이제 과거와 전혀 다른 새로운 모습의 문학이 등장하는가 하면, 구체제에서 출판이 금지되었던 작가와 작품들이 해금되어 정치적 족쇄를 풀고 독자들에게로 돌아왔다. 당시에 새로운 문학의 등장 못지않게 문학적 복귀이 큰 의미를 띨 수밖에 없었던 것은 과거를 되돌아보고 반성하기 위해 사람들은 기억으로 재구성된 과거, 현재에 의해 걸러진 과거보다 과거 그 자체의 목소리를 듣고 싶어했기 때문이다. 그것은 다시 실수를 저지르지 않고 이제 역사의 변증

법이란 바퀴를 제대로 굴려가기 위해서였다. 이러한 기대 속에 참으로 먼 길을 돌아온 안드레이 플라토노프의 문학은 혁명기의 역사를 온몸으로 살아간 민중의 증언을 들려주었고, 무엇보다 격동기 러시아 역사에 대한 깊은 통찰을 보여주었다. 어떤 성급한 이들은 러시아 근대가 저지른 모든 죄악이 플라토노프 문학에 담겨 있고, 심지어 페레스트로이카 이후 혼란스런 시국을 풀어갈 열쇠도 그의 문학 속에서 찾아야 한다고 주장했다. 그런데 그런 찬사에 가까운 평가를 항상 따라다닌 것은 너무 난해하다는 일반 독자들의 반응이었다. 선뜻 이해가 되지 않는 인물들의 말과 행동, 전통적인 화자와는 너무도 거리가 면 '이상한' 화자, 생전 듣지도 보지도 못한 기이한 언어가 독자들의 당혹감을 자아내기에 충분했다. 특히 그의 문체는 모국어에 대한 애정이 남다른 러시아인들에게 간혹 러시아어에 대한 악의적 도전으로 비치기도 했다. 일본의 한 연구가가 말했듯이 "플라토노프 연구가들이 전부 다 그의 작품 가운데 가장 뛰어난 작품이라고 평가하는 데는 이견이 있을 수도 있으나, 가장 많은 문제를 제기하는 작품이라고 말하는 데는 쉽게 동의할 수밖에 없는" 『코틀로반』은 그런 특징들을 그의 다른 어떤 작품보다도 잘 보여주고 있다. 이 작품이 간혹 '연구자들을 위한 텍스트'라는 평을 듣는 이유도 거기에 있다.

플라토노프 문학의 원천

우리는 보통 한 작가가 선대의 어떤 전통에 속한다든가, 아니면 동시대의 여러 조류 가운데 어떤 조류에 속한다고 말함으로써 그 작가의 문학적 정체성을 규정하고자 한다. 플라토노프를 감싸고 있는 다소 모호한 안개를 걷어내기 위해 이런 방식으로 그가 어떤 작가인지 이야기해볼 수 있을 것이다. 우리는 19세기, 적어도 19세기 중엽 이후 러시아 문학의 큰 흐름을 가리켜 곧잘 '19세기 러시아 리얼리즘'이라는 말로 통칭한다. 그런데 리얼리즘이라는 말 자체가 매우 포괄적인 의미를 지니는 것만큼이나, '19세기 러시아 리얼리즘'이란 말 안에는 상당히 이질적인 경향들이 불편한 동거를 하고 있는 것이 사실이다. 이런 맥락에서 19세기 러시아 리얼리즘을 거칠게나마 두 가지 경향으로 대별해볼 수 있는데, 하나는 19세기 러시아 사회의 모순을 고발함으로써 그 속에서 부당하게 고통당하는 민중의 편에 서고자 했던 것이다. 다른 하나는 우리에게 아주 익숙한 이름들(도스토옙스키, 톨스토이, 체호프)이 속해 있는 것으로서 현실적인 문제를 완전히 외면하지는 않았지만 그보다는 주로 형이상학적인 문제 또는 '영원한 문제'에 천착하였다. 플라토노프를 이 두 경향 가운데 어디에 속해 있는 작가로 볼 것인가는 그다지 큰 논란을 불러오지 않을 것이다. 왜냐하면 플라토노프를 알고 있는 많은 사람들은 선택지가 이렇게 두 개밖에 없는 한, 당연히 후자를 선택할 것이기 때문이다. 그런데 문제는 그런 식으로 플라토노프의 문학적 정체성을 결정하는 것이 그의 문학의 원천을 해명하는 데 그다지 큰 도움을 주지 못한다는 점이다. 왜냐하면 이런 결정은 결국 플라토노프 문학의 한 면만을 이야기해줄 뿐이기 때문이다. 작가는 스스로 의식하지 않았을 수도 있지만, 위에서 언급한 19세기 문학의 두 흐름이 플라토노프의 문학 안에서 만나고 있는 것으로 보인다. 그의 문학은 구체적인 역사의 시공간을 사는 민중의 이야기인 동시에 그러한 역사성을 초월한 형이상학적 물음에 대한 모색이고 그 기록이었다. 19세기 러시아 리얼리즘 문학이 이질적인 동거인들의 공간이었다면, 플라토노프가 지향했던 '20세기 러시아 리얼리즘 문학'은 그런 이질성이 모두 해소되는 화해의 공간 또는 전혀 새로운 논리적 차원의 공간이었다.

이렇게 이질적 경향을 하나로 결합하고 있는 그의 문학 언어는 어쩔 수 없이 이중의 성질을 띨 수밖에 없었다. 이 언어는 한편으로는 '지금' '여기'를 지시하고 있지만, 다른 한편으로는 일종의 상징으로서 이데아의 세계를 가리키고 있다(플라토노프라는 필명이 아버지의 이름 '플라톤'에서 따온 것일 수도 있지만, 철학자 플라톤의 이름과도 무관하지 않은 듯 보인다). 이러한 긴장과 모순은 플라토노프가 그리고 있는 세계 자체의 구성 원리라고 할 수 있다. 이 세계에서는 우리가 세계를 이해하기 위해 설정해둔 모든 통상적 경계가 허물어져서 정신과 물질(몸), 추상과 구체, 주체와 객체, 자연과 문명 등이 만난다. 이에 따라 그의 문학을 만나는 일이 항상 유쾌한 체험일 수는 없는 것이다.

혁명, 불안, 유토피아

플라토노프는 20세가 되던 1919년 전후부터 1951년 사망할 때까지 약 30년에 걸쳐 활동하였다. 순탄하지만은 않았던 이 30년을 다소 단순화하는 위험을 무릅쓰고 창작세계의 변화라는 관점에서 세 시기로 나눌 수 있다. 첫번째 시기는 창작 초기부터 1926년 무렵까지이며, 두번째 시기는 그로부터 1935년 무렵까지이고, 나머지가 그 세번째 시기이다.

첫번째 시기는 유토피아를 꿈꾼 열혈 이상주의자 플라토노프의 시기이다. 한 러시아 연구자의 말처럼 "혁명이 문학의 길을 열어준 작가 세대에 속하는" 플라토노프가 이 시기에 추구한 문학의 가장 큰 주제는 혁명이었다. 이 당시 그가 쓴 작품들은 구시대에 대한 혐오, 새롭게 다가오는 시대에 대한 벅찬 기대, 혁명을 향한 뜨거운 의지로 가득 차 있다. 그런데 그에게 혁명은 인간과 인간의 관계 변화, 즉 지배-피지배 관계의 변화와 같은 정치적 의미로 이해되기보다 인간과 물질(자연) 간의 관계 변화, 이를테면 공학적인 의미로 이해되었다. 이와 관련해 그가 주물공의 아들로 태어났고 공학도였으며, 평생 그 분야의 일에 관여했다는 점을 주목해볼 만하다. 그런데 그에게 이 공학은 인간의 생존 조건을 개선하는 것이 아니라 인간과 물질 간의 관계를 구조적으로 변화시키는 것이었다. 이 무렵에 쓴 「프롤레타리아 문화」라는 글에서 그는 혁명 앞에 주어진 가장 중요한 임무는 죽음을 극복하는 것이며, 세계의 비밀을 모두 캐내어 인간이 완전한 세계의 주인이 되는 것이라고 말한다. 그리고 「프롤레타리아의 시(詩)」에서는 인간은 자신에게 주어진 혁명의 과제를 수행하기 위해 신(神)처럼 "세계 밖으로" 나가 세계를 재창조해야 한다고 말하며 일종의 새로운 창세기를 그리고 있다. 신이 세계를 창조했다면 인간은 세계를 '수리(修理)'하여 신의 실수를 바로잡아야 한다는 것이다. 당시에는 이러한 구상을 표현한 공상과학 작품들이 많이 나왔는데, 「태양의 후예들」에서 화자는 "우주가 내가 되는 미래", 우주가 나의 수족처럼 되는 미래를 예고하고 있다.

두번째는 회의와 모색의 시기이면서 가장 활발하게 활동한 시기로, 대표작으로 일컬어지는 작품은 거의 대부분 이 시기에 쓴 것이다. 첫번째 시기에도 불확실한 미래에 대한 불안이 나타나는 것이 사실이지만, 이 두번째 시기에 오면 오히려 그런 불안이 미래에 대한 기대를 압도하고 주된 정조로 많은 이미지에 스며든다. 공상과학 중편 「에피르의 길」에서는 인류의 물자난을 영원히 해결해줄 이른바 '전자 증식기'가 발명되지만 동시에 이 기계가 옛 문명을 몰락시켰다는 고대의 기록이 발견되며, 역사소설 「예피판의 수문」에서는 대규모 운하 공사를 위해 표트르 대제의 초청으로 러시아에 온 영국인 기술자 페리가 공사 실패의 책임을 지고 참수형을 당한다. 이렇게 페리를 비롯한 여러 인물의 "수학적 이성"은 예상치 못했던 자연의 저항을 만나고 그 앞에 좌절하게 되는데, 대개 이것은 전 시기와 달리 인간 이성이 자연을 정복할 수 없음을 보여준다. 이 두번째 시기가 전 시기와 가장 다른 점 가운데 하나는 동시대의 현실이 작품에 들어온다는 것이다. 그런데 작가는 1920년대 후반 러시아 사회가 혁명 정신을 상실해간다고 보고 당시의 세대를 매우 비판적으로 심지어 풍자적으로 그리고 있다. 특히 관료주의가 주된 비판의 대상이 되는데, 세계는 산더미처럼 쌓인 관료들의 서류 속에서 창백한 기호로 변하고 난마처럼 얽힌 그 기호들의 틈바구니에서 질식해간다.

이 시기 유토피아에 대한 문제의식은 호흡이 긴 일련의 작품들을 통해 형상화된다. 작가의 유일한 장편『체벤구르』는 공산주의를 찾아 떠나는 주인공 사샤의 구도자적 방황과 공산주의가 실현된 체벤구르 라는 마을의 비극적 몰락을 그리고 있다. 이 작품에서 공산주의는 마 르크스주의의 공산주의가 아니라 노동이 사라지고 영생이 보장되며 너와 나의 구분마저 없어지는 민담적, 종교적 성격을 띠고 있다. 체벤 구르 마을의 비극적인 몰락은 그러한 민중 또는 작가 자신의 꿈이 러 시아 현실에서 실현될 수 없을 뿐 아니라 꿈 그 자체로도 인정받을 수 없다는 인식을 드러내고 있다. 미완성 장편인『행복한 모스크바』는 물리적 한계를 뚫고 하늘로 솟아오르려고 했던 낙하산 기술자 모스크 바 체스노바의 모험과 시련을 그린 작품으로, 유토피아가 추구하는 '절대'가 공허 혹은 죽음과 통한다는 깨달음을 전해주고 있다.

플라토노프의 유토피아는 세계의 '낯섦'이 절대적으로 해소되는 상 태, 그래서 앞에서 잠시 언급된 것처럼 "우주가 내가 되는" 어떤 상태 를 가리킨다. 두번째 시기를 통해 그런 유토피아의 꿈에서 벗어난 작 가는 세번째 시기에 접어들면서 일상의 현실로 돌아와 결혼, 가족, 사 랑, 노동, 성, 죽음 등의 문제를 중점적으로 다룬다. 언뜻 이것은 그의 문학적 패러다임의 변화로 비칠 수도 있으나, 실은 유토피아를 현실 속에서 찾고자 하는 시도로 볼 수 있다. 그리하여 이 시기에는 '차안 속에 깃든 피안의 흔적'을 우리 주변의 작은 이야기 속에 담는 것이 그의 창작의 대세를 이룬다.

코틀로반, 구도의 길

『코틀로반』은 1929년 가을부터 이듬해 초까지 쓴 작품으로 러시아에서는 줄곧 출판되지 못하다가 1987년에야 잡지『신세계』를 통해 처음으로 발표되었다. 이 작품은 앞에서 소개한 시대 구분상 두번째 시기에 속하며 이전에 다루어진 모든 철학적인 문제가 종합적으로 제기될 뿐 아니라 부분적으로 시도되어왔던 문체 실험도 더 본격적이고 전면적인 양상을 띠고 전개된다.

이 작품은 플라토노프의 많은 작품들이 그렇듯이 '길'이 구성의 뼈대가 되고 있다. 이 경우 이야기는 언제나 구도자 주인공이 길을 떠나는 것으로부터 시작되고, 새로운 공간에 도착한 그 앞에 펼쳐지는 사건이 이야기의 몸통을 이루게 된다. 그런데 여기서 주인공이 들어가는 새로운 공간과 그 안에서 벌어지는 사건은 본질적으로 그의 구도의 길 위에 존재하며 그 위에서 전개된다는 점을 염두에 둘 필요가 있다. 따라서 작품이 끝나더라도 길은 계속 이어지고 길 위에서의 '찾기'는 계속된다고 봐야 한다(결국 플라토노프의 가장 근본적인 주제는 러시아어로 '포이스크', 즉 '찾기'이다).

이 작품은 1920년대 후반 러시아에서 진행된 사회주의 건설 과정, 그 가운데서도 농촌 집단화의 과정을 다루고 있다. 사회주의 건설의 이야기가 당시 사회주의 리얼리즘 소설의 기본 서사였음은 잘 알려진 사실이다. 그런데 중요한 것은 이 사건이 이 작품에 등장하는 인물들에 의해 이해되는 방식인데, 다시 말해 사건이 그들의 관념 속에서 굴절되어 성서에 나오는 이야기와 동일시된다는 것이다. 예컨대 부농 계급의 철폐는 최후의 심판이 되며 사회주의의 실현은 세계의 종말에 이어 도래하는 '지상의 왕국'이 된다. 그런데 이 구원의 서사시 한가운데에 자리잡고 있는 코틀로반의 역설(집인 동시에 무덤)은 여기에 바벨탑의 이야기를 다시 끌어온다. 이렇게 하나의 이미지 안에 사회역사적 의미층과 상징적(신화적) 의미층이 포개짐으로써 의미는 복수의 선율이 얽히는 대위법의 양상을 띤다.

이 작품에 등장하는 인물들은 대부분 코틀로반의 역설(나아가 시대의 역설)에 매몰되어 있다. 그들의 내면은 물론이고 삶 자체가 코틀로반인 것이다. 그런데 두 인물만은 코틀로반과 일정한 거리를 두고 있어, 코틀로반을 객관적으로 바라볼 수 있다. 그들은 프루셉스키와 보세프로서 그들 모습에는 작가 자신의 모습이 투영되어 있다(프루셉스키는 작가와 직업이 같고 보세프는 나이가 같다). 프루셉스키는 한 개인으로는 코틀로반의 피해자일 수도 있지만 본질적으로는 코틀로반의 역설을 만들어낸 당사자이다. 실제로 그는 코틀로반의 설계자이기도 하다. 그는 라스콜리니코프(『죄와 벌』)와 이반 카라마조프(『카라마조프 가의 형제들』)의 사상적 계보를 잇는 자로서 세계를 수학적이고 연역적인 방법으로 이해한다. 코틀로반은 바로 그런 그의 손에 의해 만들어졌고, 그런 한에서 그 안에 삶이 깃들기를 기대하기는 힘들다. 프루셉스키는 코틀로반을 만들었지만 그 주술에 빠져 있지는 않은데, 그가 일찌감치 코틀로반을 벗어날 수 있는 것도 그 때문이다. 그에 반해 보세프는 코틀로반에 시종 의문을 제기하고 비판적인 시선을 늦추지 않으면서도 끝까지 코틀로반과 운명을 같이한다. 그가 줄기차게 묻는 것은 코틀로반의 '의미'이다. 그것은 예수가 광야에서 돌멩이를 떡으로 만들라고 그를 유혹하는 사탄에게 사람은 떡으로 사는 것이 아니라 하느님의 말씀으로 산다고 대답했던 것과 맥락이 같다. 보세프가 코틀로반에서 찾고자 했던 것은 "진리 없는 몸의 허약함"을 토로하며 그가 그토록 갈구했던 바로 그 '진리'였다.

무엇보다 이 작품에서는 일상어의 어법을 벗어난 기이한 언어가 독자들을 당혹하게 만든다. 물론 문학작품의 언어가 일상 언어와 같을 수는 없지만 플라토노프의 언어, 특히 『코틀로반』의 언어는 문학적 비유의 한계를 훨씬 넘어서고 있다. 많은 경우 이 기이함은 문학 언어라는 것을 감안했을 때도 결합하기 힘든 말들이 결합하는 데서 생겨난다. 그리고 물론 이것은 언어의 문제일 뿐 아니라 그 언어가 표상하는 세계의 문제이다. 궁극적으로 볼 때 플라토노프가 여기서 그리고 있는 세계는 이분법적 구분이 무의미해지는, 불교에서 말하는 어떤 '불이(不二)'의 세계를 가리키고 있는 것이다.

이 작품의 번역 대본은 러시아 '슈콜라-프레스' 출판사에서 나온 『사자死者를 찾아서』(1995)이다. 오랫동안 망설이다가 이 작품을 번역하였다. 플라토노프의 몇몇 다른 작품을 번역하긴 했지만 이 작품은 솔직히 우리말로 옮길 엄두가 나지 않았다. 무엇보다 심지어 외국어로 번역하기가 불가능하다고 말하는 이 작품이 언어 때문이었다. 과연 농밀하기 그지없는 플라토노프의 언어를 우리말로 옮기는 것이 가능할까 여겨졌다. 그러나 외국 문학 공부의 목적은 결국 두 언어와 마음을 소통시키는 것이며 그런 점에서 번역으로 결실을 맺어야 한다는 생각에는 변함이 없었고, 무엇보다 문학동네에서 더없이 좋은 기회를 마련해주어 용기를 내게 되었다.

이 작품은 다소 특수한 역사적 상황을 다루고 있지만, 이를 통해 인간의 존재 조건과 역사의 의미에 대해 묻고 있는 고전으로 꼽힌다. 독자들이 러시아 문학이 지닌 독특한 깊이와 정취를 다시 한번 느낄 수 있기를 바라고, 우리말로 적절하게 표현하는 데 많은 도움을 준 문학동네 편집부와 아내에게 감사의 마음을 전한다.

김철균

1899년	8월 16일 러시아 남부 보로네시의 외곽 마을인 얌스카야 슬로보다에서 태어남. 아버지는 보로네시 철도역 소속 기관사이자 주물공이었던 플라톤 피르소비치 클리멘토프. 어머니에 대해서는 알려진 것이 거의 없음. 본명은 안드레이 플라토노비치 클리멘토프.
1906년	교회 부설 시립 초등학교에 입학.
1914년	11남매의 장남으로서 가난했던 가계를 돕기 위해 일찍 일을 시작함. 기관사 조수에서 제관공, 기관차 수리공 등 여러 일자리를 거침.
1918년	10월 혁명 후 배움의 기회를 얻어 보로네시 철도대학 전기과에 입학하면서 글을 쓰기 시작함. 공산주의자 기자협회가 주최하는 프롤레타리아와 부르주아 문화에 대한 토론회에 참여하고 공산주의 신문과 잡지에 시, 소설, 논문을 꾸준히 발표함.
1920년	모스크바에서 개최된 제1차 전국 러시아 프롤레타리아 작가회의에 보로네시 대표 자격으로 참가. 대회 당시 "어떤 문학 단체에 공감하거나 소속되어 있는가?"라는 설문에 대해 "그런 단체는 없으며 나 자신만의 경향을 갖고 있다"고 대답함.
1921~ 1922년	공산당 조직에서 나와 실천 활동에 뛰어듦. 이 두 해 동안 '보로네시 주(州) 가뭄과의 전쟁 비상위원회' 의장으로 일함. 1921년 「전력화Электрификация」라는 소책자, 1922년 시집 『하늘색 심연Голубая глубина』 발간.

1923년	보로네시 주 토지청에 들어가 토지개량 사업과 농촌전력화 사업에 투신함. 1924년에 쓴 자기소개서에서 문학을 버리고 건설 현장에 뛰어든 이유에 대해 "1921년의 가뭄은 내게 커다란 충격이었다. 기술자인 내가 사변적인 문학에 매달려 있을 수 없었다"고 밝힘.
1926년	2월 아내 마리아 알렉산드로브나, 아들 플라톤과 함께 모스크바로 이주함. 이주한 지 한 달 만에 석연찮은 이유로 직장에서 해고되고, 한동안 극심한 생활고에 시달림. 10월 탐보프 주 토지개량 부서의 책임자로 임명되어 홀로 탐보프로 떠남. 떠나기 직전 출판사 '젊은 근위대'와 작품집 출판 계약을 맺음.
1927년	연초 탐보프에서 지내면서 중편 「에피르의 길Эфирный тракт」 「예피판의 수문Епифанские шлюзы」 「그라도프 시Город Градов」 등을 씀. 3월 모스크바로 다시 돌아옴. 마땅히 거처할 곳이 없어 가족과 함께 여기저기를 전전하는 악조건 속에서도 중편 「비밀스런 사람Сокровенный человек」 「얌스카야 슬로보다Ямская слобода」 「나라의 건설자들Строители страны」(장편 『체벤구르Чевенгур』로 발전)을 씀. 가을에 작품집 『예피판의 수문』 출간.
1928년	작품집 『비밀스런 사람』 출간.
1929년	작품집 『장인의 기원Произхождение мастера』 출간. 세 작품집의 출간을 지원해준 '젊은 근위대'의 편집장 리트빈-몰로토프의 도움을 얻어 장편 『체벤구르』의 출판을 위해 백방으로 노력하지만 끝내 뜻을 이루지 못함. 그 이면에는 당시 러시아 프롤레타리아 작가회의 의장이었던 아베르바흐가 단편 「회의하던 마카르Усомнившийся Макар」의 내용을 문제 삼아 '휴머니즘을 가장한 개인주의자이며 무

정부주의자'라고 플라토노프를 비판하는 등 우호적이지 않은 문단의 분위기가 자리 잡고 있었음. 이해 가을 중편 「코틀로반Котлован」에 대한 작업에 들어감.

1930년	연초에 「코틀로반」과 희곡 「샤르만카Шарманка」를 탈고. 중편 「저장용으로Впрок」를 발표하려 하지만 검열로 인해 어려움을 겪음.
1931년	「저장용으로」를 잡지 『붉은 처녀지』에 발표함. 이 작품의 발표로 파데예프(Фадеев)에게서 '반혁명주의자, 부농의 앞잡이'라는 비판을 받음. 억울함을 호소하고 곤경에서 벗어나기 위해 스탈린과 고리키에게 편지를 쓰지만 두 사람 모두에게서 답을 받지 못함. 고리키에게 보낸 편지에서 "저는 계급의 적이 아닙니다. 노동자 계급은 저의 고향이며, 저의 미래는 프롤레타리아 계급과 함께할 것입니다"라고 씀. 저울과 자를 만드는 공장에 설계사로 들어가 1935년까지 일하면서 여러 가지 발명품을 내놓음.
1932년	중편 「어린 바다Ювенильное море」 집필.
1933년	『체벤구르』에 이은 두번째 장편 『행복한 모스크바Счастливая Москва』 집필 시작. 이 작품은 작가가 죽은 지 40년 만인 1991년에 잡지 『신세계』에 발표됨.
1934년	소련작가동맹 출범을 준비하며 조직된 여행단의 일원으로 투르크메니스탄에 다녀옴. 이 여행에서 취재한 내용을 바탕으로 중편 「잔Джан」, 단편 「타키르Такыр」, 「뜨거운 북극Горячая арктика」 등을 씀. 이 가운데 「타키르」만 작가가 살아 있는 동안에 발표됨.
1937년	출판사 '소비에트 작가'에서 1929년 이후 처음으로 작품집 『포투단 강Река Потудань』이 출간됨. 구레비치가 「안드레이 플라토노프」라는 장문의 글에서 이 작품집에 등장

하는 인물들이 종교적 성향을 강하게 띠고 있다고 비판함.

1938년	문학잡지『문학 비평』과『문학 리뷰』에 문학 비평문을 꾸준히 발표함. 열다섯 살의 아들이 학교에 다니다가 당국에 체포됨.
1939년	어린이들을 다룬 작품집『칠월의 소낙비Июльская гроза』가 출간됨.
1941년	오랜 친구이자 소련 최고인민회의 대의원이었던 숄로호프의 도움으로 수용소에 있던 아들이 석방됨.
1942년	2차 대전이 발발한 뒤 종군기자로 선발되어 전선에 파견됨. 작품집『고무된 사람들Одухотворенные люди』출간.
1943년	아들 사망.
1946년	「이바노프의 가족Семья Иванова」의 발표로 다시 비평가들의 표적이 됨.
1949년	숄로호프와 공동으로 편집한 책으로 러시아 전래 이야기들을 각색해 실은 민담 모음집『마술 반지Волшебное кольцо』출간.
1951년	1월 5일 폐결핵을 앓다가 52세를 일기로 사망. 아들의 묘소가 있는 야르만스키 공동묘지에 묻힘.

문학동네 세계문학전집 발간에 부쳐

세계문학은 국민문학 혹은 지역문학을 떠나 존재하는 문학이 아니지만 그것들의 총합도 아니다. 세계문학이라는 용어에는 그 나름의 언어와 전통을 갖고 있는 국민문학이나 지역문학의 존재를 인정하면서 그것을 넘어서는 문학의 보편적 질서에 대한 관념이 새겨져 있다. 그 용어를 처음 고안한 19세기 유럽인들은 유럽문학을 중심으로 그 질서를 구축했지만 풍부한 국민문학의 전통을 가지고 있는 현대의 문학 강국들은 나름의 방식으로 세계문학을 이해하면서 정전(正典)의 목록을 작성하고 또 수정한다.

한국에서도 세계문학 관념은 우리 사회와 문화의 변화 속에서 거듭 수정돼왔다. 어느 시기에는 제국 일본의 교양주의를 반영한 세계문학 관념이, 어느 시기에는 제3세계 민족주의에 동조한 세계문학 관념이 출현했고, 그러한 관념을 실천한 전집물이 출판됐다. 21세기 한국에 새로운 세계문학전집이 필요하다는 것은 명백하다. 우리의 지성과 감성의 기준에 부합하는 세계문학을 다시 구상할 때가 되었다.

문학동네 세계문학전집은 범세계적으로 통용되는 고전에 대한 상식을 존중하면서도 지난 반세기 동안 해외 주요 언어권에서 창작과 연구의 진전에 따라 일어난 정전의 변동을 고려하여 편성되었다. 그래서 불멸의 명작은 물론 동시대 세계의 중요한 정치·문화적 실천에 영감을 준 새로운 작품들을 두루 포함시켰다.

창립 이후 지금까지 한국문학 및 번역문학 출판에서 가장 전문적이고 생산적인 그룹을 대표해온 문학동네가 그간 축적한 문학 출판 경험을 바탕으로 새로운 세계문학전집을 펴낸다. 인류가 무지와 몽매의 어둠 속을 방황하면서도 끝내 길을 잃지 않은 것은 세계문학사의 하늘에 떠 있는 빛나는 별들이 길잡이가 되어주었기 때문이다. 우리가 자부심과 사명감 속에서 그리게 될 이 새로운 별자리가 독자들의 관심과 애정에 힘입어 우리 모두의 뿌듯한 자산이 되기를 소망한다.

문학동네 세계문학전집 편집위원
민은경, 박유하, 변현태, 송병선, 이재룡, 홍길표, 남진우, 황종연

세계문학전집 039

코틀로반

1판 1쇄 2010년 5월 17일
1판 4쇄 2024년 4월 5일

지은이 안드레이 플라토노프 | 옮긴이 김철균

책임편집 이은현 | 편집 안수연 오동규 | 독자모니터 문가영
디자인 윤종윤 송윤형 한충현 최미영 | 저작권 박지영 형소진 최은진 서연주 오서영
마케팅 정민호 서지화 한민아 이민경 안남영 왕지경 정경주 김수인 김혜원 김하연 김예진
브랜딩 함유지 함근아 고보미 박민재 김희숙 박다솔 조다현 정승민 배진성
제작 강신은 김동욱 이순호 | 제작처 영신사

펴낸곳 (주)문학동네 | 펴낸이 김소영
출판등록 1993년 10월 22일 제2003-000045호
주소 10881 경기도 파주시 회동길 210
전자우편 editor@munhak.com | 대표전화 031)955-8888 | 팩스 031)955-8855
문의전화 031)955-1927(마케팅), 031)955-1916(편집)
문학동네카페 http://cafe.naver.com/mhdn
인스타그램 @munhakdongne | 트위터 @munhakdongne
북클럽문학동네 http://bookclubmunhak.com

ISBN 978-89-546-1095-7 04890
      978-89-546-0901-2 (세트)

www.munhak.com

문학동네 세계문학전집

● 문학동네 세계문학전집은 계속 출간됩니다